怪咖奇异 事件簿
STRANGE EVENT
刺 杀 循 环

蔡必贵 ◎ 著

贵州出版集团
贵州人民出版社

图书在版编目（CIP）数据

怪咖奇异事件簿．刺杀循环 / 蔡必贵著．-- 贵阳：贵州人民出版社，2023.1
ISBN 978-7-221-17034-7

Ⅰ．①怪… Ⅱ．①蔡… Ⅲ．①长篇小说－中国－当代 Ⅳ．① I247.5

中国版本图书馆CIP数据核字（2022）第002580号

怪咖奇异事件簿·刺杀循环
GUAIKA QIYI SHIJIANBU · CISHA XUNHUAN

蔡必贵／著

责任编辑	黄彦颖
装帧设计	王　鑫
出版发行	贵州出版集团　贵州人民出版社
地　　址	贵阳市观山湖区会展东路SOHO办公区A座
邮　　编	550081
印　　刷	大厂回族自治县德诚印务有限公司
开　　本	620mm×889mm　1/16
印　　张	15
字　　数	201千字
版次印次	2023年1月第1版　2023年1月第1次印刷
书　　号	ISBN 978-7-221-17034-7

定　价　49.00元

怪咖奇异 事件簿 | 目录
STRANGE EVENT

第 一 章	被迫逃亡	001
第 二 章	来龙去脉	022
第 三 章	监控录像	042
第 四 章	倒塔行动	059
第 五 章	极端特训	073
第 六 章	致命约会	088
第 七 章	刺杀缪星汉	109
第 八 章	星汉交响曲	125
第 九 章	麻里子美绘	141
第 十 章	海底实验室	155

第十一章	醍醐灌顶	171
第十二章	时空旅行	189
第十三章	新的异能	202
第十四章	格杀勿论	218

第一章
被迫逃亡

"很紧张?"洁白的桌布上,唐双轻抚着我的手背。

我坐直身子,深吸一口气,坦白道:"有点。"

唐双莞尔一笑,安慰道:"放心啦,他私底下很好的,一点架子都没有。"

她这么说,倒是把我逗笑了:"那是对你吧?"

此时此刻,我跟唐双坐在富丽堂皇的餐厅包房内,正在等一位客人。这是香港一家赫赫有名的餐厅,也是全球屈指可数的米其林三星中餐馆。普通顾客要来用餐,需要提前一两个月预订;不过我家唐大小姐是何等人物,不光不用预订,而且还要了一个VIP包房。这个房间的位置绝佳,从我右边的落地窗看下去,便是整个维多利亚港的夜景。维港的景色固然很美,这家餐厅的茶也还不错;但如果你是在等一个重要的客人,窗外的天色从灰到黑,这个人都还没出现——想必感觉不会太好。更糟糕的是,随着时间一分一秒地流逝,我的紧张感非但没有减少,反而增加了。

我焦灼地看着房门:"该不会放我们鸽子了吧?"

唐双口里说着不会不会,却也抬腕看了眼手表。我紧张了一晚上,这才注意到她今晚戴的不是平时那块Dufour老爷子的Simplicity,而是一块我没什么印象的表。我对表的研究没有唐双深，一眼认不出牌子跟型号，只觉得尺寸偏大，设计硬朗，是块纯粹的男表，并不适合唐双纤细的手腕。

我咦了一声，刚要发问，包房门却一下被推开了，走进来一个身材高大的中年男人，声如洪钟道："不好意思，久等了吧？"

唐双站起身来，我还在发愣，她拉了我一把，我这才赶紧起身；她笑着对来人说，"我们也才刚到"，我赶紧随声附和。

侍应拉开椅子，来人大剌剌落座，拿起毛巾擦手；他果然如唐双所说，一点架子都没有，朝她笑着问："菜点了没？"

唐双微笑点头："都安排好了，还有两瓶红酒，我记得五爷最喜欢武当，没记错吧？"

五爷笑得更开心了，伸出食指点着唐双："不错，不错，双儿，深得我心。"

然后，他像是终于注意到我的存在："这位是？男朋友？"

唐双朝我靠过来，揽住我的手臂，纠正道："未婚夫。"

三个小时后，我们在楼下送走了五爷，转身走回酒店大堂。这家餐厅本来就设在四季酒店里，所以喝完酒回去就睡，倒是挺方便的。

电梯里，唐双扶着不胜酒力的我，嗔道："没喝多少呀，就醉了？"

我借着醉意，低着头，没有说话。

唐双侧过来看我的脸，观察了几秒，问道："怎么，生气啦？"

我抬起头来，勉强一笑："没、没有，生气，怎么会？"

确实，我有什么理由生气呢？毕竟，刚在唐双的精心安排下，我第一次见到了童年偶像，香港也好内地也罢、无人不识、大名鼎鼎的五爷——当年的一线男影星，现在又转型成了一线导演。而且，这不光是一次饭局，唐双要促成的是一件我想都不敢想的天大好事——把我在网上发表的小说改编成电影，由五爷来亲自执笔！

不仅如此，唐双之前就做了绵密的准备，已经先把我写的东西整理好，发给了五爷；所以，刚才在吃饭的时候，五爷还跟我讨论了某几个剧情，指出以他多年的经验判断，不太合理或者不太好拍的情节。

一个童年时代的偶像，坐在同一张桌子上吃饭、喝酒，谈笑风生，并且聊的还是我所写的、上不了台面的作品！当然，我也听出了五爷的弦外之音——作为小说还不错，但改编电影难度很大，不过五爷看了我写的小说，这件事情本身，已经够我激动一晚，吹嘘三年了。

所以，尽管谈论我的小说只用了十分钟，接下去就是一些上流社会、娱乐圈的八卦，但是今天晚上，我的情绪一直是很亢奋的。直到唐双在帮五爷倒酒时，"无意"露出了腕上那块手表。

圈里人都知道五爷是个手表藏家，道行当然比我深多了，一眼就认了出来："哇，IWC这款很少见啊，我记得……全球限量30枚吧？"

唐双却满不在乎地说："是吗？我不懂耶，国外偶然看见，随便买的。"

五爷眼睛更亮了，紧紧盯着那块手表："啧，运气真好，这枚表啊，有钱都买不到！"

唐双识趣地解下手表，双手递给五爷："我真不知道这块表那么厉害，幸好五爷看见了，帮我们讲解下这枚表厉害的地方在哪儿吧。"

她又对我招了招手："行家免费上课，还不过来听。"

我皱着眉头，看了唐双一眼，还是凑了上去。接下来发生的事情，就顺理成章了。五爷讲解完，对那块手表赞不绝口，显示出了他对这块表的喜爱，以及收藏里该系列的缺憾。在唐双的劝说下，五爷摘下了他的百达翡丽，把那块限量的IWC戴了上去。

唐双略带夸张地惊叹："好衬！"

她又用手肘轻轻推了我一下："必贵，你说是吗？"

我点了点头："确实。"

不得不说，这块表刚刚戴在唐双白净、纤细的手腕时，有一种说不上来的违和感；如今戴在皮肤黝黑、毛发旺盛的五爷手腕上，却显得如鱼得水、天衣无缝。

五爷对着手表左看右看，看了好几分钟，甚至还拍了照片，说是要发给表友看；然后，才依依不舍地要去解表扣。唐双说这块表她一直觉得太大，造型也不适合妹子；这么厉害的表，给她戴简直是暴殄天物，更应该戴在一个身形壮硕、男人味十足、懂表的人身上。比如说，五爷。

唐双的说法是，如果五爷不嫌弃的话，就先把表带回家，其他盒子跟证书，就让秘书拿去给五爷的助理。五爷在推托了一番之后，盛情难却，终于笑纳了；他甚至不愿意把表摘下来，就这么戴着，反而把原来的那块百达翡丽，随意塞进了裤兜里。

接下来，我们重新举起酒杯，五爷主动回到了一小时前的话题——我写的小说。这一次，五爷没有再提小说里的漏洞，反而说他知道一个电影公司的老板，对科幻题材特别感兴趣；他甚至畅想了一下，如果这部电影开拍，谁来演男一不错，谁演女一简直是量身定做。

说到这里，五爷用力拍着我的肩膀，对我朗声大笑："除非，世侄想自己演啦！"

而之前，他对我的称呼一直是"蔡生"。唐双帮我们倒酒，看着她裸露的手腕，我心里更加确定——今天晚上，她之所以会戴这块限量版的IWC，绝不是偶然，而是有备而来。

就在那一刻，我突然有了种异样的感觉。

"到啦。"

我还在回想刚才的饭局，没注意到，此时我们已经到了房间门口。

唐双细心地吩咐："站好，小心，我拿下房卡。"

我伸手扶住墙壁，唐双开了门，我踉踉跄跄走到床边，鞋子都来不及脱，就扑倒在床上。

唐双走过来，轻轻坐在床沿，摸着我的头发："真的醉啦？"

我闭着眼睛想要装睡，却不知怎的，脱口而出："那块表，要多少钱？"

唐双好笑道："怎么，你打算还钱给我？"

我可能真的是醉了，控制不住自己："告诉我，多少钱？"

唐双沉默了好一会儿,我睁开眼睛,发现她正静静地俯视着我,脸上挂着慈祥的笑,像是奶奶在看着乖孙子。她又摸了一下我的头发,果然说道:"乖,别孩子气啦,都多大年纪了你。"

我男人的自尊心受到了伤害,手撑着床,唰的一下坐了起来:"这跟孩子气有什么关系,你为了帮我,送了块表给五爷,那块表很难买对吧?那我总要把钱还给你……"

唐双看着我,似笑非笑的样子:"还说不是孩子气,我跟你,我们两个,要分得那么清吗?"

我着急地挠着头:"看你都说到哪里去了,不是分清,是,啊,我作为一个男人,怎么能靠女人,用女人的钱呢?"

唐双摇了摇头:"男人也好,女人也好,我们是平等的伴侣关系,本来就要互相帮助的呀。你呀你……"

她轻轻地点了下我的鼻尖:"直男癌啊?"

我心里清楚,唐双说的话虽然像是批斗我,但肢体语言却是在跟我开玩笑,试图缓解气氛。但我还是觉得不舒服,如鲠在喉,气血上涌。我深吸了一口气,尝试冷静下来,心里也渐渐有了眉目。今天晚上,我之所以感觉那么糟糕,是因为唐双安排妥当的饭局,她显露出来的心机,她对我的任意摆布——这所有的一切,让我想起了另一个女人。一个我遇见过的、最可怕的女人。

唐双的声音把我拉了回来,她摸着我的脸颊,认真道:"再说,我这么做,也不光是为了你。"

我没有说话,默认了她的说法。确实,唐双想把我的小说改编成电影,让五爷来执导,不光是为了我,也是为了她自己。或者说得更具体一点,是为了我们的婚事。

前几个月,当我深陷于"量子幽灵"的诡异事件时,唐双也被她家族企业的复杂斗争,紧紧裹挟其中。一向醉心于声色犬马、对公司不闻不问的纨绔子弟,唐家大少爷,唐单,受了董事会几个老家伙的挑唆,竟然跳了出来，试图从妹妹唐双手里，夺回公司的控制权。

如果唐单真的成功夺权，快则三年，迟则五年，唐森集团就会从地球上消失，更别提上市什么的了。而作为公司的实际管理者，唐老爷子指定的继承人，霸气女总裁唐双，自然不会让哥哥得逞。她不光在香港总部收拢人心，更跑遍了全球所有分公司，争取到了董事会大部分人的支持。本以为从此高枕无忧，谁知道在董事大会前几天，她收到风声，有几个人临阵倒戈，准备投票给唐单，重新任命公司总裁。也不知道唐单——这个出了名的"二世祖"——背后有什么高人指点，使出了什么法宝，眼看马上就要得手了。

总之，到了这一步，唐双只好改变计划，当天飞到了印度洋上一个名为"鹤璞"的海岛。在这个马尔代夫的小岛上，我跟唐双共同经历了一系列事件，然后才开始了恋爱关系。不过这一次唐双不是去缅怀过往的，她之所以去鹤璞岛，是为了找正在岛上度假的唐森集团创始人，唐嘉丰，唐老爷子。

唐老爷子实际上只是唐双的养父，但是从小对唐双疼爱有加，长大后更是无比信任，否则的话，也不会把他一手打造的唐森集团，全部交给唐双打理。在唐双的恳求，以及岛主付老爷子的劝说下，唐老爷子决定暂时中止退休生涯，马上飞回香港，平息这一场夺权的闹剧。

只不过，有一个附带条件。那就是唐双必须在一年之内，找到一个合适的人选，结婚。按照唐老爷子的说法，只有这样，让女儿跟女婿一起管理公司，才能断绝唐单的念头。不然的话，以后一有机会——比如唐老爷子驾鹤仙逝——唐单一定会卷土重来。

唐双说，当时在海底酒窖里，唐老爷子叹了口气："双儿，我跟你付伯伯加起来，一百五十岁啦。"

唐老爷子跟女儿一起飞回了香港，之后的几天里，他亲自披挂上阵，几场饭局，几番举重若轻的谈话，就让那些已经反水的董事们，改邪归正，重新支持唐双。如无意外，下星期召开的董事会，会呈现一边倒的局面；唐单提出的议案，将被无情否决。这样一来，公司的控制权就会稳稳当当地重新回到唐双手里。

唐老爷子兑现了他的承诺，接下来，轮到唐双了。"找一个合适的人选，结婚"——唐老爷子此话的关键之处，就在于"合适"这两个字。对于他女儿的现任男朋友——也就是我——的存在，唐老爷子肯定是清楚的。不过，用脚指头想也知道，我绝不是他心目中"合适"的女婿人选。

唐双除了是个霸道女总裁，分分钟继承家里的大型物流公司，外形出众又年轻，智商、情商都高，简直是活在偶像剧里的人物。再看看我自己，学历小本、身高残念，全副身家不及她一个零头，台面上的职业是一个小厂的工厂主，兼不入流的网络小说家。

瞎子都能看出来，我跟唐双是大写的不、合、适。不过，如果我写的那些不入流的小说被改编成了电影，并且由金牌导演来拍，大牌演员来演，造成了巨大影响，小说原著、原作者，也因此出名。这样一来，我的身份就成了国内一线知名小说家。这个身份，照我们猜想，会稍微"合适"一点。

所以，唐双才煞费苦心，安排了今晚的饭局；在饭局之前，更处心积虑地了解到五爷收藏里缺的一块表，通过某种方法得到，又装作不经意，巧妙地送了出去。虽然我明白，她所做的一切都是为了我们好；也知道她之所以不告诉我，是因为我的自尊心不允许她这么做。但是，她这样背着我安排好一切，把我蒙在鼓里的做法，还是让我有点不寒而栗。

我长叹了一口气，重新扑倒在床上。房间里的空气像是凝固了，气氛有点僵。

过了好一会儿，我听见旁边窸窸窣窣的声音，唐双站起身来说："你早点洗澡，早点休息。"

我翻过身来，眯眼看着她："今晚不在这里睡？"

唐双点了点头："我回去陪老爷子。"

我坐起身来，皱着眉头问："他什么时候回鹤璞岛？"

唐双一边收拾东西，一边说："还没定，可能是董事会前，也可能开完会再走。最近天天在吃烧鹅濑粉，说是要吃够本才上岛，也不注意下身体……"

她突然打住，换了个话题："老爷子回去之前，我争取带你见他一面。"

我苦笑了一下："也不用勉强。"

唐双看了我一眼，欲言又止，最后说的是："那我走了。"

我也没有挽留，只是说："路上小心。"

她走了过来，在我脸上轻轻亲了一口，然后转身离去。我目送唐双走出房间，突然之间，有一种她要离开我的错觉。不过，我再怎么也想不到，这是我生命里，最后一次见到她。

唐双走后，我心情郁闷，晚饭喝的那点酒，半醉不醉的更让人难受。于是，我一个人跑到行政酒廊里，喝了两个小时酒；这还不算，等我醉醺醺地回到房间，又把酒柜里的各种酒版，全部打开，赌气似的喝了大半。做完这一切，我才如同烂泥般，瘫在床上沉沉睡去。

不知道你们怎么样，我一喝醉酒，就容易做梦。这个晚上也是如此，我做了许多支离破碎的梦，梦见了许多场景，还有许多的人。我梦见了唐双、Marilyn、水哥、小柔、梁警官、小希，对了，我还梦见了那个还没见过面、只在手机照片里瞻仰过的未来岳父。

好吧，岳父什么的，不过是我一厢情愿。即使在梦里，唐老爷子也对我不屑一顾，他傲慢十足地命令唐双离开我。我先是请求，然后据理力争，最后变成了高声争吵，还差点打了起来。唐双夹在我们中间，一脸焦急地劝阻。

不知道为什么，梦境里的唐老爷子，并不是照片中垂垂老矣的样子，而是一个年轻健壮的男子，看上去跟我差不多。最后，年轻的唐老爷子，竟然一把抱住了唐双，并露出了暧昧的笑容。我这才发现，眼前的男子并不年轻的是唐老爷子，却是二世祖唐单！我不禁暴跳如雷，冲上去一拳往他脸上挥！

这个时候，莫名地响起了手机铃声。在我一分神之间，唐单抱着唐双，隐入了灰色的空气里。我重重的一拳，像是砸在了棉花上，右肩似乎都已经脱臼，可见用力之大。再然后，我就从梦里醒来了。

梦境里一切都远去了，留给我的只有宿醉之后的偏头痛，以及全身骨头关节的酸楚，尤其是右边肩膀，难怪刚才会梦见脱臼。除了身上的疼痛，现实投射到梦里的，还有响彻房间的手机铃声。

我闭着眼往床头柜摸去，拿起手机一看，原来已经下午两点，来电显示是唐双。想到刚才做的梦，我不禁觉得好笑，该不该把梦里的内容告诉她呢？

我接起了电话："双，我睡过头啦，么么哒……"

电话那边传来的，却是一声冷笑，紧接着，传来陌生男人的声音："鬼叔？"

我的酒一下醒了大半，警惕地问："你是谁，唐双的手机怎么在你手里？"

电话那边的男人，笑起来像个没心没肺的浑蛋："我呀，我是你未来大舅子。"

未来大舅子？我被酒精麻痹的脑袋转了几秒，这才反应过来，不由得松了一口气，喃喃道："吓死我了，我还以为出什么事了。"

我努力让自己干笑两声："嘿嘿，还是第一次通话啊，唐先……"

唐单的语气充满了玩世不恭："还叫我唐先生啊？你应该喊我大舅子。"

我挠了挠头，结结巴巴地想说那三个字："大、大舅……"

唐单却没等我认完亲戚，突然口气一变，恶狠狠地说："你为什么杀我老爸？"

杀他老爸？他的意思是……我杀了唐老爷子，唐嘉丰？真是好笑，我甚至都没见过唐老爷子——刚才梦里不算——又怎么杀他？

我太阳穴一阵刺痛，脑子反应迟钝，过了几秒才醒悟过来——这是唐单的无厘头玩笑。唐双虽然不爱提起这个哥哥，但也跟我描述过，唐单的个性非常恶劣，经常不分场合、不分对象地开一些低俗玩笑，还自以为很风趣。这么想起来，他让我喊大舅子，也是在拿我寻开心。

我冷静了一下，正色道："唐先生，别开玩笑了，让唐双听电话吧。"

唐单却好像没听见我的话，兀自在那里说："你杀了我老爸，我要恨死你才对，不过呢，换个角度想，老头子死了，凶手是我妹的男朋友，那帮死老鬼肯定又会掉过头来支持我。公司这下归我啦，哈哈哈，我又要感谢你才对啊。"

他突然大笑起来："哈哈哈，真是好矛盾，好好笑啊！"

我对唐单的疯话完全失去了兴趣，再次强调说："请把手机还给唐双，我要跟她说话。"

唐单就像一个真正的疯子，突然又转了话题："话说回来啊，鬼叔，你是叫鬼叔对吧？我妹说你是个小说家，真没看出来啊，你那么能打！从屋顶爬下来，躲过红外线，最厉害的是一拳，就一拳，便打晕了保镖。哇！简直就跟汤告鲁斯在 Mission：Impossible 演的一样，哦你们大陆不叫这个片名，叫碟什么鬼，哎忘记了……鬼叔，老实告诉我，你是特工吧？"

我耐着性子听他胡说八道完，最后一次重复道："唐先生，我不知道你为什么要偷你妹妹的手机，然后打电话给我，讲这些无聊的笑话。但是现在，请你把手机还给她，不然我要挂了。"

唐单还在胡搅蛮缠："还给她，好啊，不过你先告诉我，为什么要杀老头子？他不让你跟我妹在一起，也不用杀了他啊。"

他甚至叹了口气，感慨道："啧啧，你们这些写小说的，心狠手辣，真是心狠手辣！"

我的耐心终于消耗殆尽，看着手机屏幕摇了摇头，准备挂掉。就在这时，手机里传来一声惊叫。是唐双！

我赶紧把手机重新放到耳朵旁，同时大喊："双！怎么了？！"

电话那边，先是唐单阴森的笑声，然后就是一阵纷乱的争吵。

我把手机音量调到最大，一边听着对面的动静，一边语无伦次地喊："双！你没事吧！你要是敢动她一根汗毛，我，我跟你没完！"

突然之间，电话那边就没了声响，我再怎么用力把手机紧贴耳朵，还是什么都没听见。我皱着眉头，狐疑地看了一眼屏幕，手机还在通话中，并没有挂掉。

在我完全搞不清楚状况的时候，手机那边突然传来了唐双的声音："喂？"

我赶紧回答道："双！你怎么了？"

唐双简单地说了三个字："我没事。"

但是，我却察觉到了事情的不对劲，一直冷静、霸气的唐双，在说这三个字时，却是带着哭腔。果不其然，接下来她所说的，让我如同五雷轰顶。

电话那边，唐双的语气带着愤怒，带着不解，尽管努力掩藏情绪，声音仍然止不住发抖："你为什么要杀我爸？"

我不禁瞠目结舌："我杀、杀你爸？我没、没有啊。"

如果说刚才唐单问这个问题，是在捉弄我，现在换了唐双，绝对没有开这种玩笑的可能。

我倒吸了一口冷气："误会，是误会！"

唐双沉默了几秒，再次开口时，声音已经恢复了镇定："你现在在哪儿？"

我不假思索道："在酒店，房间里。"

唐双继续追问道："昨晚呢？"

我皱了皱眉头，详细解释道："昨天晚上你走了之后，我又喝了点，好吧，是喝醉了，整晚都在酒店里睡觉。"

接下来唐双的问题，却让我又好气又好笑："你一个人过夜？有没有跟谁一起？"

女人果然是女人，到了这个时候，想的还是我有没有对不起她。我苦笑了一声："当然是一个人，双，快告诉我发生了什么？"

电话那一边，唐双的声音却充满了沮丧："真希望你不是一个人，起码……"

她极为罕见地叹了口气："起码，命案发生时，你有不在场证明。"

我只觉得身上汗毛倒竖，命案？难道说，唐老爷子真的被杀了？可是，就算唐老爷子被杀了，跟我有什么关系呢？我根本没有杀人动机，总不可能因为他不接纳我当女婿，我就手起刀落，把他大卸八块吧？唐单怀疑我也就算了，为什么连唐双也一口咬定，是我杀的唐老爷子？这家人到底是怎么回事？

我深深吸了一口气，试图冷静下来："双，我真的整晚都在酒店睡觉，我喝多了你知道的，上个厕所都要人扶，怎么可能跑出去杀人呢？更何况，那还是你爸爸呀！"

唐双听起来有点犹豫："我一开始也不相信，直到……"

我着急道："无论唐单说什么，他都是骗你的，就算有证据也是伪造的，是陷害！他想拆散我们！"

电话对面沉默了一会儿，再次开口时，声音充满了无力感："如果只是一面之词，我当然不信。可是，有证据。"

唐双补充道："有很多。"

我紧紧皱着眉头："证据？什么证据？"

证据，而且还是很多证据。难道说，就像是电视剧里那些不走心的编剧写的情节一样——哪个倒霉蛋被栽赃陷害，个人物品被偷走了，衣服被剪掉一角，甚至是先被取了指纹，然后故意遗留在命案现场……我挠了挠头，环顾四周，并没有发现自己少了什么。

不过，如果真是这样，那倒没什么担心的。今时今日，警察们拥有各种各样的现代化破案工具，一定可以识破真凶的伎俩，还我清白。可是，唐双给我的答案，却完全出乎我的意料。

手机里传出来的声音冷冰冰的，没有温度："我们家的监控录像，拍下了你杀人的过程。"

我不禁喊了出来："怎么可能？"

唐双低声说："我也希望不可能，但这是真的。"

我倒吸了一口气，我确实躺在酒店里睡了一整晚，酒瓶子在，宿醉还在，甚至床垫上的痕迹也在。虽然做了个莫名其妙的梦，但在现实世界中，我百分百确定，我绝对没有跑到唐双家里，去杀了她老爸。

我只觉得头疼欲裂，怀着最后一点侥幸："双，你听我说，会不会是你认错了？"

唐双似乎苦笑了一下："监控录像里，有你的背面、侧脸、正脸，360度的影像，身高、体格、衣服、发型，说话时的语调，都是你，我不可能会认错。"

接下来，大概是想起了一些可怕的细节，她的语气突然变得急促："如果你只是直截了当地杀了他，我还不会气到要发狂。可是你的手法，天哪……为什么，你为什么要这么做？"

唐双给我的印象，一直是泰山崩于前而不惊；现在她的情绪如此激动，想必唐老爷子被杀死的过程极端残忍，给她带来了巨大的心理冲击。现在的问题在于，受害者家属一致认定，这个极端残忍的凶手——就是我。

我哑口无言，不知道要怎么回答。我能理解唐双的激动、绝望、心如刀割，毕竟收养了她二十年，生命中最重要的一个男人，竟然被另一个最重要的男人——我——残忍地虐杀了。

而且，虽然她没有提到，但是为了公司的控制权，她已经全身心投入，努力了两年时间，其中的艰辛她虽然不愿意说，但我多少知道一点。到了现在，马上就要开董事会，一切都将尘埃落定的时候，竟然是我搞砸了这一切，毁掉了她的心血。所谓亲者痛，仇者快，莫过于此。但是，此时此刻，相比唐双，更加心如刀割的人，是我。因为，我没有杀人。

我深深吸了一口气，力求冷静下来："双，我没有杀唐老爷子，绝对没有。你先冷静下来，我现在就过去找你，当面说清楚。"

毕竟，案发现场是怎样的，监控录像又是怎样的，我只听了唐双的描述，还有唐单疯疯癫癫的只言片语。如果我去到了唐家，仔细观察现场，搜集信息，可能会找出错漏之处。既然我没有杀人，这一切只能是个局；而无论再高明的栽赃陷害，也经不起认真推敲，一定会有漏洞。只要找到问题所在，我就能洗刷冤屈，还自己一个清白。更重要的是，让唐双不要那么难过。她已经失去了唐老爷子，不能再同时失去我。

我没想到的是，唐双却断然拒绝了我的要求，理由也很简单："你不能过来，唐单已经报警了，警察马上就会到现场。"

警察来了，这不是好事吗？过了两秒，我才反应过来，我现在的身份是一个重大嫌疑人，警察一定会把我逮捕起来的。不过，再认真想想，这也不完全是坏事。

我对唐双说："没关系的，我相信警察的办案能力，他们好好调查，我好好配合，很快就能搞清楚真相的。"

唐双的语气却变得焦急起来："不，你千万别过来，你不知道，现场留下的证据太多了，不可能推翻的。"

她加重语气，重复了一遍："不可能。听我说，你不能过来，相反的，我要你尽快离开香港。"

我的第一反应是拒绝："不行，我怎么能一走了之，留下你一个人？"

到了这个时候，唐双还是要比我理智："你留在香港，没有任何帮助，只能造成反效果。"

她说得也有道理，我犹豫道："可是……我总得先见你一面。"

唐双断然拒绝："不，我不想见你，更不想见到你被逮捕。"

我还想说些什么，电话那边传来纷杂的人声，然后是关门、反锁的声音。

唐双再次说话时，听起来像是在一个密闭的小空间里："警察来了。"

我闭上眼睛，长长地叹了一口气："那好吧，我先回深圳，等到……"

唐双急促地打断了我："不可以！出了人命，受害者还是个知名企业家，警察很快会把你列为重要嫌疑人的，你回到深圳马上会被逮捕的！"

我心里一凉，果然是酒精让智商下降了吗，直到刚才，我都还没对现状有个清醒的认识，没有意识到问题的严重性。现在的我，鬼叔，蔡必贵，是一个杀人嫌犯！唐双说得没错，如果不想被抓，我不能留在香港，更不能回深圳，那么，我现在要做的是逃亡。

电话那边传来敲门声，还有陌生人高喊唐双的名字，让她马上开门。唐双语速飞快，却仍然有条不紊地给我下达了指令："我要你马上就走，带上护照、现金、信用卡，离开酒店，马上去香港机场。我已经联系了……"

我对此表示了质疑："就这样扔掉一切，不明不白地逃跑，不是我的性格。再说我能逃一个月，逃不了一辈子，这件事情总要解决的。双，你相信我，我真的没杀……"

唐双的语速越来越快："来不及解释那么多了，你一定要逃，不能让警察抓住，不然唐单会利用一切关系，不择手段让你认罪的。真要这样，就不可能翻案了。如果你真的没有杀人，我在内部，你在外围，我们一起拼命，尽快搞清楚真相；如果你杀了我老爸，不管出于什么原因，那就永远别回来了，我永远也不能原谅你，不想再见到你……"

越来越猛烈的撞门声，让唐双的话听起来断断续续、支离破碎的："你用护照，到……航空公司，取机票……五点起飞……落地，有人接……快走！"

砰的一声巨响，嘈杂的人声响起，我听见唐单高声喊："她在打给杀人犯！"

不知道电话那边，被人群簇拥着的唐双想要干吗，我听见有人阻止道："唐小姐，别……"

我大声对着手机里喊："双！我还能见到你吗！"

没有回应。我从手机里听到的最后的动静，是啪嗒一声；然后，所有声音都消失了，电话那一边的世界，陷入了黑洞般的宁静。按照我对唐双的了解，是她为了给我争取时间，把手机摔到地上了。以她平时游泳、射箭的臂力，想来手机已经被摔得粉碎。

我放下手机，全身无力，整个人好像虚脱了一般。这不能怪我心理素质薄弱，换了谁也一样，不过是跟女朋友闹了点矛盾，喝了点酒，结果一觉醒来，接了个电话，自己就成了杀人犯。更糟糕的是，杀的还是女朋友的爸爸。

我双手用力抓着头发，想要让自己清醒过来——如果这也是个噩梦就好了。可惜，这不是。我深吸了一口气，内心充满绝望，理智却渐渐复苏，现在不是怨天尤人的时候。

想想唐双，她在目睹了养父被男朋友残忍杀害的一幕——尽管是伪造的——之后，还能冷静下来，为我规划好了一条逃亡路线。我作为一个男人，总不能比她差太多吧。更何况，现在摆在我面前的难题，不是要去扛起一切，解决所有问题，而是简单得多的一件事——逃跑。

唐双说得对，为了这辈子能再见到她，现在我要做的，是远离她。她给我订的那张不知飞往哪里的机票，是五点起飞；我看了一眼手机，现在已经是两点半了。不能再浪费时间了。决定一旦做出，我的执行力还是不错的。我像弹簧一样从床上跳起，冲到卫生间里。不到十五分钟后，我已经收拾好一切，拉着日默瓦的箱子，走出大堂电梯。

本来房间是订到后天的，考虑到我正在逃亡路上，也就省得跑去退房；不光如此，经过酒店前台的时候，我还戴上了墨镜。既然是逃犯，就要有逃犯的觉悟。为了减少被认出的概率，我没有让门口的服务生帮忙叫的士，而是自己走到路边去截。

几分钟后终于等到一辆，我刚要打开后备厢把行李放上去，突然不知从哪里窜出来一个黑人哥们儿，拉开前门就要往里坐。本着中外友好的精神，如果是平时，我也就随他去了；但现在，我是个争分夺秒的逃犯呀！

我放下行李箱，走过去跟那黑人哥们儿理论。他看都不看我，嘟囔了一句 sorry，就要关上车门。我本来就宿醉，又莫名其妙成了女朋友的杀父仇人，憋了一肚子火，现在终于忍不住爆发了。

我走上前去拉住车门，怒吼道："Get the fuck out！"

黑人哥们儿愣了一下，回头看着我，然后厚厚的嘴唇露出一个谜一样的微笑。

这哥们儿一边下车，一边笑着问："You want a fight？"

等他站到地上，我才知道他的微笑跟挑衅的含义。刚才放行李箱的时候，他弯腰钻进车门，看不出身高；现在这哥们儿笔直地戳在我眼前，宛如一座黑色铁塔——看起来得有两米高啊！

身高就不说了，他也不知道是哪个国家，什么职业，只见全身肌肉发达，肩膀宽得像橄榄球运动员，拳头有沙包那么大。所谓好汉不吃眼前亏，何况我还不是好汉，只是个人。

我勉强笑着，用稀烂的英语说："Ok，Ok，you go first。"

黑人哥们儿却不愿意 Go first 了，脸上都是轻蔑的笑容，突然就伸出手来，要掐我的脖子。我心里暗叫不好，这个身高差距，要是我脖子被掐住，估计会像小鸡一样被整个提起来——那可就太丢人了。我下意识地向后一跳，安全离开了他的臂长范围，心里却不知怎的，咯噔了一下。黑人哥们儿没料到我动作这么敏捷，脸上表情一怔，摆出了一个拳击的架势。周围开始有人围观，有人议论纷纷，有人劝阻，有人拿起电话报警——不，不能让他报警，我得赶紧逃。

就在我分神的时候，一个硕大无比的黑色拳头，突然就飞到了我眼前。这是要完。我鼻尖感受到了压迫,两眼一黑……

等我再次睁开双眼时,脸上却没有意料中的疼痛,鼻梁骨也完好如初,并没有断掉。身体确实有感到痛的部位,却是在——右手指关节。再仔细一看,刚才耀武扬威的黑人哥们儿,此刻却蜷缩在地上,双手捂着下巴。

身边是吃瓜群众的喧闹声,有广东话说哇犀利啊,有普通话说头发变白了,有英语在喊 incredible,还有不知道哪国语言,总之就是充满了惊奇跟赞叹。

我心中的惊讶,绝对不比围观的人们少。目前的情况很明显,在我失去意识的时间里,我用自己的拳头,击倒了一个比我高 20 多厘米、体重大三四个量级的黑人选手。

这……只能是我脑子里的黑洞,在关键时刻帮的忙。不过现在,我来不及想那么多。在大酒店门口的马路边,发生了一起斗殴事件,警察马上就会赶到。

我环顾四周,刚才那辆的士早就逃了,我赶紧提着行李箱,三两步冲到一辆因为红灯停在路上的的士旁,拉开后排车门,跟行李箱一起进到了车里。

司机大佬估计是目睹了刚才那一幕,转过身来,对我竖起了大拇指:"哇,好犀利啊!"

我讪笑了一下,说出目的地:"机场。"

在的士往机场飞奔的路上,我先是发了一通信息,给家里人和朋友们。对于突然出国的举动,我编了个理由,说是要来一个说走就走的旅程,可能有一段时间无法联系,不用太担心。正常人这么做或许不管用,别人该担心还是担心;但我的人物设定,本来就是一个任性贪玩、闷声作大死的人,身边人习以为常,相信起来不会太难。

发完信息,放下手机,我开始看着右手指关节上微微的出血点。我在脑海中重演了一下案发现场。就极短的时间内,我应该是一个左闪,躲过了黑人哥们儿的攻击，接着是一记强有力的下勾拳，准确命中他的腭骨，一击 KO。这是专业拳击手，不，顶尖拳手的水准；而我，根本没有系统学习过拳击。没错，是我脑子里的黑洞。

在过去的两年时间里，我曾经接触过一系列稀奇古怪的事件，认识了一大群稀奇古怪的人，包括身体里寄生着貔貅的胖子、跟香港男星差点同名的国际刑警、曾经是苏联特工的海岛主人、大型杀人网络游戏的制作人、大脑里有另一个宇宙的小萝莉、古怪的德国科学家，还有外表是十八岁少女却拥有一百岁智慧跟心计的——时间囚徒。

因为无聊，我把其中的几段经历，写成了小说发表在网上，也因为这样，才认识了唐双，并且在一起。一开始，我以为所遇上的一切，不过是凑巧而已，又或者是因为我爱探险、爱寻根问底、爱作死的性格导致。一直到后来，我才怀疑，这一切背后，隐藏着看不见的幕后黑手。

所谓的幕后黑手，并不是某个组织，甚至不是某个人——没错，"它"根本不是人类，而是来自更高维空间的智慧生命。而遗留在我脑中的黑洞，就是高维生物给我的"馈赠"。

虽然这黑洞就像是恶性肿瘤，无法治疗，并且逐渐扩大，几年后有可能会要了我一条老命；但是，作为补偿，通过这个黑洞，我得到了超乎寻常的能力。这其中包括可以暂时脱离三维空间，从更高的维度俯瞰我们所处的世界；更厉害的能力，是可以连通其他平行空间的蔡必贵，暂时获得他们所拥有的专业技能。

比如说，在印度洋的夜空里，我的头发突然变白，然后就无师自通、醍醐灌顶的，掌握了驾驶飞机的技巧，救下了包括我跟唐双在内的几条人命。除此之外，我还得到过大盗的开锁技能，而刚才的那个拳击手，我已经是第二次"相遇"了。

但是，这一次"灵魂附体"的经历，跟前几次有本质性的不同。之前不管哪一次，我都拥有自己清醒的意识，只是身体突然掌握了其他平行空间蔡必贵的技能。而这一次，我完全失去了意识，在被"附体"的过程中，我的身体完全由另一个蔡必贵掌握。

　　我坐在的士后座上，倒吸了一口冷气，摸着自己的颅骨——之所以会有这种差别，可能是因为我脑子里的黑洞，变得越来越大了。你这样一个黑洞，让我欢喜让我忧……

　　突然之间，一个想法让我不寒而栗。昨天晚上，喝完酒后，我在酒店房间里倒头就睡，一直到下午两点才醒。所以，我很确定自己并没有杀人。但是，万一杀人的，是另一个平行空间的蔡必贵……

　　我倒吸了一口冷气。每个平行空间的蔡必贵，都有一个四位数的编号，而且鬼知道为什么，这些编号都是我本人最喜欢的质数。比如说飞机师是2063，拳击手是3217，而在本平行空间内，作为一个小工厂主、业余小说家的我，编号似乎是2017。

　　以前我也胡思乱想过，平行空间理论上是无限的，所以，也有无限的蔡必贵、无限的职业存在。除了飞机师、拳击手、工厂主之外，有没有以别的职业为生的蔡必贵？比如说，一个iOS程序员、一个渔民、一个工人，或者是一个……连环杀手。

　　既然拳击师蔡必贵，可以通过我脑中的黑洞，从平行空间3217穿越而来，短暂控制我的身体；那么，存在一种可能性——昨晚我躺到床上之后，一个某空间的杀人狂，穿过我的脑洞而来，控制了我的身体。

　　然后，他——或者说是我——出了酒店房间，潜入唐家，用他们所说的残忍手段，杀害了唐老爷子。在做完这一切之后，他又带着我的身体，回到酒店，重新躺倒在床上。所以，当我在下午两点醒来时，才会记得梦中跟唐老爷子的争执，以及右边肩膀莫名酸痛。

　　也就是说，我的身体成了杀手蔡必贵的作案工具。我倒吸了一口冷气，唐双跟唐单所说的话，在我脑海里快速回放。没想到你那么能打……汤告鲁斯……Mission impossible……残忍……身高、体格、衣服、发型、说话时的语调……不可能会认错……证据……太多了……

　　我紧紧咬住自己虎口，努力控制，才没有大声喊出来。这个想法虽然疯狂无比,但却能完美地解释目前所发生的一切。

其他平行空间的连环杀手蔡必贵,用我的身体,杀死了唐双的父亲;没人会相信这件荒谬的事情,所以,以这个世界的角度,我,蔡必贵,就是一个杀人犯。

我看着车窗外,快速向后退去的景物,自言自语道:"亡命天涯的杀人犯。"

第二章
来龙去脉

到了机场之后,我赶紧去了唐双所说的航空公司柜台,取了张飞机票。之前我觉得,既然唐双安排我逃亡国外,应该是去一个特别远的地方。欧洲?美国?澳大利亚?不,都还不够远。说不定,是先飞到智利,再坐船去南极……

不过,拿到飞机票之后,说实话我是有点失望的。因为,这张机票的目的地,是一个特别近的城市。虽然不在一个国家,但是从香港出发到那里,比从香港到北京,距离要短一大半。越南,胡志明市。

刚拿到机票的时候,唐双的安排让我不太理解。既然是逃亡,不应该跑得越远越好吗?去一个人烟稀少的地方,不容易被认出来,才能好好隐藏。

胡志明市,出了名的游客多,如果我被人认了出来,分分钟被举报;越南跟中国接壤,警察要去抓我的话,中午从国内出发,晚上就把我抓回去了,都不耽误吃晚饭。

但转念一想,还是唐双考虑周到,比我强到不知道哪里去了。

首先,我想的那些欧洲、美国、澳大利亚的,全都需要提前办理签证,我仓促出逃,什么都没有。越南是落地签,我到了那边的机场海关,拿着护照去办理就行了。

其次,如果去一个偏远的地方,因为人口流动少,我一个黄皮肤的陌生人,会特别扎眼,从而招来危险;反而是去胡志明市这种地方,每天那么多人来人往,我就可以大隐隐于市了。

真不愧是我女朋友。我手里拿着机票,满意地点了点头,却突然想到——不再是了。刚才在电话里,唐双已经说了,永远不想再见到我——除非我能证明她爸爸,唐老爷子,并不是我杀的。我心情一下就低落下来,拖着行李箱,走过了安检。

不过,心情沮丧倒也有好处,起码在过安检的时候,我忘了自己是逃犯这个事实。但是,到了登机口,在等待登机的过程中,我渐渐意识到了——自己是个杀人嫌犯。

一旦想起这件事,我就开始坐立不安了。香港警匪片的场面,在我脑海里轮番放映;好像有几部电影里,都有警察在机场抓人的情节。

我手里攥着机票,一下子看登机口的显示器,一下子看手表上的时间,一下子环顾四周,看看有没有穿制服的警察,又或者有没有神色诡异的便衣,正在对着藏在衣领里的麦说话。

做贼心虚,说的就是我现在的状态吧。总而言之,当我顺利过了检票口,准点登机,坐到飞机座位上时,还是松了一口气的。不知道是因为买票匆忙,还是为了不引人注目,唐双给我订的这张机票是经济舱。

在余文乐跟杨千嬅演的《春娇与志明》里,一开始在飞机上有段对白,说一个男人到了三十二岁,出差还不能坐公务舱的话,那他的事业可以说是非常失败。像我这样过了三十二岁的年龄,逃亡时也没得坐公务舱,那我的事业,不,我的逃亡,算不算非常失败?好吧,不是开玩笑的时候。

飞机开始滑行时,我最后检查了一遍手机。没有短信,没有微信,更没有未接来电。我心酸地关了手机,可以想见,在云中穿梭,在千里外的机场落地之后,重新开机——同样不会有来自唐双的信息。

我望着舷窗外的机场,突然疯了一样地想,不行,我要下机,就算马上被捕，我也不想离开这座城市，这座有唐双的城市。最后关头，我还是克制住了自己。要想再见到唐双，想要这辈子还能跟她在一起，现在要做的就是远离她。

我深深吸了一口气，扣好安全带，然后紧紧闭上了眼睛。飞机开始爬升的时候，我的心却在往下坠。当我意识到自己又开始做梦时，想要醒来，已经来不及了——毕竟，我可能是一个在梦中作案的连环杀手。

梦里的我，看见的是一片迷雾，就如同飞机正在穿越的云层。迷雾散去之后，我发现这一个梦却是上个梦的延续。在上一个梦里，我以为是唐老爷子的那名男子，此刻正抱着唐双；我走上去正要打招呼，却发现这两个人抱着的姿势，并不是父女之间，而是——情侣之间。

我大为震惊，猛然记起这一名男子并不是唐老爷子，而是唐单。更让我大感不解的是，被自己憎恶的哥哥抱着，唐双不但没有任何反抗，而且非常自然；她侧着脸，一直在看着唐单，眼神里流露的是恋爱中的甜蜜。

我冲到两人面前，大声喊道："双！你怎么了双！"

唐双似乎被我吓到了，回过头来看着我，疑惑地问："先生，我认识你吗？"

我瞠目结舌，正想说什么，胸口却受到了猛烈的一击。我满头大汗，睁开眼睛，这才发现——飞机已经降落在跑道上。隔壁座的乘客，正在好奇地看着我。

飞机还在滑行，我掏出纸巾，擦掉额头上的冷汗，回忆着梦中的场景。唐老爷子变成了唐单，唐双变得不认识我了，这代表着什么？

等我意识到拳头握得太紧，慢慢松开时，才发现擦完汗的纸巾，被我紧紧捏成了一团。刚要把纸巾塞进保洁袋，突然，我的动作僵硬住了。

我记起跟唐双刚认识，还没有确定恋爱关系的时候，她跟我坦白过，之所以会在网上论坛看到我的帖子，就是因为一张餐巾纸。当时她出差新加坡，吃完饭后随意拿起纸巾，却发现上面写着歪歪扭扭的字，内容是我的帖子地址，并且告诉她，写帖的人，能帮她解决关于身世的困扰。

可以说，在纸巾上写字的神秘人，就是我跟唐双的红娘；如果没有这张纸巾，我跟唐双根本就不会认识。如果没有那张纸巾……

当我从往事中回过神来时，才发现飞机已经停靠妥当，乘客也走了大半。我深吸了一口气，站起身来，取了行李箱，然后跟在人群后面下了飞机。

在机场海关办理签证的时候，我还是做贼心虚地左顾右盼，幸好，想象中的通缉令还没发布，所以我正常地办完了流程。

在走到出口的那一刻，我终于知道，原来唐双安排我逃亡到越南，还有更深刻的理由。

出口处，有个黝黑瘦弱的越南小伙子，正举着一个纸牌，上面写着："UNCLE GUI。"

鬼叔，是我没错。原来，唐双已经为我的逃亡之旅，安排好了整个行程。我提着行李，走到小伙子身边，跟他打了个招呼。他一脸热带地区的灿烂笑容，接过我的箱子，转身就往外走。

小伙子的英语似乎不怎么好，在确认我的身份之后，告诉我他姓NINH，宁，其他的就只有笑容满面的follow，follow了。我只好跟在他后面，走到停车场，上了一辆很小的白色丰田车。

上一次来胡志明市，已经是十几年前了。故地重游，不由得有些感慨。当年我的身份是还在读书的大学生，是普通游客，是一个独自旅游的单身男子。现在物是人非，一切都变了，我猜最后剩下的一个共同点，那就是——单身男子。

虽然越南比中国慢一个小时，但此时窗外，天色也已经黑了。我像一个普通的单身游客，看着车窗外，领略这个热带城市的异域风情。因为曾经被法国殖民，又深受中国文化影响，所以马路边的建筑，呈现出东西方交融的奇异感觉，但又不觉得冲突。

据我所知，这个以前叫西贡的地方，是越南经济最发达的大城市，甚至比首都河内还发达。但这里给我的感觉，却像是穿越时空，回到了十年前，中国沿海某一个经济还不错的小县城。

缺乏规划的街道拥挤不堪，白色小丰田被摩托车的洪流裹挟，在马路上只能缓慢移动。在一个红灯前，车窗外停着一个骑摩托车的妇女，我看见她的T恤上，竟然还印着《还珠格格》的剧照。

在漫长的塞车过程中，NINH接了几个电话，讲的都是叽里呱啦的越南话。我坐在副驾驶座上，尝试跟他沟通，但是无论把英语讲得再慢，他也只是一边笑着，一边摇头。

我终于放弃了，看着窗外的景物渐渐变换，不知道这个第一次见的越南人，是要把我送到哪里，要去见谁。突然之间，我心里升腾起一个近乎幻想的愿望——会不会，是唐双在哪里等着我？

丰田车在一个十字路口旁停了下来，NINH说了一句Here，然后打开车门，下车去拿行李。我跟着下了车，环顾四周，却发现这个地方，我认识。没错，十几年前，当我还是个穷学生的时候，来的就是这里——范老五街，背包客的圣地。

十几年过去了，这里几乎没怎么变，街道两边是又窄又深的小楼，如同当地人的身材；空气里弥漫着鱼露跟柠檬的气味，来自世界各地的游客在夜晚的街道随意漫步。

我挠了挠头，NINH已经提着我的行李箱，健步如飞地往范老五街里走。我深吸了一口味道复杂的空气，紧跟在他身后。

走了几十米，NINH停在一栋蓝色的小楼前，把箱子放在地下，满脸笑容地看着我说，Here。

我皱着眉头，打量这一栋小楼，它跟范老五街上的其他建筑，并没有什么差别。门面只有国内正常铺面的一半宽，里面非常深；楼体整个漆成了天蓝色，临街的窗框则是更深一点的海蓝色。

在三楼外面，挂着一个发光的霓虹招牌，上面写着——lemon inn

（柠檬旅店）。我皱着眉头，狐疑地看着NINH。他却似乎已经完成了任务，对我笑着，朝里面指了指，便转身走了。我挠了挠头，提起行李箱，走进旅馆里面。

一楼不到十平方米的铺面，就是旅馆的大堂了。一个又黑又瘦的本地人，正坐在蓝色的服务台后面，低头看着什么。大堂的天花板上，吊扇不紧不慢地旋转着，带来了一阵阵热风。

这种条件的旅馆，起码十年没住过了吧；不过既然我是个逃犯，还能计较什么呢？况且，认真地说，走进这个旅馆，让我产生了时光倒流，我重新变得年轻的错觉。感觉还挺妙的——暂时来说。

我走到服务台前，敲了敲桌面，跟旅店老板打招呼道："Hello, excuse me……"

老板抬起头来，朝我咧嘴一笑，露出了白得像广告一样的牙齿。我先是一怔，接着心里一阵狂喜，差点就要跳过服务台，跟老板来一个比这里天气还热的拥抱。

"梁警官！"

没错，这个晒得跟当地人一样黑、坐在服务台后面、伪装成旅店老板的人，正是我的老相识，国际刑警梁超伟，梁警官。人生四大喜事之一，他乡遇故知，我会那么兴奋一点都不奇怪。

梁警官站了起来，笑容满面地看着我，突然脸色一沉："蔡必贵，你被捕了。"

我措手不及，呆站在原地。没错，梁警官跟我的关系，除了是老相识，还是一对警察跟嫌犯。兵要捉贼，这是自古以来的规矩。梁警官不动声色地看着我，手放在服务台下面，似乎正握着什么东西。

枪？我冷汗马上就下来了，是该转身逃跑，还是索性召唤出拳击手蔡必贵，把梁警官打翻在地？

梁警官的手慢慢伸上来，我吞了一口口水，刚要下决定的一刻，他却突然哈哈大笑了起来，伸出空空如也的右手，在服务台上砰砰砰用力拍着。我松了一口气，只觉得莫名其妙，又愣了几秒，这才醒悟到——这小子在逗我！

梁警官眼泪都快笑出来了，上气不接下气地说：“鬼、鬼哈哈叔哈哈哈哈哈哈，你吓到哈哈哈哈哈了哈哈哈哈……"

我毕竟是第一次当逃犯，没有经验，哪里能猜到他的套路。心里越想越气，这下是真的翻过服务台，一拳砸在他胸口上。梁警官挨了我一拳，倒也没生气，只是把我轻轻推开，自己又笑得坐在了椅子上。我想了一下，觉得自己确实挺好笑的，气慢慢就消了下去。更何况，在家靠父母，出门靠朋友，我逃亡到异国他乡，这个国际刑警朋友一定能帮上大忙，我也不好真的跟他闹翻。

过了一会儿，梁警官好不容易才止住笑意：“鬼叔，不好意思，这地方好无聊，难得老朋友来，我太开心了。"

我懒得跟他计较，心里的疑问一秒都不想压着，马上提了出来：“是唐双安排你……"

梁警官表情再次变得严肃，他往旅店外看了一眼，低声道：“走，到楼上说。"

那么窄的旅店，连电梯都装不下，我提着箱子跟在梁警官身后，爬上窄得令人发指的楼梯，到了四楼的房间。抬头一看房号，401，不错，是我喜欢的数字。

房间比楼下的"大堂"稍大，也就十几平方米，房间里塞进一张单人床，一张书桌，就已经拥挤不堪。不过好在，书桌旁边的门通往阳台，虽然尺寸迷你，但总算是个阳台，往下可以看街上的人，往上可以看天空的星星。

我瘫坐在房间里唯一的一张椅子上，深深地吸了一口气，声音低沉道：“好了，现在能说了吧？"

在我期待的眼神下，梁警官开口说的却是：“鬼叔，你饿了吗？"

被他这么一问，我才觉得肚子饿得咕咕作响。算下来，我从下午两点起床，担惊受怕，一路逃亡，到现在六七个小时，一点东西都没顾上吃。梁警官不问还好，这一问，饥饿感顿时排山倒海而来。

我手摸着肚子，吞了口口水："饿，好饿，现在给头牛，我都能吃下。梁警官，你这儿有什么吃的？"

梁警官嘿嘿一笑："敝店不设餐饮，走，我带你去吃PHO。"

PHO是越南一种米制品，牛肉汤的PHO像河粉，海鲜汤的PHO像桂林米粉。十几年前那次来越南时，各种牛肉PHO、海鲜PHO，我可没少吃。想起那晶莹剔透的PHO，我肚子更是饿得不行，挣扎着爬了起来："走，快走。"

梁警官带着我下楼，大堂的服务台后面，却是NINH坐在那里，拿着一本花花绿绿的杂志，正看得起劲。刚才这家伙，不知道是去买杂志，还是故意避开我跟梁警官的谈话。可是，他不是听不懂中国话吗？

梁警官在店门口催促道："快走啊，你不是说饿吗？"

我耸耸肩膀，快速跟上。出了旅店门右拐，走了几十米，我们来到一家装修简陋的PHO店，我惊讶地发现——这就是上一次我来西贡时，吃过很多遍的那家。十几年过去了，这家卖海鲜PHO的店，并没有多少改变。店门口放着两口大锅，熬煮着虾、蟹各种海鲜，香气可以飘到十米之外。

店里装修简陋，坐着的大多数是当地人，这也是鉴定一家店好不好吃的重要标志。我还清楚记得，十年前一碗海鲜PHO的价格是22000越南盾，相当于11块人民币；现在，价格才翻了一倍不到，通胀速度比起国内要落后多了。

梁警官似乎也经常来光顾，跟店老板轻松地打招呼，然后用越南话点了两碗PHO。我闻着扑鼻的海鲜香气，吞着口水等了有半个世纪——别人会说只过了三分钟，是因为全世界的钟表都坏了——终于，两碗红油覆盖着的PHO，端到了桌面上。

刚从国内来的同胞，乍一看，会以为这一大碗红油，会辣得人喊妈；

实际上，这是虾蟹的油膏熬出来的精华，鲜得人眉毛都要掉了。红油下面是雪白的 PHO，再配上各种海鲜丸、肉饼，这一碗平民食物，秒杀许多高大上的料理。

我一秒钟都没有耽搁，把铁盘子里的各种柠檬叶、薄荷、九层塔什么的，一股脑倒进 PHO 里，然后挤了半个绿色的泰国柠檬汁，再猛地一通搅拌，最后——开动！

等到恢复意识的时候，整碗 PHO 已经被我吃了个底朝天。我做的第一件事是高举右手，朝满脸堆笑的老板娘喊道："One more！"

一个小时后，我吃饱洗好，穿着短袖背心，盘腿坐在旅店的床上，等着啪啪啪——打开话匣子的梁警官。局促的房间里，老旧的空调开到最大，但还是闷热难堪。

梁警官像是故意吊我的胃口，说是让我回房洗澡，很快就上来，却左等等不来，右等等不来，就在我耐不住性子，想要下楼找他的时候，终于，房门被推开了。

梁警官露出他那黑人牙膏一样的白牙，嘿嘿笑道："鬼叔，洗好啦，动作那么快。"

我没好气道："还快，等得我快饿了。"

梁警官瞪眼道："又饿了？那下去吃点烧烤？我知道有一家……"

我连忙摆手："梁警官，别闹了！我不饿，我不是来旅游的，我现在是个逃犯！逃犯，好吗？"

梁警官朝我笑了一下，然后在书桌前坐了下来，用手指敲着桌面——这是他的习惯性动作。

我深深吸了一口气，然后像豌豆射手一样，吐出一串疑问："唐双什么时候打电话给你的，都跟你怎么说了什么，你还知道什么，你在越南又是干什么……"

梁警官侧对着我，继续在敲桌面，回答起来却一点不含糊："我跟唐双的通话是在今天早上 8 点 43 分，也就是北京时间 9 点 43 分，电话里，她跟我简单说明了养父唐嘉丰遇害，从已有证据来看，她的男朋友也就是你，蔡必贵，有非常大的嫌疑。唐双的情绪很激动，很伤心，但请求我帮她一个忙，确切来说，是帮你一个忙，帮你逃脱警察的追捕。"

我听着梁警官公事公办的描述，脑海里浮现的却是唐双在讲这个电话时的心情和表情。想着想着，我心里泛起了一阵阵的酸楚。

梁警官却突然提高了音量："不过，鬼叔，你犯了先入为主的错误，这可是逻辑推理的大忌。你以为，电话是唐双打给我的，其实……"

我愤愤不平道："是他哥打的对吧，这个该死的二世祖……"

说到这里，我突然停了下来。唐双的哥哥，怎么会知道梁警官的电话？不，再仔细一想，梁警官来越南，肯定不是真的开旅店，他老板的身份不过是个掩护，方便他执行任务。按照我往常的经验，梁警官在执行任务的时候，除了国际刑警的上级，没人能用电话联系到他。这里面，不光包括我，当然也包括唐双。

我倒吸了一口冷气："该不会是……"

梁警官似笑非笑地看着我："没错，今天早上的电话，是我打给唐双的。"

我皱着眉头问："难道你比唐双先知道了唐老爷子遇害，所以才找受害者家属询问？"

梁警官摇了摇头："不，我这个电话确实跟唐老爷子有关，但是，跟遇害没有任何关系。我打这个电话，完全是凑巧。"

我皱着眉头："真有那么巧？"

梁警官竟然还笑得出来："就有那么巧。不过，也未必是巧。"

我眉头皱得更深了："未必是巧？这是什么意思？"

梁警官转过身去，背对着我，自顾自地敲起桌子："鬼叔，你刚才问我为什么在越南，你这么聪明，肯定知道我是在执行任务。那我把你的问题转化一下，你问的是我在这里执行什么任务，对吧？"

我承认道："没错，是这样。"

梁警官停顿了一下,说:"我在越南的任务,跟早上打给唐双的电话,有直接关系。"

我不由得满头雾水:"直接关系?两件事看起来像八竿子打不着啊。"

梁警官转过身来:"鬼叔,你想知道吗?"

我猛地点头:"当然想。"

他却话锋一转:"可这全都是国际刑警内部的绝密资料,不能对任何人泄露。"

听他这么一讲,我开始有点抓狂:"别玩了梁警官,你告诉我,我绝对保密。"

他沉思了一会儿,点点头:"好,我就破例一次,因为接下来的任务,可能需要你协助。鬼叔,到时你愿意协助我吗?"

我头点得像鸡啄米,别说什么协助任务,现在他就算要我脱光了到楼下裸奔,我都会答应的。再说了,之前我就协助过他,卧底一个游戏公司,最终顺利完成了任务,拯救几千万游戏玩家的生命。不得不说,虽然我并不是一个道德高尚的人,但能救那么多无辜的人,还是很有成就感的。

梁警官欣喜地看着我:"好,太好了,鬼叔。那你听我讲……"

我向前探出上半身,睁大眼睛等着他:"快讲。"

他接下来说的,却又跳了个频道:"鬼叔,你还记得我们第一次见面吗?"

我猛地挠头:"记得,当然记得啊,在梅里雪山下面,雨崩村。"

梁警官点了点头:"没错,事情的来龙去脉,就要从我们第一次相见说起。"

我终于忍受不住了,崩溃道:"都什么鬼啊!发生在香港的谋杀案,国际刑警在越南的任务,还有几年前爬的雪山!这些东西有什么联系,梁警官你是在玩我是吧?"

梁警官却一点都没反应,淡定地问:"鬼叔,你想不想听?"

我按捺住想狠狠揍他一顿的冲动,深吸了一口气,感觉快要憋出内伤了:"好,好好,我听,你说。"

梁警官满意地点点头:"那一次,我伪装成香港人,普通登山客,带着两个日本人,要去爬梅里雪山,也就是卡瓦格博的最高峰,然后在雨崩村遇见你、水哥、小明,还有……"

他看了我一眼,跳过那个名字:"总之,实际上我陪着的两个日本人,并不是普通的日本人,他们是科学家,受雇于日本的一个大财团。这个大财团呢,要去卡瓦格博,是因为上面隐藏着人类永生的秘密。"

我挥了挥手,掩饰不住心里的不耐烦:"这都过去的事了,我跟你齐心合力,阻止了日本人,什么日本大财团,遇上我鬼叔,还不是灰溜溜地败下阵来。"

梁警官摇了摇头:"不,你错了……"

他神色严峻,眼睛里放出锐利的光:"他们成功了。"

我倒吸了一口冷气:"成功了?你这是什么意思?"

梁警官罕见地叹了口气,没有说话。

我见他这样,更加着急了,回忆着当时的情景:"不对啊,他们把水哥捉了要做实验,你在帐篷外就把日本人放倒了,然后重力反转发生了,所有人都被吸往天上颠倒的红色雪山,是小希牺牲自己,救了我们……"

尽管过去了几年,提起这个名字,还是让我莫名有些难受。

我下意识地摆摆手,继续往下说:"重力反转过后,卡瓦格博发生了雪崩,幸好有水哥体内的貔貅,救了我们一命。不过,那次我腿受伤了,很没面子地昏过去了,接下来发生的,都是醒了之后听你说的……慢着,难道说,当时你就骗了我?"

梁警官摇了摇头:"不,我没有骗你。雪崩过去没多久,援兵就到了,我们把还活着的日本人,包括科学家、打手,还有卧底,统统带了回去。跟实验相关的所有资料,全部封存好了,送回了国际刑警总部。只是……"

梁警官欲言又止，我催促道："快说啊！"

他直视我的双眼，表情严肃地说："鬼叔，接下来我所说的，是绝对的机密，关系到未来整个人类社会的形态。哪怕你随便泄露一点，都可能会掀起轩然大波。为了避免这种事发生，必要情况下，我甚至会不惜结束你的生命。"

我瞪大了眼睛看他："泄露秘密就要杀了我？你是认真的？"

梁警官点了点头："对，为了对你自己的生命负责，你必须保守秘密。或者，你可以选择不要听。怎么样，鬼叔，决定权在你自己。"

我认真观察着他的脸，这家伙，不是在用激将法。我闭上眼睛，深吸了一口气，咬咬牙道："你说。"

梁警官赞赏地看了我一眼，继续道："鬼叔，你听好了。永生是人类的终极目标，从古至今，为了追求永生，无数人反而付出了生命，也改变了整个文明史。比如说，不是为了炼金丹，中国古代也不会发明火药。现在，永生真的实现了，一旦公之于众，会对人类社会造成翻天覆地的影响；同样，掌握了这项技术的人，将获得难以想象的巨大利益，甚至能统治地球。"

我皱着眉头："这些我都理解，你的意思是，在这种巨大利益的驱动下，即使是你们国际刑警组织……"

梁警官苦笑了一下："没错，国际刑警也是人，我们里面，出现了叛徒。本来应该封存起来的研究资料，在最短时间内，被发送到了日本人那里。"

我质疑道："这你们又是怎么知道的？"

梁警官耸了耸肩膀："无间道，你看过这电影吧。"

我恍然大悟："日本人那边，也有你们的卧底。那接下来呢？"

梁警官继续道："得到这些资料后，日本人马上招募新的科学家，开始研究，并在实验室里反复试验。这里有一点很奇怪，他们不知道请来了什么厉害角色，据说是个女的……总之，理论上只有在卡瓦格博上做的实验，竟然在实验室里成功了。在经过几次违背人道的实验后，日本人得出了一套可以切实操作的方法，代号灯塔……"

我皱眉道："灯塔？跟灯塔有什么关系？"

梁警官解释说："灯塔指的是灯塔水母，你知道这种生物吧？"

我哦了一声："灯塔水母，有听过，好像是长到一定阶段，就会开始逆生长，理论上拥有无限长的寿命。"

梁警官点点头，继续道："日本人起名叫灯塔计划，并且开始邀请第一批客户。"

我一下子没反应过来："客户？"

梁警官站了起来，开始在狭小的房间里踱步："没错，客户。像其他所有新的科学技术，灯塔计划也先在小范围内进行，再慢慢开始推广。这些客户，都是拥有大量财富的人，才能支付灯塔计划的高昂费用。"

我摸了摸下巴，想了一会儿说："梁警官，这不挺好的吗，照日本人这么做，等这个什么灯塔计划普及了之后，所有人都不用死了，这世界就变成了天堂啊。"

梁警官冷笑了一下："鬼叔，如果你知道灯塔计划的具体方式，就不会这么说了。"

他又低下头，表情沉重地说："为了得到这些情报，我的同事付出了生命代价。"

我对他同事的牺牲表示遗憾，但关注点还是在灯塔计划的如何具体实施上。

梁警官一边走来走去，一边加快了语速："鬼叔，你知道，灯塔水母本身的细胞可以逆生长，但它的身体结构非常简单。人类的身体比灯塔水母复杂千万倍，再怎么说，也不可能做到这一点。所谓的灯塔计划，实际上就是把衰老的客户的大脑，放进一具年轻的身体里，日本人称为受体。为了保证受体的器官正常运作，他们是被活生生地取掉大脑……"

我倒吸了一口冷气。

梁警官继续往下说："也就是说，灯塔计划并不是真正意义上的永生，只是阶段性的。几十年后，等受体也开始衰老，客户们就要寻找另一个受体。按照日本人的说法，他们认为自己在从事一项伟大的事业，就是把全人类里最有价值的头脑保存下来，指引文明发展。为此牺牲的那些身体健壮脑袋空空的年轻人，根本称不上什么代价。"

我听他这么说，反而想起了另外一点："所以灯塔计划这个名字，也可能是寓意客户的智慧，就跟灯塔里的光一样不灭，但塔楼是可以重建的。"

梁警官停了下来，看了我一眼："很有道理，我倒是没想到这一点。"

我站起身来，挠了挠头："我来猜一下，所以梁警官你之所以在越南，是因为灯塔计划的某个客户，就住在这里。"

梁警官赞赏地点了点头："分析得不错。"

我皱着眉头："为了自己能多活几十年，去杀害无辜，这些客户都是些什么变态啊？"

梁警官摇了摇头："鬼叔，你对人性的丑恶，认识得还是不够啊。为了能活下去，别说杀一个陌生人，就算杀一百个陌生人，许多人都还是会做的。更何况，不用客户自己动手，灯塔计划会包办一切。这件事情的真正可怕之处在于……鬼叔，你知道吗，普通器官移植，如果由亲属捐赠，配型成功率也会高很多。"

我倒吸了一口冷气："不会吧？你的意思是说……"

梁警官走到椅子旁，坐了下来，双手摸着自己的膝盖："没错，灯塔计划里，受体会优先选择客户的直系后代。"

我不敢置信地摇头："为了给自己续命，杀掉亲生儿子……"

突然之间，我脑子里掠过一个念头。这个念头太过于惊悚，导致我不敢往深里想。

梁警官观察到我的表情，启发道："鬼叔，你是不是想到了什么？"

我脑袋里，太多信息挤在一起，像是高压锅里的一锅粥，马上要爆炸。灯塔计划、客户、受体必须活着、梦里唐老爷子跟唐单混为一体、梁警官给唐双打的电话……

我跌坐在床上，口中喃喃自语："不会吧？"

梁警官大概知道我猜到了，身体前倾，默不作声地看着我，等我说出那个结论。

我双手抓着头发，几次欲言又止，最后终于鼓起勇气，做出了一个疯狂的猜测："唐老爷子，是灯塔计划的客户？"

梁警官盯着我看，三秒钟后，慢慢地点了一下头。我瞠目结舌，脑里一片空白，双耳嗡嗡作响。回过神来，我猛地跳起来，朝梁警官扑了过去。梁警官不愧是国际刑警，敏捷地躲到了一边。但我的目标并不是他，而是他身后的书桌，更确切地说，是书桌后面的手机。

事情到这里，真相已经很明白了。如果梁警官说的都是真的，那么唐老爷子，唐嘉丰，这个抚育了唐双二十多年的养父，并不如他表面上看起来的，是一个大好人，一个仁厚长者。

想想也是，他曾经是苏联的特工，又一手创办了大型物流公司，怎么可能会是简单角色。三十年前，他就追求过唐双的亲生母亲，只是在竞争中落败；所以，他就把对于唐双母亲的情感，转移到她女儿身上来了。

可能因为年龄、身份的桎梏，这二十多年来，唐嘉丰一直隐忍不发，但如今有了机会，他能够以一个年轻人的身份，重新再活一次，你猜这个阴森可怕、心理变态的苏联特工会怎么做？

陷害唐双的现任男朋友，伪造自己被谋杀的假象，然后把大脑移植到一事无成的儿子身上。等一切顺利之后，再通过坚忍的努力，打破世俗眼光，最后跟没有血缘关系的养女，不，是妹妹，因为真爱走到一起。

说不好，唐老爷子本来是把公司交给唐双的，但从去年开始，纨绔子弟唐单突然兴风作浪，想要抢夺公司的控制权，这所有的一切，都是唐老爷子在幕后操纵。这么做的目的，是为了让自己以唐单的身份活下去之后，接管公司，会更加名正言顺。

一箭双雕，姜还是老的辣。真是好大一盘棋，大到让人不寒而栗。所以，毫无疑问，唐双现在正处于一场巨大阴谋的核心，一次超级风暴的台风眼中。只要台风稍稍移动，她就会被撕扯得四分五裂。我的恋人，正身处危险之中而不自知。

虽然她的电话现在打不通，但我能找她的秘书 Stacy 姐，甚至是保镖 Tommy，让他们转达给唐双整件事情的真相。这样一来，我也能证明自己是被陷害的，杀害她父亲的罪名可以洗脱，我们也就能重新在一起了。我拿起电话，首先按下的是唐双的号码。

突然之间，梁警官冷不丁插了一句："鬼叔，你在干吗？"

我抬起头来看他，不解地说："干吗？当然是打电话给唐双啊。"

梁警官伸出手来，盖住了我的手机屏幕："你好好想一下，是不是真的要这么做。"

我恼怒地打掉他的手，低吼道："我当然……"

慢着，我想起了梁警官刚才跟我说的话。知道了一个秘密，就要保守秘密，否则会有生命危险。不，我害怕的并不是梁警官要取我性命，如果能换回唐双的安全，就算牺牲我自己，也在所不惜。我是说，我所掌握的秘密，一旦告诉了唐双，她也就跟我有了同样的危险。

这个危险并不是来自梁警官，而是来自——唐老爷子。唐老爷子瞒着唐双设了那么大个局，肯定不是为了杀掉唐双，而是为了能跟她在一起。所以，无论如何，唐双虽然被蒙在鼓里，但是没有生命危险。没错，在台风眼中间，反而是非常宁静，非常安全的。

而我的这一通电话，却会让台风开始移动，唐双的生命会因为我，变得岌岌可危。想到这里，我脑子一片空白，心里充满了绝望，颓然坐回了床上。手机从我下垂无力的手中滑落。

梁警官的声音，仿佛在遥远的地方响起："鬼叔，你能想得通，我很欣慰。把一个秘密告诉别人，就是把保守秘密的责任，转嫁到了他身上。多沉重的一份责任啊，说不好，会要人命。"

我喉咙发紧，太阳穴一阵阵涨痛。唐双以为是我杀了她养父，除非我能自证清白，不然的话，她这辈子都不想再见到我。现在，我清楚知道自己是被陷害的，但为了保护唐双的安全，却只能忍受委屈，把秘密埋藏在心里。无论我怎么选择，事情的最终结果是——我这辈子都见不到唐双了。

最痛苦的部分在于，如果按照事态发展，杀了自己儿子、陷害于我的真凶，老谋深算、心狠手辣的唐老爷子，将会以一个年轻男人的身份，用尽一切手段，强迫唐双跟自己在一起。几十年过去后，如果唐双会偶尔想起我，在她的回忆里，我只是一个年轻时遇见过的、杀了她养父的人渣。

就算是在电视剧里，这样的剧情也太虐心了吧？比这更虐心一万倍的是，我面对的不是荧幕里的剧情，而是发生在我身上的、活生生、血淋淋的残酷现实。怎么办？我该怎么办？我万分痛苦地想，如果现在有个人来告诉我怎么办，就算给他做牛做马我都愿意……

一只手搭在我肩膀上，镇定、温和的声音传来："鬼叔，别急。"

我抬起头来，梁警官正看着我，一字一顿道："我有个计划，只不过……"

他的嘴角，露出莫名诡异的笑容："很疯狂。"

我像是溺水的人抓住了救命稻草，一把握住他的手："什么计划？"

我才不管什么疯不疯狂，一个国际刑警的计划能疯狂到哪里去？他又不可能叫我去杀人。

梁警官紧皱着眉头，过了好一会儿，叹口气道："唉，还是算了。"

我紧紧攥着他的手："别啊，别算了，你快说，是什么计划？"

梁警官看着我，摇头道："算了，这个计划，太难了。"

我一下就着急了："有多难？比上次我卧底游戏公司还难吗？结果怎

么样，还不是完成了任务！"

梁警官苦笑了一下："不是，鬼叔你听我说，这个计划真的很疯狂。"

我更加不耐烦道："上一次跟我讲疯狂计划的人，是一个德国科学家。那根本是个不可能完成的任务，比《盗梦空间》还复杂，如果失败了的话，我估计会成为植物人，一辈子躺在床上。然后呢，你看，我好端端站在你面前呢。"

梁警官还是摇头拒绝道："鬼叔你听我说……"

我这下子真的火了，噌一下站了起来："怎么说，梁超伟，看不起我是吗！"

梁警官龇牙咧嘴地说："鬼叔，冷静点，真的不是看不起你，因为……我这个计划，我自己也没办法做到。"

我疑惑地看着他的脸，梁警官的表情不像是在敷衍我。他是认真的。国际刑警梁超伟，真的认为自己，无法完成这个计划。那么到底是怎样的一个计划，会让梁警官也认？

我还记得第一次遇见他时，在雨崩村，他是怎么装傻，扮成一个香港人，连港普都学得惟妙惟肖。在卡瓦格博山上，我见识到他是怎么单枪匹马，隔着帐篷，射中里面的几个武装保镖。

在我的心目中，梁警官是一个漫画中英雄般的角色——除了颜值不过关——他性格坚韧，格斗技术过硬，头脑清醒，反应迅速，勇敢无畏。如果有一个任务，他自认无法办到，那么我更不可能了。想到这里，我不由得松开了他的手。

梁警官似乎也松了口气，就好像他是在担心，我性格作死，加上一时冲动，会愿意尝试他所谓的疯狂计划。

他拍了拍我的肩膀："不怕，我们再想想别的办法。你就在这里闭关一阵子，我一时半会儿都不会离开西贡，有我在，你很安全。等我把这边的任务完结了，再集中精力来帮你。"

梁警官笑了一下，脸上又是平时镇定自若、自信十足的表情："鬼叔，你放心，我一定会让你再见到唐双的。"

我还想说什么，他站起身来："很晚了，今天发生了那么多事，你早点休息。"

说完他就朝外走了，我连忙问道："梁警官，你的任务多久能完成？"

梁警官打开房门，停了一会儿说："六个月吧……"

关上房门前，他留给我的最后几个字是："一切顺利的话。"

第三章
监控录像

六个月，半年。

梁警官走了之后，我把自己扔到了硬邦邦的床垫上，看着天花板发呆。

也就是说，从今天开始，我要跟蟑螂一样，躲在这个异国他乡的旅店里；我的人际关系全部都要割断，手机号码、微信，这些通信工具都不能用了，给家人报平安都不行。更别提和唐双见面了。

我那个小小的工厂，我那辆黑色卡宴，我那套小小的复式公寓，我满架子的书跟CD，刚升级的音响，还有客厅里的海水缸……都将离我而去。这还不算，如果我真的被通缉了，估计连银行账户里的存款，也会被冻结掉。也就是说，我的财产、女朋友、社会关系，我所拥有的一切，都将要被夺走。前一天，我还是个有房有车有女朋友的男人，说不上成功，但生活过得多姿多彩；在不到十二小时里，我突然失去了赖以生存的一切，变得一无所有。

我长叹了一口气，喃喃自语道："什么都没有了啊。"

这应该是特别惨的一件事吧，我应该是备受打击，心情痛苦，在床上辗转难眠。但不知怎的，我心里空荡荡的，有种被清空了的感觉。有那么一点点轻松，有那么一点点——像回到了十几年前，还年轻的时候。

那时候的我，一个背包，几千块现金，就敢一个人跑来西贡。住不起好的酒店，吃饭也是街边随便，没有名牌手表，也没有高定西服。不过，我有的是时间。现在这种一无所有的状态，反而让我找回了年轻时的心态。

倦意突然袭来，眼皮像灌了铅一样沉重；在昏昏睡去的前一秒，我的最后一个念头是——别又被那个连环杀手蔡必贵附体，去把梁警官杀掉才好。不，梁警官不会那么弱……

我深深吸了一口气，眼睛还没睁开，已经感受到灌满整个小房间的、热带的强烈阳光。昨晚一觉，睡得可真不错。这个鬼旅店的床垫像门板一样硬，竟然睡得很舒服，全身体力都恢复了，肌肉也不再酸痛。我揉揉眼睛，坐起身来，伸了一个懒腰。

房间里却惊现一个人影，正站在阳光照不到的暗处，沉默地看着我。我大惊之下，随手从床头抓起一个东西，就往那人影砸去。东西脱手而出的时候，我心里才大呼后悔，因为那正是唐双送给我的一块江诗丹顿。

匆忙从香港逃到越南，这一块手表，是我带在身边的唯一信物。钢表在阳光中划出一条闪光的直线，笔直地朝那人的面门飞去；说时迟那时快，那人却伸出手来，从容地接住了我用尽全力扔过去的钢表。

"不要啦？"

那人从阴影中走了出来，我这才松了口气，原来这并不是别人，而是梁警官。

他走到床边，摊开手掌，笑嘻嘻对我说："江诗丹顿纵横四海，好表。"

我本来就有点起床气，一下子火了起来："你在我房里干吗？变态啊？"

梁警官却没有生气，把那块钢表轻轻放到书桌上，然后回过头来，似笑非笑地看着我："没干吗，看你睡觉。"

看我睡觉？我只觉得汗毛倒竖，这家伙，不会真的是个变态吧？

我倒吸了一口凉气,下意识地把被子拉起来,试探道:"你……是什么时候进来的?"

梁警官看了看表,认认真真地说:"凌晨四点,到现在四个多小时了。"

他走到床边坐下,语气暧昧地说:"鬼叔,你睡得可真香。"

我愣了一下,警惕地问:"大半夜跑进我房间,看我睡觉干什么?"

梁警官这才认真起来,轻声道:"监视你。"

我一下子又怒了起来:"你还怕我大半夜跑掉啊,监视我干……"

突然之间,我意识到了什么:"难道说,你怕我半夜爬起来杀人?"

梁警官点了点头:"嗯。"

我恍然大悟地点了点头,刚要说什么,却又发觉哪里不对。昨天晚上,我们说到灯塔计划,说到是唐老爷子陷害的我,但是,我被某个平行空间的连环杀手蔡必贵,控制了身体,半夜跑出去杀人——这并不是事实,仅仅是我的一个猜测,而且到现在为止,我还没跟任何人提起。所以,梁警官是怎么知道的?

我刚要开口,梁警官却表情诚恳地说:"鬼叔,我错了。"

我摆了摆手:"没关系,以后别这样做就好。"

梁警官看了我一眼:"鬼叔,你误会了,我是在为我昨晚说的话道歉。"

我愣了一下:"昨晚?昨晚你说了那么多话,我怎么知道是哪一句?"

梁警官认真解释道:"是我说计划太疯狂,你无法完成,这一句。"

我不由得皱起了眉头:"这句话有什么好道歉的……该不会是……"

梁警官用力点了下头:"没错,鬼叔,我判断失误了,为了这个错误的判断,我要正式跟你道歉。我认为,我昨晚提出的疯狂计划,我无法完成,我所知道的任何一名国际刑警同事,也无法完成,但是,鬼叔你……"

他深深吸了一口气,像是在打量一个全新的、刚认识的陌生人,眼神里闪烁出警惕的神色:"鬼叔,你可以完成。"

我一时云里雾里,昨晚发生了什么,让梁警官的态度发生了那么大的转变，并且在半夜三更，跑到我房间里来监视我？我右手挠着头，突然之间，之前唐单对我讲的三言两语，从脑海里蹦了出来。

Mission impossible。汤告鲁斯，这是个香港翻译，也就是汤姆克鲁斯。你们写书的，真是心狠手辣。这几句话，都是在唐单看了唐家的监控录像之后，对我有感而发。所以……

我不禁喉咙发紧，看着梁警官："你看了监控录像？"

梁警官认真地点了点头，不知道是不是错觉，我发现他的身体，竟然微微往后倾。这个肢体语言，表明他感受到了威胁，想要离我远一点。他在害怕。那天晚上，我——不对，是另一个平行空间的连环杀手蔡必贵——究竟做了什么，能让这个身经百战、经验丰富的国际刑警，也感到了害怕？

几乎是同时，我开口道："我能不能看看？"

梁警官说的是："你要不要看看？"

我跟他相视一笑，然后深吸一口气，点头道："我要看。"

梁警官搓了一下手，这个动作显示出他有些紧张："鬼叔，你先洗漱一下，然后到601房找我。"

我没再多说，点头道："好。"

梁警官走出房门之前，我对他喊道："让你的小弟，那个NINH，帮我打包一碗昨晚的PHO。"

小得转不过身的浴室里，我刷完牙，把胡子认认真真刮了一遍，在浴室镜中仔细观察自己的脸。一个三十多岁的男人，因为昨天的奔波，稍微有点憔悴。可能因为脸瘦的原因，法令纹前几年就有了；不知道是不是心理作用，总觉得发际线比起前几年，也要后退了那么一点。

所以，虽然我在物质上，回到了十几年前一无所有的状态，但是身体无论从外在，还是内在的各项机能，都不可能恢复年轻了。当年我二十岁出头，酒量虽然跟现在一样差，但前一天晚上喝断片了，第二天还能准时起床，活力焕发地去上班。现在……

突然之间，一个阴暗的念头，像霉菌的孢子，落在我心里潮湿的角落。如果，我说如果，有机会的话，我会去参加灯塔计划，恢复年轻吗？青春，青春真可爱。我猛地摇了摇头，再把水龙头开到最大，痛痛快快地洗了把脸。

等洗漱完毕，NINH笑嘻嘻地送来一碗海鲜PHO，我食欲大开，几分钟就吃了个精光。不过，在短短20分钟后，我就开始为这么做感到了后悔。

吃完PHO，我顺着狭窄的楼梯上了六楼，也是这栋小小建筑的最高一层。601的房门紧闭着，我按下门铃，等了一会儿，房门轻轻被打开，梁警官的声音在门后响起："鬼叔，进来吧。"

这个房间的面积，跟楼下我住的401完全一样，不过，被改造成了一个小小的国际刑警秘密据点。窗帘拉得严严实实，小小的房间里放了三张桌子，十几个显示器正闪烁着各种图案。房间里除了我跟梁警官，还有一男一女两个年轻人，正坐在各自的位置上。从我走进房间开始，他们就停下了手里的工作，却也没有回头，只是僵硬地坐着。

梁警官轻轻咳了一下，用普通话说："来，介绍一下，这位是我的好朋友，冒险家、小说家蔡必贵，外号，鬼叔。"

两个年轻人这才站起身来，男的勉强笑了一下，用不标准的普通话说："鬼叔，你好，叫我小任就行了。"

我伸出手去，想要跟他握手，他下意识地往后一缩，过了两秒才反应过来，犹豫着伸出手来。两个人握手时，他仿佛触电一般，止不住地把手往外抽。我紧皱眉头，转头看着那个年轻女子。她比印象中的越南女子都要白净，在这幽暗的房间里，皮肤都闪烁着一层陶瓷般的白光；虽然正在工作，却穿着越南的传统服装，一件素色的奥黛，有点像旗袍的简化版。

跟男同事小任不同，她轻松地对我一笑，大大方方地伸出手来："我的名字是阮莲，你可以叫我Lyna。"

她的手柔弱无骨，皮肤凉津津的。比起 Lyna，阮莲，这个名字更适合她。

梁警官最后介绍道："小任跟 Lyna，都是国际刑警越南分部的同事，也是这次特别行动组的组员。"

我点了点头，心里感觉怪怪的。小小的房间里，有三个国际刑警，而我是一个杀人逃犯。

梁警官拍拍手："好了，大家都认识了，现在开始干活，Lyna。"

Lyna 听梁警官吩咐，坐回到位置上，熟练地操作起电脑，调用各种程序跟资料。我跟梁警官各自搬了个椅子，坐在她身后。

梁警官低声说："等下要播的是昨天凌晨案发时，香港深水湾半山别墅，唐家的监控视频。这个视频在香港警方手里保密封存，今天凌晨，Lyna 通过特殊方法得到了备份，我们看完之后，怎么说呢……"

Lyna 帮上司接话："心情久久不能平静。"

小任在旁边插嘴道："吓尿了才……"

梁警官回头看了他一眼，小任吐了下舌头，不敢再说话。

Lyna 轻轻点了一下鼠标："好了。"

此时此刻，她桌面上四个显示器，分别播放了四个角度的监控视频。果然是有钱人家，监控视频的质量非常高，不是普通的黑白视频，而是彩色高清的。从监控拍到的物品可以看出，这四个摄像头，分别是在唐家大宅的大铁门、别墅的正门、富丽堂皇的电梯里，以及某一层楼的走廊上。除了电梯之外，其他三个地方，都时不时有身穿黑色西装、人高马大的安保人员走过。在大铁门放哨的那个保镖，还牵着一头默不作声、训练有素的黑背德牧。

我皱着眉头道："人真多，还有狼狗，至于吗？唐家有那么多仇敌？"

梁警官嘘了一声，让我保持安静。我突然有了个奇怪的想法，刚好现在唐双也不要我了，不然真跟她结婚之后，过这种睡觉都需要保镖巡逻的日子，也挺心累的。

不过，有那么多保镖，那个杀人狂蔡必贵，又是怎么作案的呢？无论他是否借用了我的身体，总之，不过是一个人两只手，又不是三头六臂，怎么能搞定这么一大票保镖，躲过监控，杀了唐老爷子而完全不被发觉？

我正在狐疑的时候，突然之间，一个人影出现在唐家的大铁门内。是我。这人身穿黑色的运动服，背着一个黑色的双肩包，若无其事地站在那里，望向牵狗的保安走过的方向。不光我没有发觉他是怎么进来的，看起来，就连那条嗅觉比人类灵敏得多的德牧，也毫无察觉。

我紧紧皱着眉头，我，不对，他是怎么做到的？突然之间，他往相反的方向，轻轻跑了几步，就消失在了监控视频里。

这个时候，我想起一个问题，不禁提问道："这些监控视频，都有专人在盯着吧？这家伙跑来跑去，难道没有被人发现？"

Lyna回过头来，神色古怪地看了我一眼："鬼叔，你是认真的吗？"

我知道她指的是什么，因此回答道："这个人虽然长得跟我一模一样，但真的不是我，所以，我是认真的。"

Lyna若有所思地点点头，不知道她是不是真的相信我，开始解释道："根据监控显示，从刚才铁门那个画面之后，监控室里的人，就被你，不，被这个人打晕了。"

我挠了挠头，低声道："暴力破解啊，不过唐家还是不够聪明，要是把监控室放在异地，看那个人怎么破。"

梁警官赞赏地看了我一眼："鬼叔，我早就说你适合在国际刑警工作。"

我喊了一声："算了吧。"

接下去发生的场面，真的就像唐单描述的那样，像是电影Mission impossible里的情节。当然，这个跟我长得一模一样的男人，穿得没有阿汤哥那么帅，只是简单的便于行动的运动服和运动鞋，但是身手敏捷，形式冷静，却一点也不亚于电影里演的。

从监控录像里，我们看见他偶尔闪现一下，快速移动，不超过五秒就消失了。他似乎非常熟悉保镖的巡逻路线，每次都非常从容地躲了过去，一直到上了电梯，都没发生过一次不必要的格斗。作为一个杀手，这个男人体现出了极高的职业素养。

在电梯的监控里，我终于有机会，看着静止不动的他。从监控俯瞰的角度，这个男人两边的头发剃得精光，中间梳了个纹丝不乱的大背头。不过……

我偷偷观察梁警官跟小任的神态，都没发生任何变化。确实，除了我自己，几乎没人会关注到这个细节。那就是——我的头发颜色。监控视频里，这个男人的头发是黑色的；而每次当我连通其他平行空间的蔡必贵，头发都会突然变白。

即使在四季酒店门口，我的意识被拳击手蔡必贵夺走的那次——我似乎也听见，有路人在喊我的头发。那一次，应该也同样变成了白色。

我心里偷偷松了一口气，这么说来，虽然不知道这人到底是何方神圣，但凭这个头发颜色，就能排除我最担心的情况——我喝醉之后，杀手蔡必贵借用我的身体杀人。

而且，直到目前为止，都还没看见什么格斗，这个男人行事冷静沉着，看起来，也不像会虐杀的唐老爷子的样子。会不会唐单也好、唐双也好，都是心情悲愤，所以夸大其词？

总而言之，先往下看吧。虽然看不见表情，但是从身体姿态可以看出，这人非常从容，好像不是要去杀人，而是去见一个相识多年的老友。

电梯门打开之前，他伸手用食指挠了下太阳穴，这个平常的小动作，却让我倒吸了一口冷气。唐双说得没错，这个男人的身形、体态，乃至于习惯动作，都跟我完全一致。如果用小清新的说法来描述，那就是——世界上的另一个我。

我百分百确定，监控画面里的男人并不是我，因为我那个时候正喝得酩酊大醉，在酒店房间里睡得像头死猪；按照目前观察到的信息，从他的头发颜色、身体动作，也不像是其他平行空间的蔡必贵附体到我身上。我不禁挠头——这个男人到底是谁？

不久之后，一切都水落石出，我才发觉，原来真相那么简单。

画面里，电梯门刚一打开，那男人咻一声闪出电梯，便消失不见了。

我自言自语道："人呢？"

梁警官伸出手来，示意我看另一个监控画面："这里，唐老爷子房门口。"

我顺着他的指示看去，监控摄像头以俯瞰的角度，拍着一个身高足有一米九的男子，身穿黑色西服，正双腿分开，双手背在身后，双眼直视前方，站在一扇大气沉稳的木门旁。这男人身形高大，一身腱子肉把西服绷得紧紧的，我不禁大为好奇，那个比他矮半个头的男人——也就是我——能通过什么方法，搞定这个大块头？

虽然我被拳击手蔡必贵附体时，也击倒了一个黑人哥们儿，但对方没有受过专业训练，并且是出其不意；而监控画面里的大块头，不愧是职业的，警惕性十足，看这架势，说不好还有过当特种兵的经历。即将发生搏斗的两个人，战斗力完全不在一个等级嘛。

这个时候，阮莲却低声说了句："可怜。"

可怜？我没听错吧，她是在用这两个字，来形容这个大块头？

我刚想开口确认，只见监控画面里，大块头突然看向了走廊的另一边。看样子，像是听到了什么动静。有钱人家的摄像头虽然是高清的，但是跟外面其他货色一样，都是只有影像，没有声音，估计是为了防止谈话的机密外泄。所以，我们也无法判断，大块头到底听到了什么。

大块头虽然看着走廊那边，但是身体却没有移动，看来他的职责是紧紧守在房门口，寸步不移。就在他拿起对讲机，刚要低头说话时，一个鬼魅般的身影，突然从相反的方向出现，一个箭步来到大块头身后，两只手臂夹住他的头，用力往旁边一甩。虽然监控没有声音，但我仿佛听见了颈椎被扭断的"咔嚓"一声。几秒之前，还威风凛凛、铁塔一般的大块头，现在就如同软泥一样，滑落到了地上。

我倒吸了一口冷气："死了？"

梁警官接话道："没有，晕过去了。"

我竟然莫名松了口气，大块头没死，起码这个长得跟我一模一样的男人，可以少背一条人命。只不过，就这样毫无知觉地被弄晕，哪里说得上"可怜"？

那个男人拖动大块头，让他靠在走廊墙上，动作缓慢而沉着，看得出在避免发出任何声响。做完这一切，他推开厚实的木门，闪身进入房间，然后，把房门紧紧关上了。

终于要到正戏了啊。

接下来，就是这个男人残忍虐杀唐老爷子的情节，让唐单、唐双，甚至梁警官，都受到了巨大的震撼。作为一个跟疑凶长得一模一样的男人，此刻我当然极度渴望，看看整个案发过程到底是怎样的。可是，Lyna桌子上的四个显示器，还在播放着刚才的视频画面，而她正无动于衷地坐在那里。

我不禁催促道："调到房间里呀，快。"

Lyna还没说什么，梁警官却摇头道："房间里的画面，没有。"

我不禁目瞪口呆："什么，别开玩笑了，怎么会没有？"

梁警官苦笑了一下："鬼叔，换了是你，会在自己卧室里装摄像头？"

我倒是没想到这点，一时竟说不出话来。确实，没有人会傻到把卧室里的隐私，主动暴露给别人看。可是，这样一来，让所有人震撼的虐杀过程，又从何说起？

我不由得嘟囔道："不是吧，我做好一切心理准备了，就让我看这个？"

梁警官没搭理我，用手指敲了敲桌面，简洁地说："Lyna。"

Lyna懂梁警官的意思，马上开始在电脑上操作起来。我正想说，看来还是有房间内的监控嘛，却赫然发现，Lyna只是在调整监控画面的时间。也就是说，她在调取之后的画面。

等她敲下时间码，按下回车键后，身体往椅背上用力一靠，像是在逃避什么；她开口的时候，连声音都变了："鬼叔，半个小时后。"

我一时不明就里，也没有多问，聚精会神地看着最后一个监控画面，房门紧闭，大块头靠墙坐着，跟半小时前相比，没有任何变化。

突然之间，房门被拉开了。那个男人从房间里走了出来，步调轻松，神态自然，确实像是刚见完一个多年老友。他还是身穿黑色运动服，背着一个平平无奇的双肩包，跟来时别无二致。如果不是每个人反复强调，我绝不会相信，这个男人刚采用残忍手段，杀死一个人。他轻手轻脚地关好房门，朝监控画面下方走去，几秒钟就消失了。

我不禁怪叫一声："这就完了？"

梁警官示意我少安毋躁："等一分钟。"

我深吸了一口气，按捺住性子，继续往下看。果然，一分钟后，那个男人又原路折返，出现在监控画面里。难道是在命案现场落下了什么东西，要回来取？

可是，他却没有推开房门，而是站在大块头身边，轻轻解下背包，放在地上，然后从里面掏出了几件东西。一个同样黑色的塑料盒子，紧接着，是另一个更大的黑色塑料盒；这两个盒子取出来之后，背包马上就空掉了。这男人最后从里面取出的物品——我不由得喉咙发紧——是一把黑色的手枪，就好像在电影里看见的那样，套着长长的消音器。紧接着，他弯下腰来，轻轻地、极富耐心地不断拍打大块头的脸。

一分钟后，大块头睁开眼睛，他看见的是双眉之间黑洞洞的枪口。那个男人做了个不许说话的手势。看得出大块头满脸不服气，但是好汉不吃眼前亏，估计也是没料到唐老爷子已经遇害，所以并没有剧烈反抗。接着，在男人的示意下，大块头拿起旁边地上放着的其中一个黑色盒子，比较大的那个。

在大块头打开盒盖之前，我清楚听见，房间里的另外三个人，呼吸声都变得急促起来。监控画面里，大块头看见盒子里的东西，就仿佛见到了鬼。从摄像头的这个角度，我能看见的是盒子里一团粉红色的东西，有剥开的柚子那么大。几秒钟之后，我才领悟到这是什么。

我只觉得胃里一阵翻腾，刚吃下去的PHO似乎要连汤带汁奔涌而出。原来！他们说的虐杀是这样的——刚才半个小时里，男人把唐老爷子的大脑剥了出来！

梁警官拍拍我的背，我勉强止住呕吐欲，继续看下去。监控画面里，大块头脸色一变，把盒子往地上放，挣扎着就要站起身来；仿佛早就料到了一般，男人毫不犹豫，往他大腿上射了一枪。

大块头满脸痛苦地重新坐下，这时候，男人居高临下地看着他，做出了一个让我难以置信的动作。他左手拿枪，右手比出个拿勺子的动作，张开嘴巴往里送。就算脑子被挖掉了，也能看出这个动作的含义——吃。

眼前发生的一切，已经超过了我能承受的范围，我感觉头皮发麻，恶心作呕；房里的另外三个人，即使已经看过视频，如今也是呼吸急促，说不出一句话来。然而，监控画面里，一切都还在进行着。

大块头的表情，先是好像看见了鬼，紧接着五官扭成一团，竟然快要哭了起来。一个一米九的壮汉坐在地板上，像小女孩一样哭鼻子，这样的画面，要多诡异有多诡异。

那个男人仿佛正在执行任务的机器，毫无怜悯之情，踢了大块头的伤腿一脚，让他赶紧开始吃。大块头嘴角抽搐着，抬起头来看着那个男人，有一瞬间，我怀疑他要扑上去跟男人拼命，但是，几秒钟之后，他的气势被完全压倒了。

那个男人用枪托敲了下大块头的脑袋，后者好像认命了一般，情绪完全崩溃，一边哭一边把脸埋进了黑色盒子里，像吃西瓜一样疯啃着盒子里的物体。

我差点就吐了出来，用手捂着嘴巴，感觉吃进去的那碗PHO，正化作无数的白色长虫，要从我的嘴巴、鼻子里钻出来。都怪该死的梁警官，应该提醒我不吃早餐才对。

梁警官发现了我的状况，伸出手来示意道："厕所在那里。"

我才不用去厕所，我又不是真的要吐，在刚认识的越南妹子面前，怎么可以丢……

哇！一股酸辣的液体涌出喉咙，我赶紧一手捂住嘴巴，一边往厕所冲去。进了厕所，我便义无反顾地趴在马桶上，翻江倒海地吐了起来。

当胃酸在我身体里翻腾的时候，无数的疑问也同样在我脑海里翻腾着。为什么那个男人，要逼别人把唐老爷子的大脑吃掉？如果是为了毁掉大脑，这个方式也……太刻意了。

五分钟后，我把早上吃的那碗 PHO，全部都交给了下水道，然后又对着水龙头，漱了三遍口，这才敢走出厕所。

房间里的三个人，正品字形地坐在各自的椅子上，但却背对着电脑；这个阵仗，就好像在等着审问刚从厕所出来的犯人。

我怕的却不是他们，而是紧张地看了一眼 Lyna 的显示器——幸好，监控录像已经关掉了。我松了一口气，要再继续看，说不定……打住，不要再往下想了。

我走到三个人前面，坐在仅剩的一张空椅子上："干吗啊你们，三堂会审？"

小任跟 Lyna 看来不懂什么是"三堂会审"，互相看了一眼，然后 Lyna 给我端上一杯温水："鬼叔，喝水。"

我接了过来，小心翼翼地喝完，生怕自己一不小心又吐了出来。

梁警官等我放下水杯，关切地问："好点了吗？"

我没好气地看他一眼，还没开口，他又接着说："不用难为情，我们是专业人士，刚看完也跟你一样。"

我确实松了口气："你们也吐了？"

Lyna 这时候轻轻笑道："差一点。"

我难为情地挠了挠头："差一点，那就是没有。"

梁警官安慰道："鬼叔，不要在意这些细节。你先说说，看完监控录像，你都有什么想法？"

我不禁脱口而出："想法啊，特别多，最重要的一点——证明那个男人，绝对不是我！如果那个男人是我，杀人取脑，再逼人把脑子吃掉……"

说到这里，我感觉胃液又要上涌，赶紧打住："反正，做的时候面不改色，怎么可能看的时候反而吐了？"

小任却插嘴道："可能是你演的。"

我忘了他是国际刑警，也忘了这是人家的地盘，回头瞪了他一眼道："就你聪明。"

小任刚想回话，梁警官摆手道："除了这个，还有呢？有没有发现什么不对劲的？"

我皱着眉头，开始仔细思索。确实，经梁警官一提醒，刚才看录像时产生的一些疑问，现在变得更加明朗了。这件残忍变态的谋杀案，凶手是一个长得跟我一模一样的男人；这件事虽然原因未明，但它就这么展现在我们眼前，倒说不上太不对劲。我相信，假以时日，一定能把背后的真相，调查得一清二楚。真正"不对劲"的是一些逻辑上的问题。

想到这里，我对着梁警官道："你昨晚说的灯塔计划……"

我突然打住，扫了下房里的另外两人："这个计划他们早知道了吧，我说出来不算泄密，更不用杀我灭口吧？"

梁警官笑了一下："当然。鬼叔，你尽管说。"

我松了口气，继续道："灯塔计划是把客户的脑子，移植到受体身上，那么问题来了，唐老爷子的脑子，已经被毁掉了呀！"

梁警官赞赏地点点头："没错，问题就在这里。鬼叔，你分析一下，这件事有几种可能？"

我皱着眉头，一条条分析道："可能性之一，唐老爷子的大脑真的被破坏了，那他就移植不成了，唐单还是那个二世祖唐单，唐双很快就能拿回公司，搞清楚真相……"

这样一来，我就能见到唐双，两个人重新在一起了！想到这里，我的心情都明朗了起来。

又是那该死的小任,在最恰当的时候捅了我一刀:"错啦,错啦。"

我深深吸了一口气,确实,小任虽然惹人烦,但说的并没有错。这个想法,只是我的一厢情愿。且不说这个行凶的男人,是敌非友的可能性要大很多——不然的话,也不会按照唐老爷子的计划,杀了唐老爷子,留下监控录像以及各种物证,以此嫁祸给我。

如果这男人的目的,是要破坏唐老爷子的大脑,阻止灯塔计划,那他完全可以用更简单的方式,不需要这么大费周章。我用力挠着头发,没错,这男人之所以不在房间里破坏大脑,而要辛辛苦苦挖出来,再到走廊上,以这么极端的方法实现,只有一个合理答案——房间里没有监控摄像头。所以,他是故意要做给我们看的——"我们"不光是房间里的四个人,而是可能看到录像的所有人。

想到这里,我紧皱着眉头,慢吞吞地说:"第二个可能性,盒子里不是唐老爷子的脑子,是被调包了,甚至根本不是人脑!"

这样一来,我刚才不是白吐了吗?

幸好,Lyna 的一句话,赋予了我刚才吐得天昏地暗的意义:"鬼叔,那是人脑没有错,不过我们分析……"

她看了梁警官一眼:"很可能,不属于受害人。"

我喃喃自语道:"被调包了啊……"

梁警官轻轻鼓掌道:"鬼叔,你的逻辑推理一直那么厉害,能不能再进一步,推出当时你,不对,当时的男性嫌犯,为什么要调包呢?"

我深深吸了一口气,唐双悲痛的语调,又在我耳边响起。会不会是……

我闭上眼睛,顺着感觉说道:"他这么做,首先是要用极端的方式,让唐双不可能原谅我,不过,这还不是重点。"

小任不知好歹地说:"重点呢?"

我睁开眼睛,把想法说了出来:"重点在于,灯塔计划必须取走客户的大脑,像唐老爷子这种名流,死后想在尸体上动手脚,难度很大;更何况,死亡时间太久,大脑肯定也死掉了,不能用了。"

因为梁警官鼓励的眼神,我的感觉越来越确定:"所以,这男人才要做这么一场大戏,先用双肩包里的专业工具,取出唐老爷子的大脑,然后装进特殊设备里。他走到房门,在监控下面,逼着保镖吃下调包了的大脑,可以掩盖取走大脑的真实目的;并且,告诉所有人,大脑已经被连环杀手摧毁了,警方也不需要继续追踪器官的下落了。"

一口气说完这些,我不可置信地摇了摇头:"这局真高端!"

我听见小任用越南语说了句什么,不用猜也知道,他是在夸我,是被我强大的逻辑推理折服了。

果然,Lyna看我的眼神闪闪发光:"鬼叔好厉害,你们中国小说家都厉害吗?"

我谦虚地摆手:"没有啦,哦,我是说,不是每个中国小说家都那么厉害。"

反正这是在越南,妹子也不知道我的底细,我就先把"小说家"这个高帽戴好。不过,我的吹嘘也不算太离谱。就现在的情况来看,我的推断虽然还有些疑问,还有些细小的bug,但总体来说,对于目前所发生的谜题,这个推断已经是最优解。

当然了,一切都建立在那个男人是理性的前提下,如果到头来,他是个不知道从哪里跑出来的神经病,所作所为都是内心的癫狂所驱使,那我前面说的一大堆,都成了废话,失去了意义。

这么想着,我扭头看着一直没说话的梁警官;从他脸上微笑的表情,我能看出,他大致同意我的看法。成就感带来的喜悦,维持了不到十秒;一旦想清楚了整件事的影响,我自然开心不起来。

尽管如此,我还是不死心地确认道:"梁警官,我猜对了吗?"

说这句话的时候,我心里期待的是他开口否定我,否定得越坚决越好,最好能告诉我唐老爷子的大脑被破坏了,灯塔计划失败了,我跟唐双也不会被阴谋拆散……

然而,梁警官却坚定地点了点头:"鬼叔,你说得很好。"

我闭上眼睛,沮丧得说不出话来。

梁警官这个老司机,当然看出了我的内心活动,此刻拍着我的肩膀,安慰道:"别着急,我们还有机会。"

我睁开眼睛,把他的手从肩膀上抖落:"机会?唐老爷子那么老奸巨猾,套路比马里亚纳海沟都深,我们还有什么机会?且不说他背后那个谜一样的财团,还有哪里冒出来的跟我长得一模一样的男人……"

我越说越觉得头痛,不能怪队友是猪,但敌人确实太强大了。如果说梁警官是老司机,我也勉强算一个,那唐老爷子就是巅峰时期的舒马赫,飙起车来,我们根本没有胜算。总之,面对这些可怕的对手,我们连招架之力都没有,更别说反击了。就算是梁警官,也不可能有什……

梁警官却抓住我的手,诚恳地一字一顿道:"鬼叔,相信我,我们还有机会。只要……"

我抬起头来,狐疑地看着他。

梁警官的眼神里闪过一丝犹豫,短暂得我怀疑自己看错了;然后,他表情严肃、信心十足地说:"只要你,照我的计划做。"

第四章

倒塔行动

我喃喃地重复:"计划?"

突然间,我脑子转过来了,计划,是他昨晚提起的,认为我绝对完成不了的——疯狂计划。本来梁警官连计划的详情,都不打算跟我说;在看了刚才的监控录像后,他才重燃了对这个疯狂计划的兴趣。

事实上,我不打算在这个鬼旅店藏个半年——这还是保守估计——然后再等梁警官回过头来,解决香港的案件;没错,虽然智力能力都有限,但我从来不是个习惯依赖的人,我坚信自己的问题,只有自己才能解决。所以,无论梁警官的计划有多疯狂,听听也无妨。

想到这里,我不再迟疑:"说来听听。"

梁警官在这件事情上,却特别婆婆妈妈:"鬼叔,你确定?"

我不耐烦地点头:"确定。"

梁警官也吸了口气:"那好。"

然后,他对着两个国际刑警同事说:"你们先出去一下,我跟鬼叔有事要商量。"

小任跟Lyna互相看了一眼,便一起走出了屋子,还把房门也关好了。这一下子,我心里的好奇就更重了——到底是什么计划,连他们两个也不能听?

梁警官站了起来，轻手轻脚地走到房门前，对着猫眼仔细观察了一下。确定外面没人之后，他又在屋子里走了一圈，东看看西看看，在我的耐性马上用完的时候，他终于走回到自己桌前，在电脑里打开了一张照片。

我凑过去一看，却是一张被撕了一半的餐巾纸，上面写着歪歪扭扭的钢笔字，墨水洇了出来，让字迹变得难以辨认。更加糟糕的是，餐巾纸还有被揉过的痕迹。这张餐巾纸，原本应该写着更多内容的，但现在却只剩下中间的部分；就好像这些字的作者，写到一半，就遭遇了什么危险的状况，匆忙撕下并且揉成一团，扔到了什么地方。

我皱着眉头，嘀咕道："这个是……"

梁警官指着屏幕上，餐巾纸倒数第二行的字："鬼叔，看这里。"

我仔细辨认，等到认出那几个字时，不由得失声叫道："唐嘉丰！"

梁警官确认道："没错，唐森集团的创始人，唐嘉丰，唐老爷子。"

我倒吸了一口冷气："这是……灯塔计划的客户名单？"

梁警官再次对我投来赞赏的目光："鬼叔，厉害了。"

我摆了摆手，示意他少来，然后把脸贴在了电脑屏幕上，拼命辨认着上面的字。没错，这是一份客户名单，每一行是一个客户，按照姓名、年龄、所在地、身份、国籍，进行详细标注。比如唐嘉丰，接下去的信息分别是——51、HK、商人，咦？最后一个表明国籍的字，在餐巾纸的末尾，被撕掉了一大半；但是，那个字却不像是中国的中字，而是……

梁警官看穿了我的疑惑，解答道："对，你的前任未来岳父，是个日本人。他在日本一直生活到20岁，才加入了苏联的特务机构克格勃，在东欧剧变之后，不知道为什么没有回日本，而是以中国人的身份，在香港生活了下来。"

万万没想到，唐老爷子竟然是个日本人。不过，这倒解答了我的一个疑惑，为什么他之前愿意把公司传给养女唐双，而不是亲生儿子唐单；据说日本人的家庭观念跟我们不一样，并不是特别在意血缘，历史上很多有名的日本人，其实都是以养子身份，得到了最好的教育，或者父辈遗留的财产。

我摸着下巴，陷入了深深的思考。唐老爷子是日本人，灯塔计划背后的组织，也是日本财团……

梁警官把我拉回屏幕前，并且，为我念出除了唐老爷子，另外三行客户资料。在他前面的，是一男一女两个客户。阮东凤，67，西贡，毒枭，越南。缪文，71，新加坡，官员，新加坡。而餐巾纸上的最后一行，记录的是四人中的第二位女性。麻里子美绘，83，东京……之后的身份跟国籍，都已经缺失了。

我在心中默念，麻里子美绘——这个名字，明明是第一次听见，却有一种莫名的熟悉感。我还想再看一遍客户名单，梁警官却动作飞快地把电脑上的文件关掉了。倒也没关系，反正就几个人名，我都记在心里了。问题在于……

我配合着屋内的神秘气氛，压低音量道："梁警官，这名单谁写的啊，怎么没头没尾的？"

梁警官回过头来，用罕见的伤感语气说："无间道，记得梁朝伟最后的下场吗？这份名单，是我们同事用生命换来的。"

我哦了一声，换了个问题："那这个名单，跟你的疯狂计划，又有什么关系？"

梁警官听了我的问题，先是闭上了眼睛，等再睁开时，眼里却带着奇异的光芒："鬼叔，我要你杀了他们。"

我怀疑自己听错了："杀了他们？"

梁警官看着我，沉重地点点头。

我还是不敢相信："你是说，杀了客户名单上这些人？"

在得到他的确认后，我不禁嚷了起来："你疯了吗？"

这下子，梁警官反而笑了："对，鬼叔，我确实疯了。一开始我就跟你说，这是一个疯狂的计划。"

我对他翻了个白眼:"好,先不说这些都是金字塔顶端的大人物,要怎么去杀,我问问你,为什么要杀他们?杀了他们,对你有什么好处,对我又有什么好处?"

梁警官用手指敲着桌面,语速不快,但说得非常流畅;看得出来,这个计划在他的脑海里,已经盘桓了很长时间。

他的说法是这样的:"鬼叔,我先解释一下,为什么要杀掉这些人,阮东凤,缪文,唐嘉丰,麻里子美绘。因为他们都是杀人犯,最恶劣的那一类,但是,无论哪个国家的法律,都无法制裁他们。"

我先是不屑一顾:"什么无法制裁,是你们捉不到人……"

不对。我倒吸了一口冷气:"我明白了,你的意思是说,无论是地球上哪一个地方的法律,大陆法系也好,海洋法系也好,判断一个人有没有杀人,最基础的前提是找到受害人的尸体。"

梁警官看着我:"你继续说。"

我眉头皱得越来越紧:"可是,他们明明杀了人,甚至里面还有自己的亲生儿女,但是他们却抢了受害者的身体,以他们的面目,好端端地活着。这样一来,根本没有什么尸体,所以不可能定罪。"

梁警官脸上的表情无比严峻:"就是这样。"

我刚要点头,突然之间,想起了另一件事:"那你说半年内能完成越南的任务,是怎么回事?骗我的吗?"

梁警官轻轻摇头说:"不,如果半年没能解决,任务就会取消,特别小组解散。只不过,如果越南的解决不了,那么香港的……"

我不由得喉咙发紧:"更不可能解决了。"

所以,到头来梁警官还是个骗子。说什么一定能还我清白,让我跟唐双重新在一起,指望他,我这辈子就完蛋了。

我深深吸了一口气:"好,我明白了,那张餐巾纸上写着的,是一群逍遥法外的杀人犯,而且只要有钱,还能一直这么玩下去。但是,我凭什么要去杀他们?就为了匡扶正义,替天行道?还是说……"

我狐疑地看着梁警官:"替你完成任务?"

梁警官轻轻笑了一下,没有正面回答:"阮东凤,早在二十世纪,就是闻名东南亚的大毒枭。虽然从十年前宣称金盆洗手,离开边境,以成功商人的形象活跃在西贡,但依然操纵着一个庞大的贩毒网络。可惜,虽然掌握了她很多犯罪证据,但因为当地政府的包庇,我们对阮东凤无可奈何。"

我皱起眉头,心里暗自嘀咕,不是毒枭狡猾,是你们太弱鸡了吧。

梁警官继续往下说:"三年前,我们确认了阮东凤身患胰腺癌的消息,就一直等待着她死后群龙无首,将这个牵涉三个国家的贩毒网络,连根拔起,没想到她竟然被邀请加入了灯塔计划。"

他在电脑上轻轻敲了几下,调出一老一少两张照片:"左边是阮东凤,住院后坐着轮椅;右边这个年轻人,是她的二女儿,阮红晓。"

梁警官用手指敲着桌面:"现在,两张图片里,都是阮东凤了。"

我指着两张照片,没忍住笑:"手术前,手术后。"

梁警官看了我一眼:"鬼叔,我们正在说的,是关乎几十万人性命的大事。在灯塔计划后,重获新生的大毒枭,以毒二代的身份,很快驯服了原来母亲手下的各路人马。阮家的毒品帝国,不但没有消亡,反而越来越飞扬跋扈了。鬼叔,你知道他们的毒品,一年会害死多少人吗?"

我这才收敛了一点:"不知道。"

梁警官却没有给出具体人数,而是指着屏幕上的照片:"你记一下右边这张脸。"

我仔细看着阮红晓的照片,不得不说,在毒枭里面,她算是长得好看的。阮红晓的身形比一般越南人高大,不过瘦倒一样的;皮肤黝黑,刀削般的脸,阴沉的神情,竟然有点像拍《卧虎藏龙》的那个张震的女版。

盯着照片看了好一会儿,我眨了眨眼睛:"记住了,然后呢?"

梁警官把电脑里的照片关掉,若无其事地说:"然后,你去把她杀掉。"

我不由得焦躁起来,刚才介绍了一轮大毒枭阮家的背景,但是梁警官还是没回答我的问题。我凭什么要去杀她？好吧，就算阮东凤寄生的这个阮红晓，是个十恶不赦的大坏蛋，跟我又有什么关系？反正我自己不吸毒，我身边也没有吸毒的人；世界上毒枭千千万万，杀了一个阮红晓，还有阮绿晓，也要我去杀？

我尽量平复自己的情绪，再次问道："梁警官，我不是美国队长，没有为民除害的志愿。你别绕圈子了，直接告诉我，杀了她，对我有什么好处？"

梁警官微微一笑："鬼叔，我就喜欢你这么直接。好，我跟你说，杀了阮红晓……"

他顿了一下，用沉稳而诚恳的语气说："能帮你洗脱杀人罪名。"

我脑子没转过弯，看着梁警官，一时说不出话来。去杀一个人，来洗脱杀人的罪名？这也太荒谬了吧，所谓一本正经地胡说八道，就是用来形容梁警官现在的状态。

梁警官早就料到了我的反应，因此毫不意外，摆了摆手说："我来解释一下，以鬼叔你的推理能力，肯定能懂。"

然后，他用手指敲着桌面，开始把他的疯狂计划，从头到尾，和盘托出："这件事情，要从我们牺牲的那个同事讲起。他潜入到那个日本财团内部，并且参与了灯塔计划，可惜，一直没能接近核心业务，搜集到的情报也非常有限。在仅有的这些情报里，大部分是关于灯塔计划对客户的管理。"

我皱着眉头问："客户管理？"

梁警官继续敲着桌面："嗯，日本人非常清楚灯塔计划的敏感性，所以制定了一整套严格的保密方案。首先客户是邀请制的，日本人会经过一系列深入调查，确定潜在客户能满足一系列苛刻的条件，比如地位显赫，比如身患重疾，比如拥有可以移植的直系受体，等等……"

我若有所思地摸着下巴，确实，日本人办事就是有这么严谨，或者换个说法，死磕。

梁警官不停地往下介绍："然后，一旦日本人确定了目标，发出邀请，客户同意了就好，如果客户拒绝的话……"

他苦笑了一下："当然，这种情况非常罕见，但就我们所知，还是存在两例。客户拒绝了灯塔计划，日本人就会直接派出杀手，提前结束他们的生命。"

我不由得嘀咕："真狠，买了要钱，不买是要命啊。"

梁警官没有受我打扰，继续照自己思路说："不得不说，日本人的这一套保密方案，贯彻得非常完美。受邀请的客户，不是成为共犯，就是被杀死；而如果不在他们的目标客户范围内，就算是世界首富，也不会得到灯塔计划的任何信息。"

我点了点头，嗯，难怪就连我这个大名鼎鼎的小说家，也没有听说过。不过，梁警官说了这一堆，跟我还是没有半点关系啊？

正这么想着，对面的国际刑警，终于快说到了重点："即使成为灯塔计划的正式客户，也不像普通的消费关系里，可以随时跟买家联系。按照规定，一旦等手术完成，日本人会给客户留下一个唯一的联系方式，但是，除非手术效果有问题，客户不允许跟他们联系，否则的话……"

梁警官伸出手来，做了个抹脖子的动作。我皱着眉头，对于他的疯狂计划，终于有了点眉目。梁警官说了那么多，无非是两个意思。第一，卧底的同事挂了，这条线也就断了，没办法找出日本财团的犯罪证据，更没办法阻止灯塔计划的扩大；第二，通过对客户的调查，也无法联系到灯塔计划的实施者，日本财团。这样一来，如果想让客户去找日本人，然后我们顺藤摸瓜，只剩下最后一个方法——开动脑筋，让手术效果"出现问题"。我转念一想，不对啊。

梁警官观察着我的表情："鬼叔，你想到什么了？"

我皱着眉头，分析梁警官的破绽："想要手术效果有问题，那给他们下毒，或者打断条腿，伪装成有问题，不就行了吗？不用杀人那么极端呀，再说了，人都死了，还怎么联系日本人？"

梁警官轻轻笑了一下:"你的理解稍微有点偏差,比如,就拿毒二代阮红晓来举例,她无论去到哪里,身边都有携带武器的五个保镖。这些保镖比唐老爷子请的保镖还厉害,要不就是雇佣兵,要不就经历过毒枭之间的枪林弹雨。所以,陌生人根本近不了身,想从物理上伤害她,基本上不可能做到。"

我一计不成,再来一计:"好,那就这样,去阮家当厨师,每天给她下点料,让她慢性中毒。"

梁警官摇了摇头:"同样行不通,阮家的厨师也好,园丁也好,都用了很多年,这些人的老婆孩子都受阮家照顾,换个说法,都在阮家手上。他们是不可能帮忙投毒的,就算想派人混进阮家,也没法通过他们的审查。更何况,阮红晓非常爱惜新的身体,会定时去医院检查,只要稍微有什么不对劲,很快就会发现。"

我不禁挠头,龇牙咧嘴道:"你这说得,安保比国家元首还厉害。"

梁警官双手一摊:"确实如此,所以才找你当外援。"

我明白他的意思,可是……不,就先当我有能力,可以杀掉阮红晓。

我学他的样子,把两手一摊:"好,假设现在,我把毒枭杀了,然后呢?"

梁警官认认真真地说:"然后,再去新加坡杀缪文。"

我按捺着性子:"接着去香港把唐老爷子再杀一遍?有意义吗?"

他却摇头道:"不,没有这个必要。只要杀了前面两个,我们国际刑警就会配合,放出风声,确保让唐单知道,这两个死于意外的人,是灯塔计划的前两名客户。"

我恍然大悟,梁警官的疯狂计划,精髓就在于此!

接下来的,我也能猜个七八分:"唐老爷子这么多疑的人,肯定会怀疑是灯塔计划出了问题,才会导致前面的人挂了。他害怕下一个挂的是自己,必然会联系日本人,这样一来,你们再进行周密部署,就可以顺藤摸瓜,把日本人抓住。"

梁警官点了点头："不愧是鬼叔，把我的疯狂计划都猜了出来。不过，要纠正的……"

他伸出一根手指："只有一点，是'我们'进行周密部署。"

梁警官用手指戳戳我的胸口："我们国际刑警，和你，鬼叔。"

不得不说，梁警官的这一番话，还是有点说服力的。我低头不语，盘算着这个疯狂计划的可行性。梁警官刚才描述的每一个步骤，都如同火中取栗，充满危险和不确定性。而计划的最后一步，等唐老爷子主动去联系灯塔计划的实施者，然后我们再一网打尽——前提是前面所有步骤都顺利实施，才能看到这个完美的大结局。不，就算前面的都完成了，到了这一步，我们还是在赌。赌老奸巨猾的唐嘉丰，没有看穿我们的布局，乖乖上当。更不要提，在他的背后，还隐隐有更加强大、更加阴险的势力……

但是，万一我们赌对了呢？万一我真的可以杀了毒枭，再杀了那个什么官员呢？万一唐老爷子老马失蹄，真的被我们算计中了呢？那可就大快人心……如果能证明唐老爷子并没有死，能把灯塔计划的那帮日本人都抓起来，我杀人这件事，自然就沉冤得雪，真相大白了。这样一来，我就能重回原来的生活，更重要的是，能跟唐双重新在一起。

唐双……我眼前浮现出她的一颦一笑，心里的喜悦像热气球一样，马上要腾空而起。慢着，我深深吸了一口气，按捺住心中的激动，开始想操作上的难题。首先，我要去杀人。杀人啊。别看我平时有些大男子主义，实际上，我从小到大，连鸡都没杀过一只。现在好了，跳过新手教学，直接挑战最高难度——杀人。

没错，这些灯塔计划的客户，都不是什么好人。他们造的孽就不多说了，光杀害直系亲属这一条，就够判他们死刑。但是，无论是怎么罪大恶极的人，也需要在法律下进行审判，法外执行的正义，并不能成为正义，甚至本身就是一种罪行。

可是，这些道理，由不需要亲自下手的人讲出来，会更加轻松。现在，是我而不是别人，要去杀死这两个人。在黑漆漆的屋子里，我伸出双手，在眼前不断松开手指，再握拳。这样的两只手，真的要沾上人类的鲜血吗？

梁警官看着我的举动，并没有一味地劝我下手，反而这么说道："鬼叔，我知道你在犹豫什么。无论在什么样的情况下，夺取别人的性命，都是一种特别残忍的行为。"

他难以察觉地笑了一下："你是我的好朋友，如果不是情况这么极端，我一定不会给你这个选项。"

我抬起头，看着他的眼睛。梁警官的一番话，却给了我另一方面的启发。没错，我们不愿意杀人，但是坏人，没有我们的顾虑。特别是唐老爷子。他既然可以杀死亲生儿子唐单，那么一个养女的性命，对他来说，更不是什么无法取舍的珍宝。

万一唐双，不，唐双一定不会愿意跟他在一起的，甚至唐双可能会识破他的阴谋，成为他的阻碍，在那一刻，谁能保证唐老爷子不会起杀心？

我闭上眼睛，深深吸了一口气。我要保护唐双。只要能保护她，别说杀两个坏蛋，就算杀二十个，两百个，上刀山下火海，我也在所不惜。纵然不被法律允许，但这些坏蛋，假如任由他们活下去，只怕有更多人会受害。或许这是自我欺骗，但事已至此，我也只能自己骗自己了。

我睁开眼睛，对着梁警官一张凝重的脸，轻轻慢慢地说："这个任务，我接了。"

就连梁警官也愣了两秒，然后还要反复确认："真的？你确定？"

我点了点头，却并没有解释内心的想法。有些真实的动机，自己知道就好，说出来的那一瞬间，就会变得有点假。

梁警官前面铺垫了那么多，等我真的答应下来，反而有些手足无措。他罕见地表现出焦躁，不停地搓着手："好，太好了，鬼叔，我是说，真的太好了。第一步我们要，对了，第一步该怎么做来着？"

我反过来安慰他:"别着急,慢慢说。"

他调整了一会儿情绪,这才重新开口:"第一步,要激发你连通平行世界的能……"

我打断道:"不对,第一步是,给我们的计划起一个正式的代号。"

梁警官不好意思地笑了一下:"对,你说得有道理,不可能一直叫疯狂计划。好了,那该叫什么呢……"

我之前就想到了答案,所以胸有成竹地说:"梁警官,你知道有一款游戏吗,五打五的。日本人不是叫灯塔计划吗,我们这次行动,代号就叫……"

梁警官不愧跟我并肩作战过几次,这下子心有灵犀,和我异口同声道:"倒塔行动!"

我嘿嘿一笑:"来,给我五!"

梁警官先是愣了一下,然后才反应过来:"Give me five!"

两人用力击掌,清脆的掌声仿佛一道白光,点亮了黑漆漆的房间。

梁警官点头赞赏:"倒塔行动,不错,不错。"

我不由得有些得意:"这个代号不错吧?那些家伙,为了给自己续命,罔顾别人的性命,还说得那么好听,什么建造灯塔,延续人类智慧的光芒。好,他们造塔,我们来倒塔!推倒这些狗屁灯塔,让这些该死的家伙,回到应该待的地方去。"

梁警官也被我的情绪感染:"鬼叔,太好了,你有这个觉悟,我们的行动就一定……"

我充满信心地看着梁警官,他却顿了一下,慎重地说:"一定能提高成功率。"

我对他翻了个白眼:"行动还没开始呢,先别泼冷水好吗?"

梁警官不好意思地说:"实事求是嘛。好了,现在我们的第一步,行动代号已经定好了,接下来的第二步,就是给你制订一整套的特训方案。"

我迟疑道:"特训?什么特训?"

梁警官故作神秘地一笑:"具体内容保密,训练时间,暂定一个月。"

我不由得皱起眉头,一个月时间说短不短,说长也不长;无论训练内容是什么,强度有多大,要说经过这一个月特训,就能在千军万马之中,取大毒枭首级——鬼都不信。更别说我不是鬼,我是鬼的叔叔,鬼叔。

梁警官大概是看出了我心里的疑惑,娓娓道来:"鬼叔,训练的目标不是要教你新的技能,而是唤醒你的能力。"

说完这句话,他指了指 Lyna 桌子上,刚才播放监控录像的显示器。我马上领悟到了他的意思。梁警官知道,在我的脑子里有一个巨大的黑洞,能够连通其他平行空间的自己,暂时拥有他们的能力。比如说拳击师、飞行员、江洋大盗……还有"杀死"唐老爷子的连环杀手,梁警官也认为是某种状态下的我——当然了,这一条我是坚决否认的。

话说回来,即使排除连环杀手不说,光前面的这些技能,如果运用组合得当,说不好,也能够成为半个超级英雄,完成除暴安良、替天行道的壮举。问题在于,之前无论哪次"附体",都不是我主动召唤的,而是在面临巨大危机——尤其是生命危险时——出现的应激反应。所以,梁警官的特训要达到的目标,应该是……

我摸着自己的下巴,喃喃道:"用一个月时间,学会主动召唤其他平行空间的蔡必贵。"

梁警官兴奋地打了响指:"鬼叔,就是这样!你想,如果你可以随时让职业杀手出来……"

我恼怒地打断:"我说过了,那不是我!"

梁警官换了个说法:"好好,那不是你,但假设你可以掌握杀手蔡必贵的能力,别说一个阮红晓,来一打阮红晓,你都能除掉。"

我靠在椅背上,双手抱着后脑:"主动召唤他们啊……不知道行不行,不过……"

我闭上眼睛,感受着颅骨里的那个黑洞:"值得一试。"

梁警官的兴奋显而易见："好，太好了，特训从明天开始，我来安排小任和 Lyna……"

我突然想到什么，打断道："梁警官，你不是说阮红晓的安保措施，比国家元首还厉害吗？那我要怎么接近她？难道还是趁晚上溜进她家里去？"

就算我拥有连环杀手蔡必贵的能力，但是，始终也只是个平凡人，没有三头六臂。毒枭的深宅大院里，估计各种轻重武器都有，我脑海中浮现了自己被机关枪扫射的情景，那画面太美我不敢看。

梁警官摆了摆手："鬼叔，别担心，我有更好的办法。"

我伸长脖子等着他往下说，他却不说话了，反而盯着我的脸，暧昧地笑了一下。

我被他看得发毛，摸着自己的脸："干吗？"

梁警官含义丰富地一笑："根据我们的观察，阮红晓虽然保安严密，行踪不定，但有一个地方，只要她人在西贡，就会每星期都去一到两次。"

他转过身去，按了几下电脑键盘，显示器上蹦出几张照片："就是这间酒吧，她是毒贩，但自己从来不沾毒品，连烟都不抽，唯一的不良嗜好就是喝酒。鬼叔，你喜欢喝威士忌，她喜欢的是鸡尾酒，你看。"

我往照片里看去，果然，身穿黑裙的阮红晓正坐在吧台前，身后是两个穿黑西装的大汉，而她桌面上放着一杯粉红色的鸡尾酒。

突然之间，我有了一种不好的预感："我去，你不会是想让我去接近她吧？"

梁警官笑道："你别太自恋了，她也不一定能看得上你呢。"

我一时无语，站起身来走向房门。

梁警官在身后问："你去干嘛？"

我打开房门，阳光强烈得一时睁不开眼："吃饭！"

三个小时后，我骑着一辆摩托车，在西贡拥挤的马路上慢慢行驶。我脚上穿着人字拖鞋，身穿印花短袖，戴着假冒的雷朋墨镜，人本来又瘦，看上去就跟当地人一模一样。嗯，尤其是在我身后，还载着一个正经的越南姑娘。Lyna。

还算梁警官有点人性，在害我吐光了早餐、诱导我加入他的杀人计划，甚至有要我出卖色相的嫌疑——之后，派 Lyna 来陪我，体验西贡最地道的小吃。

Lyna 还是穿着早上那件奥黛，出了黑漆漆的房间，走在光天化日之下，我终于看出她的奥黛是淡蓝色的。阮莲，蓝色，这两个元素组合在一起，让我在摩托车偶尔能开快点的时候，不由自主地唱起了许巍的《蓝莲花》。

Lyna 却发表了不同意见："这首不好听，鬼叔你会唱粤语歌吗？教我好吗？"

总而言之，这半天时间里，她带着我吃了街边夹鹅肝酱、煎蛋、火腿肠的法棒，又吃了馅料是鹌鹑蛋跟猪肉的中国大包子，路边摊的滴漏咖啡，店里的春卷，最后在我的坚持下，回到范老五街，吃了一大碗海鲜 PHO。现在，我的肠胃被塞得满满的，烦恼就被挤得不知哪里去了。

有那么几个瞬间，我会没出息地想——管他什么倒塔行动呢，我就一辈子赖在西贡，不回去了。这种生活，不也很好吗？吃东西的时候，旁边的客人听见我们在说汉语，偶尔会投来不太友好的目光。

我有一次问 Lyna："你们是不是讨厌中国人？"

她笑着对我说："我跟他们不一样，我喜欢中国人，真的。"

她看我的眼神，就好像热带的阳光那么直接，那么热烈，晒得我的老脸都有些发烫。

第 五 章
极端特训

"倒塔行动"为期一个月的特训，在第二天宣告开始。

梁警官自封为总教练，为我制订了详细的训练计划。梁教练认为，要成为一个传说中的杀手，首先要做的是……锻炼身体。不知道是不是受漫画《一拳超人》的启发，他规定我每天要跑十公里，做一百个俯卧撑，以及其他锻炼肌肉的无氧运动。

认真说起来，他的理论也没有大毛病。即使我能熟练召唤其他蔡必贵，瞬间掌握相应的技能，比如拳击，但那只是大脑里的技能、经验、判断；真正一拳能输出多少破坏力，还是要看我的腰腹跟手臂肌肉。

所以，每天早上五点半，我就被梁警官从床上拖了起来，在天还没亮的西贡街道上晨跑；跑完之后回到柠檬旅店，在602房里进行各种无氧锻炼，一般要到快八点，梁教练才会允许我吃饭。

让我痛苦万分的是，自从特训开始之后，我就再也没能吃过海鲜PHO、咖喱螃蟹、春卷、法棒等等所谓"不健康的食物"。尤其是早上训练完，只能吃特别为我准备的蛋白质餐，比如水煮鸡蛋白、橄榄油煎鸡胸肉、各种鱼类等。唯一让我感到安慰的是，这些食物都是Lyna亲手做的。

吃完早饭后，我会步行到几公里外的一栋写字楼，这里有一间中国人投资的手机贸易公司。公司是真实存在的,我在公司里的身份也实际可查——当然是化名,只不过我来这里并不是为了上班,而是学习越南语。

整整一个上午,是越南语教学时间,由 Lyna 老师主讲。不得不说,这是一天里唯一的快乐时光。我的背景设定,是刚来上任的贸易公司地区主管,越南语不需要精通,但必须达到能跟阮红晓交流的程度。除此之外,在 Lyna 老师的讲解下,我对越南的经济、人文、历史也有了更深入的了解。

当然,在这个过程里,我对于一个长在越南、加入国际组织、只谈过一次恋爱、喜欢中国文化特别是唐诗宋词的妹子,也有了更多的感性认识。短暂的午休过后,下午是最难熬的时间,称为噩梦也不为过。

我再怎么也想不到,穿上衣服显得有点瘦弱的小任,任剑水,脱掉衣服,竟然是浑身的腱子肉。八块腹肌,我仔细数了数,没有错。更没有想到的是,小任是一个正儿八经的搏击专家,在越南的全国性比赛上,还拿过一次冠军,好几次亚军。不过也难怪,不然以他的智商,凭什么加入国际刑警。

在把我们关进屋子前,梁警官对我们说,格斗特训的目的,不是为了教我拳脚,而是为了激活我的召唤能力。最让我后悔的事情,是当时多说了一句:"管不管用啊,我每次能变身,都是生命受到了威胁,至关重要的时候。"

梁警官一脸凝重地看着小任:"鬼叔说的,你听见了吧?"

每天下午训练完,我都只剩下半条命。然而,半个月时间里,无论我怎么努力,无论小任揍得我有多狠,我的头发还是没有变白过。一次都没有。也就是说,无论拳击手、小偷、飞机师,这些平行空间的蔡必贵,我没办法成功召唤。甚至被打急了的时候,我会一怒之下想要召唤那个连环杀手,弄死眼前这个腾挪跳跃、满脸嘲讽的越南小伙子。

但是,从来都没有成功过。大概是因为小任无论打得再狠,我的脑洞还是清楚明白，他不是真的要取我性命。嗯……性命是没有问题，但每天被密集的拳脚轰击，也够我喝一壶的。幸好，梁警官起码交代了小任，"训练"的时候，不能打脸。倒不是他为了我个人着想，而是为了晚上去到酒吧的时候，不是一副鼻青脸肿的样子出现。

特训开始后的半个月里，我一共在酒吧遇见了阮红晓四次，一周两次，非常有规律。但是，我没有跟她说过一句话。按照梁警官的调查，阮红晓的疑心非常重，所以我一定不能主动去搭讪，只能等阮红晓来找我。即便如此，如果阮红晓一旦对我产生兴趣，也一定会派人跟踪我，并且调查我的身份；所以，我平时一定要处处小心，不能让她看出破绽。

我的一个疑问："贸易公司的主管，一直住在旅店里，这个合理吗？"

梁警官的回答是："因为你刚来不久，还没有找到合适的住处。更重要的是，只有住在 lemon inn，我们才能保证你的安全。"

我的第二个疑问是："梁警官，我们处心积虑搞了那么多，你有没有想过，要是阮红晓不喜欢我这种类型的，那不是白搭吗？"

我会这么问，并不是没有原因。在酒吧里遇见过阮红晓四次，我感觉她从来没有正眼瞧过我。我也是有撩妹经验的，这种情况下，我绝对会判定为——别浪费时间了。

但是，梁警官却拍了拍我的肩膀，笃定地说："放心吧，她就喜欢你这型的。"

得到了这个肯定的答复，我真的不知道该开心，还是该不开心。

逃亡到越南的第二十天，早上九点，我拖着疲惫的步伐，走到了写字楼的大堂。周围来上班的年轻人，好几个打着哈欠，一副没睡醒的样子。

得益于 Lyna 老师的越南语教学，现在普通的日常对话，说得慢一点，我连猜带蒙，能懂个五六成。

电梯门口，一个一头黄发的小伙子，长得像越南洗剪吹组合的成员，正在跟旁边的同事抱怨:"每天九点要上班,迟到扣钱,太不人性化了。"

我真想大声怒吼,就你还叽叽歪歪个毛线,像我一样每天早上跑个十公里,无氧锻炼一小时之后再来上班,再来探讨人不人性化的问题吧。

这样的日子,到底什么时候是个头⋯⋯

突然!有人重重地拍了下我的肩膀。每天下午的搏击训练,也不能说毫无作用,我在几秒钟内就掉转方向,并且摆出了一个专业的拳击姿势——双手握拳挡在脸前,以防被对方一拳 KO。防御姿势,当然也是拳击姿势的一种嘛。结果,我看见的是一张灿烂的笑脸。

Lyna 掩嘴笑道:"蔡经理,不要紧张嘛。"

我松了一口气,放下双拳,讪笑道:"中国有句话,人吓人,吓死人,哎,电梯到了⋯⋯"

Lyna 却拉住了我的手腕,对我使了个眼色:"今天不是说,陪我去看电影吗?"

我一时没反应过来,瞪大眼睛道:"看电影,今天不用上课,不对,不用上班吗?"

Lyna 拖着我就往外走:"对呀,梁总特别批准的,走啦。"

我一边往外走,一边挠头,奇怪了,梁警官这个魔鬼教练,竟然会批给我半天假。再回想起 Lyna 刚才的表情,我才领悟到,不是梁警官放假,是 Lyna 看我心情郁闷,特意带我去看个电影,散散心。真是个善解人意的好姑娘,要不是我有了唐双,说不定就娶个越南老婆,待在越南,不回去了。

唐双⋯⋯她养父被杀,准备结婚的男朋友逃亡,这二十天里,她一个人是怎么度过的呢?唐老爷子"死"了,唐森集团肯定乱成一锅粥,唐单的夺权计划也实施了吧,她又该怎么应对?更别提,占据了唐单身体的唐老爷子,这个喜欢自己养女的老变态,有没有对唐双下手⋯⋯

这二十天里,每一天,我都用超负荷的训练来麻痹自己,不要去想这些事情。不然的话,我会疯掉的。

我叹了一口气，前面的 Lyna 似乎感觉到了，回过头来甜甜地笑："哎呀，叹什么气啦？"

我心里都是唐双，这会儿觉得，应该跟 Lyna 说清楚了，不能让她空等下去，于是咬咬牙道："Lyna，我们是不可能的。"

Lyna 睁大眼睛看了我两秒，突然嘻嘻笑道："鬼叔，你在想什么呀？"

我话一出口，就有点后悔了，这么说对她伤害很深吧，也难怪她会矢口否认，给自己找台阶下……

Lyna 却笑得越来越厉害，一点都不像装出来的；等她好不容易止住笑，带着古怪的表情看着我说："鬼叔，你想多了，我喜欢的是梁警官啦。"

此刻的我，是一个大写加粗的尴尬。我结结巴巴地说："你，你不是说喜欢粤语歌，喜欢中国男人，喜欢认真工作的……"

话没说完，我就知道自己错得有多离谱。这些形容词，套在梁警官身上也完全适用，只是我太自作多情，才对号入座了。现在想来，Lyna 身为一个国际刑警，会喜欢上的当然是前辈、领导、至今单身、长相路人但身材健美的梁警官，梁超伟了。怎么会是逃亡异国、心有所属的我呢？作为对象，就算小任也比我好呀。真的是想太多……

我面红耳赤地站在原地，Lyna 却回过头去，装作没看见："走啦，看电影去。"

我深深吸了一口气，跟在她身后，不断自我安慰——这样也好，我自己尴尬，总比伤了别人要强。

Lyna 带我去了钻石购物中心，却不急着到楼上电影院去，而是领着我在楼下乱逛。这时我才明白，这个小丫头叫我来看电影，是有私心的——让我来当参谋，帮她挑送给梁警官的生日礼物。

购物中心里的奢侈品，卖得不比国内便宜多少，挂着越南盾的标价，看上去更是吓人。我这个狗头军师，跟着 Lyna 逛了三四家店，最后终于选中了一条蓝色波点的领带，她还挺满意的。

梁警官这家伙下周生日，我本想着也给他挑件礼物，再仔细一想，万一我刷卡暴露了自己的位置，被警察抓回去就麻烦了。所以，还是算了吧。

好不容易上楼买了票，进了影厅，除了我们只有两三对小情侣。Lyna 贴心地挑了部好莱坞动作片，英语对白；忽略了越南语的字幕，可以当作是在国内看电影。

逃亡到异国他乡，白天是非人的训练，晚上翻来覆去，孤枕难眠；现在的我，特别需要骗一骗自己，获得内心短暂的安稳。灯一关，我便进入了这难得的宁静里。

电影放了一个来小时，最后的大战前，大师向男主传授做人的道理——踩着这个尿点，我溜出去上厕所。

男厕里空无一人，站在尿兜前，刚拉下短裤的拉链，我便发觉有些不对劲。三个黑色西服，戴着墨镜的大汉，从门口鱼贯而入。

一个大汉守在厕所门口，另外两个一左一右走到我旁边的位置。这两个都是欧美人，身高接近一米九，他们也不上厕所，也不说话，就这么静静地站在尿兜前。

这个阵仗，只能是阮红晓的保镖。要认真说起来，左边这个红胡子的哥们儿，我在酒吧里也见过的。所以，这个意思是……

梁警官说，阮红晓喜欢的就是我这型——想到这里，我的嘴角不由得抽动起来。现在的情况，要不然就是梁警官说对了，毒枭看中了我，让手下来传话；要不然……要不然就是我的身份被识破，毒枭派人来下毒手。

突然之间，我心头一凛。阮莲。刚才我出来前，她还让我快去快回，说她一个人在黑漆漆的电影厅里害怕。身为国际刑警，虽然会些基本的格斗，但毕竟是一个主要从事文职的弱女子，不可能对付得了如狼似虎的雇佣兵。

我深吸了一口气，心里明白，必须要尽快搞清楚状况，在阮莲遇到危险之前，救下她。先假设这些黑衣保镖，是为了第一种原因而来；我的身份是一个贸易公司的主管，不知道什么毒枭，更不知道自己被看上了，那么我要表现出来的反应是……

不知所措。

于是，我装出一副惊慌失措的样子——其实也不太用装——声音颤抖，用越南语问了一句："有事吗？"

两边的黑衣保镖没有反应，也对，他们是欧美人嘛，于是我用英语又重复了一遍："What's up man？"

左边的红胡子明显是听懂了，低下头来看了我一眼，他仍然不说话，不过却朝着另一个黑衣保镖，点了点头。然后，一部黑漆漆的诺基亚，不对，是 Vertu 手机，被塞到了我面前。

红胡子终于说话了，简简单单的两个单词："Your call。"

我心里松了一口气，看起来不像是要取我性命的；于是我赶紧接过那部十几万的 Vertu 手机。

那一边，是个熟悉又陌生的声音——我在 Lyna 的电脑上，在酒吧里，都听过这把年轻的女声。

"她约你吃饭？"柠檬旅店的 601 房里，Lyna 瞪大了眼睛问。

我挠了挠自己的脸，无奈道："是的吧。"

小任发出一声欢呼："棒！太棒了！"

梁警官示意小任冷静，但他自己脸上，也是洋溢着笑容："鬼叔，我说得没错吧，她就喜欢你这一型的。"

我苦笑了一下："谢谢你的乌鸦嘴。"

Lyna 再次确认道："日期是下周三？"

我点了点头："没错，下周三晚上七点，在什么山来着……"

Lyna 念出了一个越南单词，是法语"乌龟"的音译，在西贡郊区。早上我在电影院的男厕里，听见毒枭阮红晓说的地方，就是这个发音。

梁警官摸着下巴，显得有一点迟疑："这个地点不是阮红晓平时的住址，是一个她一般很少去的别墅。这里的安保没有阮家严密，很有利于我们的倒塔行动……"

头脑简单的小任插嘴道："很好啊！"

梁警官摆了摆手："不对，阮红晓行事谨慎，这次见一个没接触过的陌生人，为什么把地点定在一个相对不安全的别墅里？这很反常。"

Lyna 点点头，说了一句我教她的中国话："事出反常必有妖。"

一时间，我如释重负道："对啊，太反常了，那我就不去了吧。"

梁警官看着我，缓缓道："鬼叔，你可以不去。"

我看着他，知道后面一定有个但是。

果然，梁警官话锋一转："但是，我们的努力就白费了。"

Lyna 也补充道："鬼叔，虽然有危险，但这是我们最后的机会了。"

小任更是在旁边摩拳擦掌："怕什么！那么多天我都打不死你，我知道你命很大！"

我对他翻了个白眼，算了，就当这一句是好话吧。

沉默了三秒，我叹了一口气："你们说得都对，道理我都懂，可是……"

我挠了挠头，坦白承认道："我害怕啊。"

梁警官的手指开始敲击桌面，这是他考虑问题时爱做的小动作："鬼叔，我不能说你的担心是多余的。幸好，下周三的晚饭，我们还有时间准备。"

他郑重地承诺道："相信我，一定会想个完美的方案，确保你的安全，确保你在杀死了阮红晓之后能顺利逃脱，即使计划失败，我们也能把你救出来。"

我皱着眉头，考虑着梁警官所说的话，他究竟有没有能力兑现，我又该相信他几成。眼角余光里，我看见 Lyna 轻轻地低下了头。早上在商场里，她说要为梁警官买礼物，要给他准备一个小型宴会，时间是下个星期三，梁警官生日的当天。

下周三的约会，是我三十多年里最为重要的一个。以前的约会，失败了不过是丢个女朋友，丢笔生意，这次的约会要是失败了，丢的是我的小命。所以，收到阮红晓的邀请后，整个特别小组——其实也就三个人——加我一个外援，都进入了热火朝天的准备中。

然而，并没有什么用。梁警官信誓旦旦地答应我，会想出一个完美的方案，保证我性命安全。可是，这样的方案存不存在还另说，一个现实的困难在于——他可用的人手太少了。

除了 Lyna 跟小任，在西贡的十几名国际刑警特工，都不知道我的存在。所以，即使调动这些人来配合任务，由于需要隐瞒我这个逃犯，只能安排他们做一些外围的工作。这样一来，他们能发挥的作用就大打折扣。

所以，我如果想从下周三的致命约会之后活着回来，还是只能靠自己。最严峻的问题在于，我发现，自己也不太靠得住。

在接下来三四天的格斗特训里，小任一次比一次狠，可是我的召唤技能，还是一次都没使出来。连一点召唤出来的迹象都没有。原本是心底的怀疑，现在都浮出水面了——很可能，我召唤其他蔡必贵的能力，并不是这么运转的。梁警官想的这一套特训，根本不管用。即使是头脑最简单的小任，也看出了危机的严重性。

星期天下午，在完成了又一次无功而返的魔鬼训练后，我瘫在房间的地板上，连坐起来的力气都没。按照惯例，小任是会扶我起来的，可是这一次，他却走到我旁边的地板上，坐了下来，一句话也没说。

我有气无力地说了句："别思考人生了，帮我起来啊。"

小任却莫名其妙地问："鬼叔，如果有一个任务失败了，那你想要一个人死，还是全部人死？"

我双手撑地想要坐起来，却咚一声又摔了回去，龇牙咧嘴道："我可以不死吗？"

小任严肃地回答："非死不可。"

我闭上眼睛，有点违心地说："那我就一个人死吧。"

是啊，假想一下，如果真的必死无疑，难说我不会拖队友下水。别人不说，梁警官这家伙夸下海口保我小命，既然做不到，看我不整死你，哼。

大概是满意于我的答案，小任终于伸出手，拉我坐了起来，然后说："鬼叔，我也是这么想的。"

我嘿嘿笑了一下："我早就知道，你是个有义气的男人。"

小任看了我三秒，然后才开始摇头："我也是这么想的，如果鬼叔你非死不可，你就一个人死吧，不能拖累我们。"

我不由得脱口而出："妈的！我早看出来了，最没义气的就是你！"

小任坐在我对面，脸上严肃的表情，跟他的五官有着强烈违和感："鬼叔，他们都说你的推理很厉害，我也来试一下，你看我推理得好不好。"

我怒气冲冲地喊："不好！"

他却不搭理我，自顾自地往下说："再过三天，鬼叔你就要去见阮红晓了。你一直一直召唤不出别的你，我想可能根本没有别的你，监控里看到的也不是你，梁警官很厉害但是他这里错了。我们做那么多都是没用的，因为你没有超能力，你不可能杀掉阮红晓，不可能。"

我皱着眉头没有说话，不得不说，我部分同意他的看法——用训练是无法召唤出另外的蔡必贵，所以我也不可能杀得了阮红晓。

小任继续往下推理："周三有两种可能，第一种可能不太可能，你杀了阮红晓，成功逃了出来，电影里都这么演。那当然最好了，圆满结局。第二种可能才是真的可能，你杀不了阮红晓，被抓住了，把我们都供了出来……"

我急忙表示反对："凭什么说我会把你们供出来？在你眼里，我是这样的人？"

小任咧嘴一笑："鬼叔你是什么样的人我不太知道，我知道阮红晓，不对，阮东凤是什么样的人，她有一百种方法可以让你招供。"

我喉咙一紧，想起这位毒枭怎么虐待落入手中的对手以及被揪出来的叛徒的传闻。小任虽然头脑简单，这个判断却是一针见血。我不是什么革命先烈，不具备钢铁般的意志；不需要真正的严刑拷打，斩个手指估计就够了，我会连小学尿床都招出来的。

小任看我没有异议，继续往下说："只要你招供，梁警官、Lyna 和我三个，还有外围同事，就死定了。"

我瞪大了眼睛："有这么严重？你们可以找当地警察，不，找军队，寻求庇佑啊。"

小任看着我的眼神，宛如在看一个弱智："找他们没用，他们说不定帮谁呢。"

我低下头，仔细分析他的推断。估计这一番话是他深思熟虑想了很久的，所以无论从逻辑上，还是从现实情况，我都无从反驳。

我突然想到了什么，倒吸了一口冷气道："所以呢，你的结论是？"

小任的神情无比严肃，这一刻，我还以为自己看到了梁警官。他说出的话也变得跟梁警官一样浑蛋而无情："所以，我决定明天的训练，把你打死。"

我吃惊地看着他："你是认真的？"

小任点点头，意志坚定地说："明天下午，我会尽全力攻击。你反正都是死，如果被我打死，还是一个痛快的死法，比被阮红晓杀死舒服多了，对你也是好事。这样我们就不用害怕被你供出来然后等死了。我也不想杀你，我是在保护大家。就算被梁警官责怪，被国际刑警惩罚也没有关系，我的做法是正确的。"

他一边站起身来，一边继续道："如果我尽全力也打不死你，那么我就相信你的超能力就是真的，我就会全力配合星期三的任务。"

在走出 602 房之前，他最后说的话是："鬼叔，不要告诉梁警官还有 Lyna，除非你想害死所有人。"

这天晚上，我躺在柠檬旅店 401 房的床上翻来覆去，难以入眠。如果你在几天后,有一个重要的约会,失败了很有可能会被虐待致死;还有一个人声称,明天下午就要把你活活打死——想来,你也一样会睡不着。

不过,我毕竟不是小任,我自认要比他聪明些。他构造简单的大脑,最多也只能想出两个方案——明天被他打死,或者周三刺杀阮红晓失败,然后等死。我要找出第三条路。自然的想法是,既然周三去了会送命,那我不去就行了。可惜,这个方法行不通。

根据国际刑警对阮红晓的了解,她是毒枭里面,最讲究信用的;无论是跟她做一千万美金的生意,或者答应了一起吃饭,要是敢毁约,那她一定会想尽办法报复。如果对方是地位相等的老大,阮红晓的报复可能是杀他几个小弟;对于我这种无名小卒,报复的方式就是直接杀本人了。

如果我是个自由身,那么从现在开始逃回国内,倒也是一条路子。可惜,我本来就是从国内逃亡过来的,没有合法签证,根本寸步难行。我在床上翻了个身——既然不能不去,那就去了再说。不过,我不是非得在周三就把她杀掉,对吧?我没能力杀她,那就先不杀。

明天一起来,我就告诉梁警官,我没有信心弄死阮红晓,更不想被她弄死;所以,周三的刺杀行动,改为刺探情报。我就去跟她吃个饭而已,随便聊聊天,以后再找机会。嗯,就这么办……

我刚想夸自己聪明,突然想到了这个方案最大的漏洞。如果阮红晓真的对我有感觉,周三的约会,就是真正意义上的"约会"。我当然可以告诉她,我跟她不是一路人。可是作为一个毒枭,不太可能会照顾对方的心情;霸王硬上弓,对她来说更有趣味也说不好。

我忍住心里的不适,尝试说服自己——就算这样,也比丢了小命要好啊,对吧?

我长叹了一口气,从床上坐了起来,焦躁得不断挠头。这也不行,那也不行,横竖都是死,我怎么那么倒霉啊!都怪唐老爷子,不,怪梁警官想出这么个不靠谱的倒塔计划,不对,怪这个该死的阮红晓……

不对,我最该生气的是声称明天要干掉我的任剑水,小任!想到这里,我不由得气得咬牙切齿,握紧了拳头——明天要打死我是吧?信不信我今晚就把你弄死!

几秒钟后,我的拳头慢慢松开,颓然倒在了床上。拉倒吧,就算我真的想弄死他,也得有这个能力啊。

这天夜里,我梦见了唐双。逃亡到越南二十多天,我有几次情绪崩溃,想要不顾一切地联系她,最后还是忍住了。我怕一跟她说话,就会无法控制自己,把知道的事情始末,原原本本全告诉她;这样一来,反而会害她陷入困境。

所以,我只能将对她的想念全部都压缩在心里。这就像是一堆炸药,越压越紧,却得不到释放;我担心总有一天,会达到爆炸的临界点。幸好,我还可以做梦。

梦里,唐双坐在草地上,而我则枕着她的大腿,惬意地躺着。我们头顶是一棵巨大的树,树冠巨大,枝繁叶茂,斑驳的光影落在我的脸上,落在唐双的脸上,让她的双颊毛茸茸的,像新鲜的水蜜桃。

唐双在读一本书,我什么事都不干,昏昏欲睡。风吹动树叶的哗哗声,以及不远处的鸟叫,是整个世界里唯一的响动。梦里的我,也知道这一个场景,美好得不真实。

我睁开眼睛,看着唐双沉静的脸,轻声问:"我是在做梦吗?"

唐双的视线从书上移开,看着我微微一笑:"我们都是。"

我再次闭上眼睛,希望这个梦能长一点,再长一点,最好永远不要醒。

"别睡了。"

唐双轻轻摇晃着我的脸,我一开始还挺享受的,可是,她却越来越用力了。

"醒醒。"

我一把抓住她的手，拉到嘴巴旁边猛亲："我再睡一会儿。"

不对，这个皮肤的质感，还有手掌的厚薄，不是唐双的手。

那只手猛地从我手里抽出，同时伴随一声惊呼："鬼叔，快醒醒！"

我认得这个声音，睁开眼睛的一刹那，果然看见站在我床头的是Lyna。与此同时，房间里的另一个人，用力拉开了窗帘——自然是梁警官。平时每天早上拉我去跑步的，只有梁警官一个，现在Lyna跟小任也……

不对。我揉揉眼睛，环顾四周，局促的房间里，没发现小任。我想起昨晚临睡前，自己赌气的想法，突然就有了不妙的预感。

Lyna一脸焦急，果然开口说的是："鬼叔，小任他……"

我不由得脱口而出："他是怎么死的？"

Lyna脸上的表情变成了震惊，她跟梁警官交换了一下眼神，然后是梁警官开口道："小任没死。"

我反而惊讶道："没死？"

Lyna的声音都带着点哭腔："谁说小任死了，他不见了！"

我松了一口气，没死就好，要不然我真以为……

Lyna着急地往下说，看来一起工作的同事失踪了，对她的打击很大："打小任的电话没人接，住的地方也找不到人，NINH说他昨晚没有回家，还以为他喝酒去了，但是到现在都没找到人。"

NINH就是来机场接机的那个小伙子，平时负责接送客人，偶尔会在一楼帮忙登记。好像是小任的远房表弟，来自北部的乡下，跟小任住在一起。

梁警官抬腕看了下表，示意Lyna不要着急："就算小任是昨晚十点失踪的，到现在也才八个小时。Lyna，先不要太担心。"

他看着我，话锋一转："倒是你，鬼叔，你怎么知道小任会出事？"

我挠了挠头，视线下移，这才发现自己上衣都没穿，身上只有一件蓝色波点平角裤。

我赶紧把薄薄的被单拉过来盖住,抬头对梁警官说:"给我五分钟,楼上601聊。"

Lyna还想说什么,梁警官制止了她:"等下再说。"

他看了我一眼,意味深长地说:"反正,鬼叔也不会跑掉。"

我心里暗骂了一句,这家伙。

第六章
致命约会

梁警官带着 Lyna 走后,我用最快的速度洗漱一番,再穿上衣服,就冲到了楼上 601。虽然小任说过今天要杀了我,但他现在毕竟失踪了,生死未卜,而且我隐约觉得,这事跟我脱不了干系。既然如此,我也很想弄明白,到底是怎么回事。

打开房门却发现,房间里只有一个人——梁警官。在他关门的时候,我皱眉问道:"Lyna 呢?"

梁警官简单地回答:"我让她出去找小任。"

然后,他拉了把椅子请我坐下:"鬼叔,告诉我是怎么回事。"

看起来,他是有意把 Lyna 支开了。不过现在先不管那么多——我深深吸了一口气,把昨天下午小任说的话,昨晚我的打算,一五一十地全部告诉了梁警官。梁警官听完之后,并没有说话,只是用手指不断地敲着桌面。

我有点沉不住气,讪笑道:"幸好小任没死啊,要是他死了,我差点以为是那个连环杀手蔡必贵,出来把他弄死的。"

梁警官一脸凝重:"鬼叔,我给你看个东西。"

他说完这句话,就回过头去,操作自己的电脑。我也没有多问,坐在他身后看,却看见他调出来一个监控录像,画面里是背着双肩包、身穿黑色运动服的我，不对，是那个连环杀手蔡必贵。

这个录像，不是看过了吗？就这么个看了不知多少次的录像，还值得支开 Lyna。不。我定睛一看，显示器上的监控录像，并不是之前我看到的那个。虽然主角是一样的，但这个背景，呃，有点眼熟，但这是在哪儿……

我突然喉咙发紧——监控画面里，连环杀手从一条走廊上走过，我认出来了，这是在四季酒店的行政楼层。命案发生的那天晚上，我喝醉了酒睡觉的地方。

梁警官按了几下键盘，监控录像开始回放，杀手蔡必贵倒着往回走、走、走，最后画面显示，他是从一个房间里，推门而出的。临走的时候，还不忘把门关好。

我倒吸了一口凉气，虽然监控录像看不到房号，但从走廊的细节我能认出——那就是我当晚住的房间。所以，这个虐杀了唐老爷子、逼着保镖把大脑吃掉的连环杀手，那天晚上，先去了一次我的房间。

而在那时，我正喝醉了酒，睡得像一头死猪。如果他想要杀了我，切开我的颅骨，把大脑整个取出来，那也是分分钟的事。

梁警官把监控画面定格，然后回过头来看我："鬼叔，你有什么想法？"

我摸着自己的天灵盖，庆幸地说："想法啊，幸好他没杀我，要不然我早就……"

梁警官却摇了摇头，打断道："他不可能杀你。"

我皱眉道："为什么？"

梁警官脸上是讳莫如深的微笑："因为，一个人不会杀死自己。"

我愣了三秒，醒悟过来之后，不由得身体向椅背靠去，像是要远离显示器："不可能，不可能！杀手一定是趁我睡着的时候，偷偷溜进房间的，不信你看之前的监控！"

梁警官认真地看着我，缓缓道："事发当天，酒店里所有的相关监控，我都看了。唯一进出那间房的，只有你自己。所以……"

他用手指敲击着监控画面里的男人："他，就是你。"

我手捂着嘴巴，用力摇头："不可能，一定是哪里搞错了。"

梁警官拍了拍我的肩膀："鬼叔，我知道接受这个是事实，需要一定的时间。但是，事实就是事实，谁也无法改变。这段监控录像，只有我自己看过，不然 Lyna 跟小任都会认定你是连环杀手，无法和你相处。还有，为什么我坚持让你特训，坚持看起来很疯狂的倒塔计划，是因为我一开始就知道了，连环杀手跟你是两位一体，只要你能召唤出他，就一定可以杀掉阮红晓。"

我心里清楚，梁警官说的很可能就是事实，但嘴上却仍然喃喃自语："错了，错了，一定是搞错了。"

梁警官叹了口气，转过头去对着电脑，又敲了几下键盘。显示器上重新跳出一个监控画面，还是那条酒店的走廊，时间切换成了凌晨四点。身穿黑色运动服、背着双肩包的男人，步调轻快地背对着摄像头，走到房间门口。然后，他轻松地从口袋里掏出房卡，开门，进屋，整个过程无比自然。就好像，他确实住在这个房间里一样。

显示器前的我，不由自主地打起了冷战。或许，跟我之前想象的不同——监控画面记录的那个时刻，房间里的床上并没有一个睡得跟死猪一样的我。或许，眼前这个杀了唐老爷子归来的连环杀手，真的就是我；起码是另一个形态、跟我共用一个身体的我。

这样一来，整条逻辑链都很清晰了。我在醉酒之后，被连环杀手附体，到唐家杀了唐老爷子；然后，杀手回到酒店房间，换好衣服睡到床上，再离开我的身体。第二天下午我被电话吵醒，除了肌肉酸痛之外，浑然不知自己半夜出去杀了个人，还以为自己是一直睡到那一刻。简单说，就是职业版的梦游杀人。

唯一尚存疑问的是，我并没有这身黑色运动服，也没有那个普通得有点古怪的双肩包。第二天醒来时，房间里也没有发现这两样东西。所以，它们到底是从哪里来,到哪里去了?但是——我深深吸了一口气——目前所有的证据,都指向一个答案:杀了唐老爷子的就是我,鬼叔,蔡必贵。

我摊开双手,狠狠盯着自己的掌心。无论如何,我都无法相信,是这一双手亲自切开唐老爷子的颅骨,取出脑部,然后往保镖的大腿射上一枪,逼着他把热气腾腾的脑花吃下去。

就算是在我毫无知觉的情况下,某个平行时空的连环杀手,控制我的身体,做出这样的事情——我也完全无法接受。只不过喝了个酒,就梦游成了个杀人狂——这件事情,换谁都接受不了。

我深深吸了一口气,努力聚拢凌乱的思绪:"不,不对,一定是哪里弄错了。梁警官你想想,小任每天下午打得我那么狠,可是我一次都没成功召唤,别说连环杀手了,拳击手和小偷都没来。"

没想到,梁警官竟然同意我的看法,点头道:"鬼叔,我们设想过,这些平行空间的蔡必贵,都是要在你生命受到威胁时,才会触发条件,穿越过来赋予你技能,甚至控制你的身体,对吧?"

我把头点得像鸡啄米:"对对对,就是这样。"

梁警官敲着桌面,继续往下分析:"生命受到威胁,这个假设是正确的,我错在什么地方,错在把触发的条件,想得太简单了。"

他弯下腰,身体前倾:"鬼叔,我终于知道了,不是你主观认为自己遇到危险,而是客观条件下,当你的生命受到威胁时,才会触发条件,召唤别的蔡必贵,出来拯救你。"

他伸出右手食指,举到我面前:"虽然我不理解是为什么,但一定是有个什么厉害的,神也好,佛也好,高维生物也好,总之,有一个全知全能的超级智慧,在俯瞰着你,保护着你。什么时候出现哪一个空间的蔡必贵,不是你自己说了算,是……"

他食指向上,指着天花板:"他说了算。"

梁警官说完这句话,抬起头来向上看,就好像天花板上真的有什么东西。我用力揉着太阳穴，想要反驳梁警官，却发现自己深陷在他的逻辑里。梁警官说得没错，之前的格斗特训里，小任再怎么凶，再怎么喊要打死我，就算表情恶狠狠地把我吓到，就算我好几次真以为他要弄死我，但是从客观上讲，他不可能、也根本没有打算，要夺取我的生命。

直到昨天下午。

所以，之前我一直没有召唤出别的蔡必贵，而刚好就是小任威胁要杀我的前一个晚上，他就失踪。说这是巧合，我自己都不信。这样一来，就产生了一个严重的问题。唐老爷子是我杀的，那就算了，他是个不折不扣的坏人。小任也是我杀的吗？他是个二十三岁的年轻人，在格斗特训之外的时间里，一直给我们带来不少欢笑。

我喉咙发紧，口干舌燥，用力咬着自己的嘴唇，都快要咬出血了。黑漆漆的柠檬旅店601房，陷入了死一般的寂静。

是梁警官先打破了沉默："鬼叔，你是怎么想的？"

我愣了一下："什么怎么想的？"

梁警官语气平静地说："星期三的任务。"

我瞪大眼睛，激动地喊："任务！取消，当然取消啊！"

梁警官伸出手来，示意我冷静："鬼叔，我知道你现在的感受。刚确认自己杀掉了女朋友的父亲，又杀了相处二十多天的朋友……"

说到这里，他突然问道："小任算是你朋友吗？"

我不知道他提这个是什么意思，心里又急又气："废话！"

梁警官却不为所动，继续道："知道自己亲手杀死了朋友，心里肯定不好受。但是鬼叔，你换个角度想想，小任是为了什么死的？是为了倒塔计划。他之所以会威胁要杀掉你，当然这样做很不对，但他目的是为了倒塔计划可以顺利进行，是为了保护Lyna，保护其他同事，保护……"

说到这里，他声音低沉，像是被人打了一闷棍："保护我。"

我深深吸了一口气，听他继续往下说。

梁警官不愧是梁警官，语气很快恢复了平静："无论如何，小任的做法是有问题的，造成目前的状况，他自己也要负一定的责任。"

我知道，他这一句是在安慰我，减轻我内心的负罪感。

梁警官继续往下分析："不该发生的都已经发生了，现在，我们面前有两条路。第一条，就像你说的那样，把星期三的任务取消。可是阮红晓心胸狭隘，心狠手辣，你敢放她鸽子，她会天南地北派人追杀你，很可能我们国际刑警的组织，也会因此暴露，许多人的生命会受到威胁。这样一来，小任的努力就白费了，他的牺牲……"

梁警官顿了一下："我是说他如果真的死了，那他的牺牲就白白浪费了，是我们辜负了他。"

我皱着眉头，不得不承认，梁警官的说法有点冷酷无情，但并不是没有道理。

梁警官看我没有异议，继续往下道："另外一个选择，是我们的任务，按照原计划进行。小任的这个意外，可以说，反而给了我们更强的信心。现在事情很明朗了，当你的生命受到威胁时，连环杀手蔡必贵就会穿越而来，解决掉那个威胁你的根源。鬼叔，我知道如果阮红晓真像你想的那样，提出一些奇怪的要求，你宁愿死也不会接受，对吧？"

我只能点头说："对。"

梁警官用手指敲着桌面："只要你拒绝了阮红晓，她也会宁愿亲眼看着你死，过程越惨，她越开心。这样一来，你的生命受到威胁，触发了召唤的机制，连环杀手就会附体，把阮红晓和她身边的保镖，统统解决掉。"

说到这里，他冷笑了一声："阮红晓把约会地点定在郊外别墅，是因为一旦求爱失败，杀人后好处理尸体，不容易被发现。对我们来说，这一点也是成立的。她一定没有想到，这一次是搬起石头，砸了自己的脚。"

"置之死地而后生啊。"我倒吸了一口冷气，低声道。

没错,梁警官这个计划的精髓,就是把我逼到绝路,再期待谷底反弹——召唤出连环杀手,摆平一切。可是,事实真的是这样吗?如果这个所谓的触发机制,到头来还是错的,那就只有置之死地,没有后生了。搞不好,真正搬起石头砸了自己脚的,是我们这一方。

看我不说话,梁警官继续推进:"鬼叔,我要提醒你一点,今时不同往日。倒塔行动开始前,如果你不想做,就可以不做。但现在的情况是箭在弦上,不得不发,我们已经没有退路了。"

我抬起头来,看着梁警官:"道理我都懂,可是……"

我挠头苦笑道:"说出来丢人,可我还是啊。"

这都要怪小任和 Lyna,之前说了一堆阮红晓的私家酷刑。死倒是还好,反正我落到这个境地,一无所有,再也见不到唐双,本来就生无可恋。但是死前还要经历非人的折磨,咽气的时候肢体残缺,那可就太痛苦了。

梁警官安慰道:"没什么好丢人的,换成我也会怕的。"

我刚要说什么,突然之间,一个声音从背后传来:"谁怕?"

我马上转头朝后面看去——背后就是墙壁,不可能站得下一个人。

梁警官迟疑地问:"是你说的吧?"

我摇了摇头:"没有啊……"

那个声音再次传来:"走开,我来。"

我像是被针扎了屁股,猛地从椅子上跳了起来,不顾一切地冲到床边,拉开了窗帘。短暂的眩目过后,我回头望着被清晨阳光充满的房间。当然,小小的柠檬旅店 601 房里,除了梁警官,就只有我一个人。

然而,除了刚才来自虚空的两句话之外,就在这时,我还听到了清清楚楚的一声冷哼。我喉咙发紧,转头看着梁警官——从他的表情可以看出,刚才的两句话以及那声冷哼,都落到了他耳朵里。不是我的幻听。站在满屋子的阳光里,我却觉得浑身发冷。

梁警官站起身来，关切地问："鬼叔，没事吧？"

但他看我的眼神，却充满了警戒——这一点，我非常能理解。

我舔了舔干燥的嘴唇，答的却是："星期三，我会去的。"

"怎么样？"我一边整理衬衫袖口，一边问 Lyna。

这件衬衫是逃亡的时候，我胡乱塞进行李箱的，多亏 Lyna 帮我熨烫得笔直舒展。

她略带夸张地喊："好帅！像明星耶！"

我嘿嘿一笑，一边看着袖子下面的江诗丹顿，不无惋惜地说："这块钢表太厚了，本来穿衬衫应该配我那块萧邦玫瑰金超薄的，贝母面，特别好看……"

这么说着，我想起这一块萧邦、劳力士绿水鬼，还有其他手表，都放在我南山的那一套复式公寓，二楼卧室的写字台上。萧邦是手卷的不用上链，绿水鬼放在摇表器里，一天会固定转 850 圈……那套公寓，连同里面发生过的一切，都像是八百年前的事了。如果我没有被列为杀人嫌犯，公寓没有被查封的话，那块我钟爱的绿水鬼，此刻可能正在摇表器里默默地转动。

"鬼叔，你在想什么呢？"

我愣了一下，回过神来，不由得自嘲地笑了。是啊，想什么呢？一个人越到性命攸关的时刻，就越会想起一些无关紧要的事情；就好像考试的时候，好端端的，脑子里会循环播放一首电视剧的主题曲。我估计，这是为了防止大脑过热烧坏了，进化出来的冷却功能吧。

我刚低头想看衣领，Lyna 却走上前来，伸手帮我整理。她的头发散发出好闻的清香，我心里暗骂，梁警官这家伙，给那么好的白菜看上，真是走了猪屎运。

一个声音在心里响起："你可别害死他们啊。"

今天本来是梁警官的生日，Lyna 还准备了一场生日宴会，现在当然全都取消了。梁警官为了所谓保障我生命的完美计划，这两天忙得饭都没时间吃；Lyna之前给他买的生日礼物，也一直没机会送出去。

无论是好白菜，还是猪，都要好好活着才行。我深深吸了一口气，前几天在601房间里，大言不惭说"走开，我来"的那个家伙，今晚就看你的了。

Lyna退后一步，满意地上下打量着我："可以了，我们下楼吧，NINH还在车上等着呢。"

我抬腕看了下时间，现在刚过六点，从范老五街出发，去到阮红晓郊区的大别墅，四十五分钟刚刚好。

我深吸了一口气，打开房门的一瞬间，Lyna轻声说："鬼叔，活着回来。"

因为怕旅店门口有阮红晓的眼线，所以Lyna只是送我到大堂；梁警官更是半天都没露脸，他要在601房间里运筹帷幄，指挥整场猎杀阮红晓的活动。

我钻进NINH开的小丰田时，身上除了钱包跟手机，什么都没有带——就这两样东西，等下都会让阮红晓的保镖收走。跟一般间谍电影里演的不同，我身上没有装什么摄影镜头啊、监听器啊、无线耳机之类。根据国际刑警的情报，阮红晓在见客时都会用金属探测器，加上人肉细致搜索，比国内机场的安检要严格十倍，什么东西都别想藏在身上。如果被搜出了什么小道具，饭都不用吃了，直接拉出去枪毙。

不过，梁警官是这么跟我说的："鬼叔，不用担心，Lyna已经入侵了阮家别墅的监控摄像头，从我们这里能看见你的一举一动。除了这些，我们还有两名国际刑警同事，在别墅附近一百米内隐蔽，操控两个甲虫型的飞行拍摄器。"

他还怕我不懂，举例道："就是电影《天空之眼》里的，你看过没有，美军同型号拍摄器。"

我不耐烦地说："知道知道，可是你们光看有什么鬼用啊。"

梁警官高深莫测地一笑："我还有一小队全副武装的兄弟，同样隐蔽在别墅周围。如果你成功杀掉了阮红晓，只要跑出了别墅，他们就能护送你安全逃脱；如果我们从监控录像里，发现你行动失败了，也会马上冲进……"

我的眉毛舒展开来："冲进来救我对吧？这还差不多。"

梁警官不好意思地看着我："冲进去展开小型战斗，扰乱安保，给你创造逃脱的机会。鬼叔，请你谅解，双方火力相差太大了。"

我无可奈何地骂道："妈的，说来说去，还是要靠我自己。"

梁警官点了点头："你和他。"

我当然知道，这个"他"指的是谁；只不过，我对"他"的信心，没有梁警官那么足。

说完这些，梁警官表情严肃地看着我："鬼叔，这不是我们第一次合作，却是我们最危险的一次合作。万事小心，争取顺利完成任务，早日回去跟唐双重聚。"

我伸出右手："就这么说。"

他却向前踏了一步，极为罕见地一把抱住我："活着回来。"

梁警官用力拍着我的后背："兄弟。"

我闭上眼睛——这些，都是下午发生的事了。如今，我正坐在NINH开的小丰田上，争取最后的时间，闭目养神。丰田离开拥挤的西贡市区，速度渐渐变得越来越快。想必这个沉默寡言的小伙子，也很想我为他的远房表亲，小任报仇。

我也真佩服自己，生死关头，竟然在车上睡着了，好像还做了个梦我本来还能继续睡的，之所以醒了，是因为车子停了下来。

落日余晖下，车窗外都是茂密的竹林，没有半点建筑物；作为毒枭，阮东凤也算有情调的，把别墅建在这种鸟不拉屎的地方。

不过，这别墅到底是在哪儿？我看了前后左右四个方向，除了竹子还是竹子，没发现别墅的影子。不会是走错了吧？

我刚想问驾驶座上的NINH，才想起他根本听不懂汉语。算了，我掏出手机，打开地图软件，幸好这里有 GPS 信号……

什么情况！不看还好，这一看，我吓出了一身冷汗！

阮红晓邀请我去的别墅，在西贡东边的乌龟山；但地图上显示我们的位置，却是在西贡南边，跟乌龟山隔了足足有二十公里。

我不由得大喊起来："NINH，你走错路了啊！"

这下子可给他害死了，阮红晓作为毒枭里的处女座，除了讨厌人放鸽子，同样也讨厌人迟到。现在已经是六点五十分，就算让藤原拓海来开车，一路飙过去，到乌龟山别墅起码也得七点半了。

这下什么都完了，赶过去也是死，不赶过去也是死，要不我就地下车，学熊猫吃竹子过活，隐居一辈子吧。

就在我脑子里乱成一团时，车子前面的 NINH 安慰道："别担心，鬼叔，我们换地方了。"

我松了一口气："换地方了，早说嘛，吓得……"

不对。我吃惊地看着前座上，正回过头来对着我笑的 NINH，不敢置信地说："宁，你会讲汉语！"

不光是会讲，这个黑漆漆的小伙子一口普通话，比远方表亲小任要标准得多。这二十多天里，他对我一直装作听不懂普通话，这倒没什么；问题在于，梁警官、Lyna，就连小任都不知道 NINH 会说普通话。

我脑子里蹦出梁警官说过的话："无间道，你看过这电影吧？"

我深吸了一口气，尝试让自己冷静下来。第一件要做的事……

我掏出手机，正想要打给梁警官，NINH 却用他的标准普通话，似笑非笑地说："鬼叔，打不通的啦，你手机被我调包了，连同我车子里的 GPS，都放在另一辆车上，那辆车现在开到乌龟山咯。不然的话，梁警官一早发现路径不对，会过来救你的。"

他不是在开玩笑，我的手机果然没法打电话——根本连 SIM 卡都没有。我抬起头来，看着他一脸讨人厌的笑，毫不犹豫一拳挥了过去。

虽然没能召唤出拳击手蔡必贵，毕竟我跟小任练了二十多天，这一拳打在 NINH 鼻子上,也能让他一个月都笑不出来。

不过,NINH 早有防备,轻巧地躲开了。再不过,反正我也不是为了打他,我虚晃一枪,是想打开车门逃跑。上当了吧……

推开车门时,我看见的却是一把银色的手枪,枪口对准我的额头。一个穿着黑色西装的白种人,示意我回到车上去。

我吞了吞口水,还能怎么做呢?

然后,这个白人也钻进了车子,关上车门,对 NINH 说了一句:"Move。"

NINH 重新启动了车子,这个小小的黑色丰田,便在墨绿色的竹林里,在越来越淡的夕阳里,悄无声息地穿行着。

NINH 不说话,我也不说话,这情形就如同二十多天前,他从机场刚接到我。所不同的是,上一次他把我送到了国际刑警的秘密据点——柠檬旅店;这一次,他要把我送去的是一个深山里的龙潭虎穴,在那里,不知道有怎么样的凶险,正在静候着我。

我想起失踪了三天的小任,想起 NINH 这个潜伏在他身边几年而丝毫不露破绽的卧底——我这一去,只怕是凶多吉少。"搬起石头来砸自己的脚"这句话是梁警官说的,果然,更适合用来描述我们这一方。

我深深吸了一口气,脖子上已经是凉津津的一片,Lyna 刚给我烫好的衬衫,如今腋下也汗湿了一片。我自嘲地笑了一下,不是我军无能,是毒枭太狡猾啊。

正如计划的那样,星期三晚上七点,我走进了竹林深处,一栋法式别墅。只不过,这栋别墅,不是计划中的那栋别墅。说起来,当毒枭就是好,商品房就不说了,半山别墅都有好几栋。只不过,这个消息对我来说,就不是那么好了。

此时此刻,梁警官指挥下的两架飞行拍摄器,还有一个武装小队,正潜伏在二十公里外的另一栋阮家别墅旁。不知道要过多久,他们才会发现,驶入院子的小丰田,早就被调包了。

而我孤身一人，方圆十公里内，没有半个帮手。等他们发现中计了——如果能发现的话——再找过来，估计我已经被大卸八块了吧。

"Move。"

白人保镖的枪顶在我后背，我只好跟在 NINH 身后，走进了别墅的雕花大门。两个黑西服的保镖，侧身站立在门廊处，其中一个伸出手，在我身上摸来摸去，钱包手机就不说了，连皮鞋都被脱了下来，换上一双大红色的天鹅绒拖鞋。

穿起来还挺舒服的，比酒店配的不知好到哪里去了。说起来，如果不是面临着生死未卜的命运，这一栋别墅里的装修古典大气，会是我喜欢的类型。看上去，这个毒枭品位确实不错。更何况——我抽了抽鼻翼——空气中还有一股好闻的酒味。

反派卧底 NINH 领着我，经过大理石铺的走廊，来到了一个宽敞的挑高大厅。在大厅的正中间，辉煌的水晶吊灯下，三个黑衣保镖簇拥着，是一张小小的白色方桌。

一个身穿大红色睡裙的女人，正从餐桌边站了起来，用越南语朝我打招呼。毫无疑问，这人就是夺取了女儿的身体，现在被称为阮红晓的毒二代，越南南部最大的毒枭。

我皱着眉头，动用从 Lyna 老师那里学来的越南语，听出她说的是："很好，很准时。"

我不由得暗骂道，被这样挟持过来，能不准时吗？

领我到大厅之后，NINH 朝阮红晓鞠了个躬，便退下了。这个阴险狡猾的家伙，等下如果我能召唤出连环杀手，一定要连他一起弄死。

慢着，刚才突逢变故，紧张得膀胱都快爆炸了，智商也下线了；如今稍微冷静下来，我才想起一件很重要的事。NINH 是跟小任住一起的，也是他来向梁警官汇报，小任失踪了。

所以——我倒吸了一口冷气哦——小任的失踪，可能跟我没有任何关系。也就是说，梁警官这次的判断，从一开始就错了。这个错误，可能已经害死了小任,而且,可能马上要害死我。

身穿大红色睡裙的阮红晓,正站在桌子后面,再次招呼我过去坐下。跟 Lyna 学了二十几天越南语,水平只是能听懂一半,剩下一半靠脑补,把阮红晓说的话,连猜带蒙翻译成中文。我深吸一口气,算了,既来之,则安之。

走到桌子前坐下,阮红晓也坐了下来。这个跟我一桌之隔的大毒枭,很是阴柔。那么热的天气,她还穿着厚厚的天鹅绒睡裙,不知道是本来就怕冷,还是因为灯塔计划的不良反应。

再看她的行为举止,也有几分怪异,有点神经质。

我还没开口说话,阮红晓举手示意,大厅边上站着的一个女仆打扮的白种女人,上来帮我们倒酒。红酒是在醒酒器里的,倒进杯子里的时候,散发出一股浓烈的酒香。虽然我不太爱喝红酒,也没有太多研究,但起码可以区分得出,这是一瓶好酒。

阮红晓也坐了下来,看我注意力在红酒上,殷勤地介绍牌子:"Screaming eagle。"

我恍然大悟地点头,啸鹰是一个美国红酒的牌子,产量很低,同年份的比拉菲还要贵三四倍。

女仆倒完酒,阮红晓举起酒杯,用越南语说:"欢迎来我家,鬼叔。"

我也举起酒杯,跟她碰了一下,然后一饮而尽。果然不错。一分钱一分货,十分钱三分货。两万一瓶的红酒,当然没有比两千一瓶的好十倍,但好一倍却是有的;一倍说起来不多,可就算喝十瓶两千的红酒,也无法弥补这个差距。没等女仆走过来,我拿起醒酒器,给自己倒满了一杯。如果今晚是要死在这里,起码临死之前,我先把酒喝够。

阮红晓笑道:"很好,鬼叔,很好,你和那个人完全不一样。"

我心里咯噔了一下:"那个人?任剑水?"

阮红晓也把杯子里的酒一饮而尽:"任剑水,是这个名字吧,我不太记得。"

她阴恻恻地一笑："将死之人，记他名字做什么？"

这么说来，我猜得没错，小任果然是被远房表弟、毒枭安插在身边的卧底——NINH出卖了，并且被阮红晓抓了起来。不过，我真正在意的是"将死之人"四个字。

想到这里，我不由得喊了出来："小任没死，他人在哪儿？"

阮红晓假装好心地规劝道："吃完再说，不然怕你吃不下。"

她回头就要招呼女仆上菜，我却猛地站起身来——如果不是阮红晓出言制止，估计三秒之内，我就被旁边的保镖拔枪射出几个窟窿。

总之，她阴笑着说："鬼叔，坐下看。"

我看着周围手伸进西装里的保镖，心有余悸地坐回原位。对于阮红晓的提议，我还是满头雾水。坐下看？难道说小任毫发无损，或者起码没受太严重的伤，等下会被人带出来？

阮红晓举手示意，女仆走过来弯下腰，在听了她几句耳语后，转身走进了大厅旁的一个小房间。我顿时觉得坐立不安，注意力都在那个房门上，阮红晓却一直在劝我喝酒，五分钟不到，醒酒器里的红酒都喝完了，一个保镖走过来，笨手笨脚地又开了一瓶。

空腹喝酒醉得快，在第二瓶红酒也快要喝完的时候，我已经有点喝高了，终于看见小房间的门打开，女仆推着一个轮椅……不对，那并不是轮椅，而是一个金属的小餐车。

我揉揉眼睛，看见餐车的下半部分是空的，只有上面蒙着一层白布，下面鼓起来一个半圆形。这下子就费解了，阮红晓刚才明明说让我见小任，等了半天，却推出来这么个玩意；小任就算体型再小，也不可能藏在那白布下面。所以，阮红晓是在耍我？

我本想拍桌而起，想起刚才剑拔弩张的三个保镖，勉强控制住自己，但还是充满怒意地问："小任呢？"

阮红晓示意我少安毋躁，等女仆把餐车推到桌子旁，她掀起白布，下面果然是一个锃亮的黄铜锅盖，就是吃法国菜的时候，会罩在碟子上的大锅盖。

我的怒意指数继续上升:"不是说先看小任再吃饭吗!"

阮红晓阴沉地笑着说:"你说的那个人……"

她用手指着餐车上的锅盖:"就在里面。"

我倒吸了一口凉气,用了三秒钟时间才确定,她刚才说的那句越南话,就是我所理解的那样。谁都知道,一个活人是无法蜷缩在这样一个锅盖里静静不动的。难道说……

毒枭阮红晓还是一个越南版的汉尼拔?

这个想法,让我差点吐了出来。

阮红晓做了个向后躲闪的动作,像是害怕我的呕吐物,弄脏了她的大红色天鹅绒睡裙。当然,我并没有吐出来,而是强忍心悸,咬牙一把揭开了锅盖!盖子下面,洁白的瓷盘上,放着的赫然是一部小巧的iPad。

我颓然坐回椅子上,一边骂道:"去你妹的。"

阮红晓又是鼓掌又是仰头大笑,看来她很享受这种捉弄人的快感。笑了好一阵子,她才指着iPad说:"打开,打开看看。"

其实不用她说,我也猜出了大概是怎么回事。小任被抓住之后,并没有被关在这个别墅里,而是被藏匿在某一个秘密地点。阮红晓说小任在盖子里,其实是说在iPad里,而iPad连接到某个监控,可以看见小任。

我勉强压抑被捉弄的懊恼,拿起iPad,滑动之后,果然显示出一个监控画面。里面是小任,如我所猜测,一个活着的小任。

然而,我没有半点喜悦,反而刚才忍着没有吐的,现在一鼓作气全部吐了出来。晚上本来就没吃什么,这下子吐的全是红酒,深红得发黑的液体,喷溅在雪白的桌布上,像是肮脏的血。

iPad画面里的小任,全身精光,两个巨大的铁钩穿过他肩胛骨,吊在房间的大梁上,像是冷库里的白条猪。

我一边抓着喉咙继续吐，一边想起阮红晓说"将死之人"时，脸上诡异而亢奋的表情。对于现在的小任来说，活着就是最残忍的酷刑，死亡才是他想要的解脱。

阮红晓收住了笑，不停地说着什么，我脑子里乱成一团，只能分辨出碎片似的几个词。小伙子、不错、肌肉、可惜、不合作、切掉、嘴巴、塞进……

我深深吸了一口气，抬起头来，看着桌对面的毒枭。她一边用餐巾擦手，一边阴笑着看我，我心里一清二楚，只要我稍微抵抗，小任的命运，就将是我的命运。

女仆捡起被我扔到地上的iPad，阮红晓接了过去，把屏幕对着我，饶有兴趣地说："鬼叔，我们来做个游戏，你猜那个人在哪儿？"

我紧紧皱着眉头，一旦以对面这个神经病的角度去思考，就很容易得出准确的答案："乌龟山别墅。"

阮红晓一脸惊喜的样子："聪明！你啊，比那些废物国际刑警聪明多了！"

我默不作声，看着她得意扬扬地继续往下说："他们的部署我一清二楚，在别墅外面有行动队，黑进了我家别墅的监控录像，对吧？哈哈哈哈，鬼叔，你想一下，等他们察觉到不对劲，冲进别墅里，看到的是被削成棍子的失踪同事……"

她双手举到空中，像一个进入癫狂状态的交响乐指挥家："Surprise！"

我拼命压抑心中的怒火，勉强镇定地问："一个国际刑警成员，遭受非人待遇，出现在你家别墅里，不怕犯法吗？杀人偿命，在越南也一样吧！"

我想表达的语句，已经完全超出了我的越南语水平，所以上面这句话，是夹杂着英文说完的；不过看起来，阮红晓倒是听懂了。

就在我们谈话的时候，女仆带领着另外几个用人，已经把我的呕吐物都处理完，也换上了新的桌布跟餐具，还四处喷了好闻的香水。

阮红晓表情放松，举起红酒杯晃了几下，一边观察杯子里的液体，一边慵懒地说："犯法？我确实不太清楚，下星期跟大法官吃饭的时候，再问问他好了。"

看着她肆无忌惮、气焰嚣张的样子，我反而慢慢冷静了下来。梁警官之前说得没错，阮红晓在越南的势力，跟当政者紧紧交织在一起，所谓法律，对她毫无约束力，更别提依法严惩了。想要惩罚她，只能依靠暴力。不对，准确地说，这个人并不是阮家的毒二代，阮红晓。

距我一米外，这具阴柔古怪的躯体里装的是另一个人，一个叫作阮东凤的老人，这具躯体的母亲。本来，这个人应该接受上帝的惩罚，因为无法治愈的绝症，在前两年就去死，下到地狱十八层的。

都是该死的灯塔计划，逆天而行，把这样一个怪物留在人间。没错，我眼前的这个家伙已经不是人了，自从她把大脑移植到了女儿身上，无论从生物学还是从道德层面来看，她都不再符合"人类"的定义，成了一种无法命名的怪物。

我闭上眼睛，深吸了一口气。不知道从哪一秒开始，我本来混乱疼痛的脑袋，开始变得冷静、清晰。杀了她，也不算杀人，我只是在做一点微小的工作，帮上帝履行职责，送这个怪物去她该去的地方。睁开眼睛的那一瞬间，我端起醒酒器，把里面残存的红酒，一饮而尽。

放下醒酒器，对着阮红晓吃惊的表情，我抹着嘴巴问："还有吗？"

纵然是叱咤风云的毒枭，也被我反常的行为吓到了，愣了一会儿笑道："有，当然有！"

她举起右臂，手指在空中打了个转："上酒！"

女仆回房间拿酒的空当，阮红晓饶有兴味地看着我："中国有一句话，能判断正确时机的人才是英雄……"

我用普通话，为她还原了这句中国谚语："识时务者为俊杰。"

她赞赏地鼓掌，然后笨拙地学了一遍，这才继续道："你比那个人聪明多了，我想要什么乖乖给就好，反抗有什么用，切了他的手手脚脚，最后还不是被我要到了。"

她阴沉地一笑："你会配合我吧？"

我强忍住内心的憎恶和反感，假装听不懂她的话，面无表情地说："配合什么？"

阮红晓皮笑肉不笑地说："喝吧，多喝点你就知道了。"

她说这句话的表情，就像一只豺狼在盯着利爪之下奄奄一息的猎物。我看着她那令人作呕的表情，心里的想法越来越清晰了。没错，一定是这样的。之前梁警官弄错了，因为就算他再了解我，也不是我。只有我，这个脑子里有一个旋转着黑洞的人，才最有可能弄明白，穿越的触发机制是怎么样的。

梁警官的方向，一开始就错了。根本不是什么生命受到威胁，就会召唤出连环杀手蔡必贵；在唐老爷子被杀那一晚，我还有一个最突出的举动，而这个最浅显的事实，却被梁警官忽略了。智者千虑，必有一疏。

真相就有那么简单——那天晚上，我喝醉了啊！

或者更确切地说，不光是喝醉，而且是喝到断片；有个德国老头子跟我说过，我脑子里的黑洞，在受到感官刺激之后，视乎刺激的强弱，会不同程度地扩大。当时在慕尼黑，我也是喝了大量的威士忌，才把黑洞扩大到能跟另一个病人连接，进去她的世界，最终把她的意识拯救了出来。

没错，要召唤出另一个平行空间里，连环杀手蔡必贵，这个世界里的我，需要做的正是——喝酒。我看着面带微笑的阮红晓，默默地在心里，把刚才那句话补充完整——这是我第一次杀人，要多喝点酒。

按照我往常的酒量，两瓶红酒，是可以喝断片的平均值。今天晚上，我情绪激动、心事重重，又是空腹喝酒，可是一直到第四瓶啸鹰见底，我还没到那个临界点。

好吧，我跟阮红晓一起喝的前两瓶，被我吐干净了，就当完全没喝；后面两瓶完全是我自己在喝，阮红晓只是端着酒杯，饶有兴趣地看着我。

没错，后两瓶红酒，都实实在在被我喝了进去，通过喉咙，流过食道，全部到了胃里。但是我却有个奇怪的感觉，这些酒并没有真正进入我的身体，而是被吸入了一个巨大的、不停旋转的黑洞中。

我不由得懊恼起来，以前跟别人喝酒，总想着千杯不醉就好了；现在一心求醉，却反而怎么喝都去不到那个点。更让我担心的是，第四瓶红酒喝完，阮红晓已经开始怀疑了。

我直接朝女仆示意："One more！"

阮红晓却伸手制止了她，然后对我说："够了吧？"

我勉强笑了一下："好喝，再来一瓶，就一瓶！"

阮红晓没有满足我的需求，而是翘起兰花指，把玩着自己的一缕头发："那帮蠢猪国际刑警，派你来杀我，你当然杀不了我，那个人那么会打都不行，更别说你。中国人想得更好笑，受到生命威胁就会出来一个杀手，以为拍电影吗？NINH给我情报，我故意让中国人以为你杀了那个人，才有信心派你来杀我，掉进我的陷阱……"

说到这里，她抬起头来，眯着眼睛看我："鬼叔，你真的能杀了我吗？"

这个问题，我怎么回答都是错。

我忍住恶心，装出已经喝高的样子，媚笑道："就一瓶，好不好？"

阮红晓面色阴沉地打量我，一秒、两秒、三秒，我的心脏都快跳到嗓子眼了，脸上还要保持镇静。

就在我差点决定先桌子一搏时，她终于笑了一下："你说的，一瓶。"

这个旷世毒枭，打了个响指让女仆上酒，再打了个响指，一个保镖示意走过来，掏出手枪，把冰冷的枪管直接戳到了我太阳穴上。

"看你怎么杀我。"阮红晓阴恻恻一笑，举起酒杯，"一滴都不能漏，不然……"

我从女仆手里接过酒瓶，对着瓶口仰头就往喉咙里灌。能不能成，就看这最后一瓶了。咕咚,红色的酒液在体内奔腾。咕咚,黑洞在不停旋转。咕咚,该死的,连环杀手蔡必贵,你倒是快出来啊!

嗡。就是这个。一瞬间,我两眼一黑,咚一声,脸砸到了餐桌上;最后看到的画面,是阮红晓惊恐万分、难以置信的表情。在我身后,传来什么被撕裂的声音,干燥、细碎、带电带磁。用枪指着我脑袋的保镖,不知什么时候已经倒下了。

一只手搭在我的肩膀上,一个熟悉而又陌生的嗓音:"睡吧,到我了。"

失去意识之前,我听到的最后一句是:"Show time。"

第七章
刺杀缪星汉

我穿着白色的睡袍，懒洋洋地坐在沙发上，看着一份服务员刚送来的报纸。

秋天早晨的阳光，从窗户照了进来，温暖而明亮；我睡了足足有八个小时，又刚洗了个滚烫的热水澡，现在整个人的心情就如同穿在身上的纯棉睡袍，松软而舒适。

翻开手中的报纸，嗯，就是这一版，八卦新闻。找到了，标题是——《越南富商突然狂性大发，射杀数人后吞枪自杀》。认真说，这个标题吸引力一般，看来这个国家的报纸编辑，还要跟我们那里的标题党学习一下。

我哗一声展开报纸，把整篇新闻念了出来："本报讯：上周于越南西贡，某三十四岁女子，职业为金融行业新贵，在其位于郊外的别墅内，疑为精神病突然发作，枪杀数名共进晚餐的下属后，再吞枪自杀，死状惨烈。亦有消息称，阮姓富商此举是身体健康出现问题，心情抑郁所致。"

我放下报纸，挠了挠头。看来梁警官他们这帮国际刑警，正经办案的能力也就那样，但是事后擦屁股、放烟幕弹的工作，倒是驾轻就熟，可圈可点。

这个消息，既然我在新加坡能看到，想来唐单在香港也一样能看到。更何况，同为灯塔计划客户的他，本来就会更关注这一类消息。如果他看到了这条消息,不知道会作何感想?

我站起身来,走到窗户前,脚底下是熙熙攘攘的新加坡街道;我伸出双手,在阳光下翻来覆去,再翻来覆去。

一周前,在越南西贡郊外竹林,阮家别墅里发生的故事,有两个版本。

第一个版本,来源于我自己。在喝下第五瓶红酒后,我的醉意终于达到了临界点,轰然倒在桌子上。与此同时,在我身后开启了一个黑洞,或者是类似的什么东西,连环杀手蔡必贵穿越而来,瞬间解决了所有保镖,通过某种惨无人道的虐待,让阮红晓宁愿把手枪塞到自己嘴里,结束了罪恶的一生。

不,确切地讲,应该是罪恶的两生,起码是一点五生。

第二个版本,来源于三个小时后,终于率领特别行动小队,赶到此地的梁警官。与上一个版本相同的是,除了我之外,别墅里所有人都死了,包括那个身材火辣的白人女仆,甚至还有NINH。与上一个版本不同的是,偌大的别墅里,只有一个蔡必贵。

按照梁警官的说法,当时他听见一声枪响,不顾一切地冲进客厅,看见阮红晓坐在地上,身后的墙壁溅满了鲜血。我也并不是醉倒在餐桌上,而是像圆寂了的大师,盘腿坐在离阮红晓两米的地上。我双手以及全身,都沾满了鲜血——只不过,没有一滴是从我身上流出的。

按照梁警官的说法,别墅的墙壁、家具、天花板——当然还有那些尸体——都布满了弹孔;但我却奇迹般地完好无损,就像我是由防弹材料构成,或者子弹会在我面前自动转弯。总而言之,我像是一个枪都打不死的怪物。

梁警官说这番话时,脸上还带着心有余悸的表情:"鬼叔,可能不告诉你更好,但真相就是如此。没有另外一个蔡必贵,别墅里所有人,都是你在无意识状态下杀死的。我甚至觉得,要是我早五分钟,在你昏迷之前冲进别墅,也会被你无差别地杀掉。"

总之,两个版本的故事,最后的结局都一样——该死的大毒枭,以及他该死、不该死的手下，全都死得一干二净。我昏迷在别墅里，唯一不同的是——我在新加坡的阳光里，久久地注视着——这一双手，有没有沾染上鲜血。

梁警官认为，我之所以会幻想出一个黑洞，从黑洞里走出另一个蔡必贵，是因为我无法承担自己亲手杀人的事实，所以大脑选择了编造故事，以此来逃避巨变的压力。

他的设想，当然遭到了我强烈的反驳。在失去意识之前，我确切地听到了空间撕裂的声音，听见另一个蔡必贵对我说的话，就如同那天在柠檬旅店601房里，他同样从我背后的虚无里发声，梁警官也同样听见了。而且，这一整套的逻辑可以完美解释唐老爷子被杀的细节。

两个晚上，发生的事情都是一样的。我断片了，在我身边出现了黑洞，杀手蔡必贵钻了出来，杀了人，然后又钻回黑洞，最后黑洞消失。正因为如此，身穿黑色运动服、背着双肩包的蔡必贵，才会从我住的酒店出发，杀人后又回到酒店；而他的整一套穿着，却没有留在房间里。

更重要的是，这解释了为什么监控录像里的蔡必贵，并不是一头白发；在此之前，我无论召唤了哪个平行空间的蔡必贵，头发都会快速变白，跟超级赛亚人变身有点类似。

两人谁也无法说服谁，这个时候，是 Lyna 结束了这场没有解决的争辩。她一边扶着我，重新在医院病床上躺下，一边责怪梁警官，不应该跟病人争吵，万一把我气坏了，她跟梁警官没完。

我得意地看了梁警官一眼，确实，自从我苏醒过来、睁开双眼的一刹那，就开始受到 Lyna 无微不至的照顾，以及对待英雄般的崇拜。

在乌龟山的别墅里，梁警官他们找到小任之后，将他火速送往医院，不幸——或者幸运——的是，他在途中就失去了生命体征。所以，对于 Lyna 来说，我亲手杀死阮红晓，不光是杀死一个大毒枭，更是为小任报了仇。而小任对于她，情感上就像是弟弟。

无论是不是我亲自下的手，总之，毒枭及其手下全灭，一方面，阮红晓庞大的毒品王国即将衰落；另一方面，我们的倒塔计划，也完美地结束了第一阶段。而这一切，全都归功于我。

这么想着，我便心安理得地接受着 Lyna 的照料，以及梁警官偶尔流露出来的嫉妒。他便秘似的表情，真是让我暗爽到内伤。唯一奇怪的是，大概是帮小任报仇的成就感，冲淡了我对他遇害的悲痛，又或者是别的什么原因，总之，在医院的几天里，我想起他的次数很少。

很可惜，在西贡医院的逍遥日子，并没有维持多久。既然阮红晓这个大老虎已经被打死，梁警官原本在西贡的特别任务，便宣布圆满结束。这样一来，他便能腾出手来，帮我妥善安排下一阶段的行程。

首先，就像电影里演的，梁警官为我准备了一整套的身份证明，包括护照和身份证、银行卡，从接过这些东西的那一刻起，我便成了一个叫蔡逸源的中年男子，身份是上海一家文化公司的副总，到新加坡洽谈公司业务。

然后，就在两天前，他连一场简单的送别宴都没办，就为我办理了出院手续，并亲自把我送到西贡机场，搭乘飞往新加坡樟宜机场的航班。

这个家伙，估计是怕我再待几天，Lyna 就会改变心意，喜欢上我；如果梁警官真的出于这个考虑，那么我只能说，他多虑了。Lyna 对我的照顾和爱护，就像妹妹对于哥哥；她对梁警官的感情，才是真正男女间的爱慕。

总而言之，在我进安检之前，梁警官还是装模作样跟我拥抱了一下，告诉我他处理完后事，就会到新加坡跟我会合。而在此之前，会有新加坡的国际刑警同事，负责接待以及照顾我；梁警官并且保证，作为一个手刃了毒枭的大英雄，新加坡方面给我的待遇，将会是超五星级的。

这一次，他总算没有骗人。西贡飞新加坡的航班，我终于坐上了头等舱，并且一落地便有高大上的商务车，径直把我送到了住处。这一次我下榻的酒店，终于不是寒酸局促的廉价旅店，而是正儿八经的五星级酒店。

在这里住了两天,并没有什么新的指示下达,我也乐得休养生息一段时间。除了看电影、理发、在酒店吃大餐、游泳,以及用梁警官给的经费去购物之外,我还借用了国际刑警的装备,用无法追踪的网络IP,与深圳的亲人、朋友联系上了。

在经过一番了解之后,我庆幸地得知,情况并没有我想象的那么糟。起码,警方并没有公布对我的通缉,所以对于我成为一名逃犯的事实,我的家人朋友并不知晓,所以也没有影响到他们的正常生活。

我的工厂在堂弟的代为打理下,还算是正常运作;家里两位老人家,除了骂我几句贪玩之外,也没有对我产生太大的怀疑。毕竟我作为小儿子,本来也是隔三岔五就出去探险;大儿子更不要说了,在亚马逊丛林里已经科考了两年,只在春节才会回家。所以,两老早就习惯了。

如果用我爸的话说,就是"当作没生你们俩,过得可舒服了。"没有被通缉,我的小复式当然也没被查封。清洁阿姨、照顾水族箱的小弟,都会定时上门,我保险柜里的手表、水族箱的各色珊瑚,还有酒柜里的威士忌,如无意外,应该都是毫发无损。

总而言之,地球少了我,照样转动得很流畅。这样一来,我唯一需要担心的,就只有唐双那一边了。逃亡途中的我,不能直接跟唐双联系,但不要紧,我有眼线,比狗仔队还要专业的眼线。没错,我说的是国际刑警。

在西贡的医院病房里,梁警官亲口跟我说,有两位香港的国际刑警同事,正在7×24,全天候无间断地监视、保护唐双。他的这个承诺,我觉得倒是不用怀疑。

一方面,唐单——或者说唐老爷子——是灯塔计划的客户之一,唐双作为潜在的受害者,理应受到国际刑警保护。

另一方面,我在这边亡命天涯,刀头舐血,帮国际刑警干活——杀人,只有一个动机,那就是早日引出幕后的日本人,查明真相,洗脱自己的杀人嫌疑,然后,再跟唐双重修旧好,从此过上幸福快乐的生活。

如果在这之前，唐双遭遇了什么意外，那我的努力就白费了；所以，梁警官要稳住我，让我继续为他卖命，就必须百分百保证唐双的安全。

我也不必担心他骗我，毕竟连环杀手蔡必贵的可怕之处，他心知肚明。想到这里，我得意地笑了一下。

两位国际刑警，果然非常专业，每两小时汇报一次唐双的动态，还偷拍了许多各种各样的照片。通过梁警官的转发，这些照片现在全部存放在我暂用的手机里。

看见第一张照片的一瞬间，和每次想起的时候，我都会同样地皱起眉头。

唐双瘦了。养父被害，未婚夫逃亡，公司大权旁落，几年努力一朝化为乌有——在这一连串的打击下，铁人也会变瘦。唐双再怎么坚强，再怎么以霸道总裁的形象示人，也不过是一个二十多岁的年轻女子。

她这样的条件，这样的年纪，本应该有人挡风遮雨、悉心照顾，随便撒撒娇，就可以过上衣食无忧的安稳日子。想到这里，我的心脏又轻微地痛了一下。不过幸好，除此之外，唐双的生活并没有太大改变——至少看上去是这样。

她没有被唐单软禁起来，照常工作上班，吃饭逛街，按照我跟梁警官的共同猜测，这是因为她跟唐单秘密达成了某些协议。不管唐双愿不愿意，她必须假装成一切如常的样子，这样一来，唐单才不追究我杀了唐老爷子这件事；也因为这样，我至今还没有被香港警方通缉。

我亡命天涯，过上跟以前完全不同的生活，是为了保护唐双。唐双强忍内心的不安，假装过着跟以前完全一样的生活，是为了保护我。到头来，彼此真心相爱、竭力保护对方的两个人，却连一句最简单的问候都不能互相传递。这样虐心的悲剧，发生在别人身上叫凄美，发生在自己身上叫凄惨。

我对着楼下川流不息的马路，深深叹了口气，然后猛地拉上窗帘。先不想这些没用的，叫个早午餐吃，收拾好出门，下午还有会要开呢。

按照梁警官给我的安排，我蔡必贵，不对，蔡逸源，这一次来新加坡，是要跟当地文化部商洽电影版权引进的事宜。我全权代表上海一家财大气粗的文化公司，而对方的负责人则是一位缪姓的年轻官员。

根据国际刑警的资料，缪星汉今年还不到三十五岁，却已经当上了副部长，可以说是年轻有为，前途无量。跟一般人印象里的官员不同，缪星汉外形时尚，一头长发，从照片上看，简直像是个摇滚明星。

话说起来，一年前他刚上任的时候，作为一个吃瓜群众的我，都看到过相关新闻，到现在还有些模糊的印象。不过，他那么年轻能当上副部长，靠的可不是叛逆的造型；用几年前的一个流行词汇说，他靠的是——拼爹。

缪星汉的父亲，缪文，是在新加坡乃至整个亚洲，都略有名气的音乐家；凭借着父亲积攒下的资源，缪星汉才能够一路高歌猛进，年纪轻轻就身居高位。无论是作为知名艺术家的儿子，还是作为副部长的身份，都没能束缚住缪星汉的风流本性。

当我看见满满一页的资料上，缪星汉曾经交过的女朋友——里面不乏明星、模特、歌手，总数有三十个以上，而且还只是公开的——说我内心一点也不嫉妒，那是骗人的。只不过，在八个月前，缪文罹患肝癌去世之后，坊间传闻，缪星汉好像变了个人。

他的现任女朋友朱秀娟，职业是小学女教师，照片上看是个眉眼温柔的小家碧玉，跟以前的群星璀璨比起来，简直像是寒酸的灰姑娘。缪星汉却破天荒地跟她谈了大半年还没有分手，并且从新加坡的各大夜场绝迹，一下班就躲进家里，闭门谢客。

外人确实难以理解，只能猜测是父亲缪文的离世，给他带来了巨大冲击，导致性格突变；但对于我们这些知情者来说，这实在是太正常不过了。因为，现在的缪星汉并不是缪星汉，而是他的父亲，缪文。

根据国际刑警的资料，缪文生前就是这么一个醉心于创作的艺术家。不过，缪文，或者说缪星汉，这种规律的生活方式，给我的刺杀行动带来了一定的困扰。我能够杀死他的机会非常少。

　　上班时，缪星汉跟一大群同事在一起；下班后，他所住的政府发放的公寓，具有严密的安保。更加雪上加霜的是，梁警官特别郑重其事地交代我，这一次杀缪星汉，动作一定要小，最好是能够伪装成某种意外，不要招惹怀疑。我能理解他的意图，毕竟新加坡不是越南，没有那么混乱，媒体又发达；要是像在越南一样，搞出了个大新闻，即使有国际刑警帮忙，我也不好脱身了。

　　我倒是同意梁警官的安排，只可惜，这事我说了不算，得那个真正动手的杀人狂魔蔡必贵，他说了才算。鉴于他在香港跟西贡的浮夸作风，不是走惊悚的食脑路线，就是弄得一屋子血——我很难相信，这一次连环杀手蔡必贵，会认可我们的安排——悄悄地进村，打枪的不要。

　　我叫了份酒店的早午餐，慢悠悠吃完，然后慢悠悠地洗漱，再慢悠悠地换好衣服。这一套灰色的西装，是新加坡负责接待的国际刑警，为我特意准备的；穿着没有订制得合身，但是款式跟面料都还不错，基本符合我作为上海文化公司副总的身份。至于绿色条纹的领结，是我躺在西贡医院里时，Lyna 买来送我的。

　　下午是我跟缪星汉的第一次会面，约在当地文化部的会议室里，时间是两点钟。从地图上看，他们的办公地点离我住的酒店倒是不远，路上不塞的话，也就半小时车程。

　　所以出了酒店之后，我又在附近找了个安静的咖啡厅，再看了一遍梁警官同事给的资料——关于我个人身份、公司背景、这次来洽谈的具体内容，看时间差不多了，这才打了辆计程车，出发去会议地点。

　　如果算上唐老爷子，缪星汉将是我见到的第三个"灯塔计划"客户。上次刺杀毒枭阮红晓，深入虎穴，危机四伏，稍有差池就会把小命丢掉；相比之下，这次跟缪星汉的见面，就像是去公园散步，毫无危险性可言。就算到头来杀不了他，大不了就是无功而返，我的生命安全不会受到任何威胁。所以，坐在计程车上的我，心情格外轻松。

怪咖奇异 事件簿

秋天是新加坡的好季节，车窗外的建筑跟树木都笼罩在金黄色的阳光里；计程车司机待人和善，车上放着一首老歌，彭佳慧的《旧梦》。在半个小时的路程里，我沉浸在舒缓的气氛里，把自己当成了一个普通游客。如果唐双也在就好了……

等计程车在某栋楼前停下，打开车门的那一刻，我才终于想起——自己是来杀人的。

负责接待我的是缪星汉的女秘书，穿着一套合体的深蓝色职业装，身材高挑，面容姣好，尤其一口又绵又软的普通话，像极了年轻版的林志玲。从第一眼见到她，我就觉得有点面熟，像是在哪里见过；一开始以为是演过什么电视剧，后来终于想明白了，我在缪星汉前女友的资料上，见过她的照片。

我看着前面领路的女秘书，那一把就能揽住的细腰，心里越发好奇——是什么样的男人，才能狠心抛弃这样的尤物？更可恨的是，现实里这么光彩夺目的女孩，在缪星汉的前女友名单里，也不过是普普通通的存在，并不怎么出众。

"蔡先生，到了。"

女秘书在我面前停下来，笑意盈盈地弯腰摊手，我抬头一看，门上的铭牌写的是——副部长。看起来，这是缪星汉的办公室。

我不禁挠了挠头："不是约在会议室吗？"

女秘书脸上带着让人全身酥软的笑："缪部长说，想先单独跟您聊聊。"

我看了她一眼，再看看眼前的门，深深吸了一口气。没什么好怕的，毒枭的巢穴我都能安全回来，更何况这闹市里小小的办公室。

女秘书提醒道："缪部长吩咐，不用敲门，您直接进去就可以了。"

推门而入。一瞬间，我就明白缪星汉吩咐"不用敲门"的用意——因为，他根本也听不见。这个堂堂的副部长，正瘫倒在巨大的真皮椅子上，头戴一副看上去就很贵的耳机，闭目沉醉在音乐世界里。他那副陶醉的样子，就好像办公室外世界末日了，也不会打扰到他。

我心里突然一阵兴奋，如果现在……算了，还不是动手的时机。我走到办公桌面前，先是叫他名字，然后敲桌子，最后绕过办公桌，刚要拍他肩膀时——终于，缪部长苏醒了。他先是愣了三秒，终于从音乐世界里回到现实，对我抱歉地笑了一下。

然后，他摘下耳机，对我说的第一句话是："我们还剩多少时间？"

我走回到桌对面坐下，看着手表："两点刚过，还有三个小……"

缪部长看了我一眼："我不是问开会时间。"

我皱着眉头，刚要说话，他却站起身，招呼我道："来，麻烦你过来一下。"

我莫名其妙地问："过来？去你那儿？"

缪星汉点了点头："没错，来，坐在我位置上。"

也没等我答应，他自顾自地拿起硕大无朋的耳机，整理三根手指那么宽的扁平线材，线材另一端连着蒸汽朋克风格的胆机。慢着，这好像不是普通的胆机，这个半圆的造型……

我仔细辨认着缪星汉手上、巨大的网格状耳机，不由得惊讶道："不会吧，大奥！"

缪星汉抬起头来，脸上的表情一般是赞赏，一般是得意："嗯，奥菲斯。"

传说中的森海塞尔旗舰耳机系统，价值约三十万人民币，有钱还不一定能买到。早说是这样的神器，不用他招呼，我自己都要抢着听。

我心急火燎地绕过办公桌，一屁股坐在缪星汉的皮椅里，接过那幅耳机就往头上戴："听什么？"

缪星汉高深莫测地笑："听完你就知道了。"

这么说完，他在作为音源的 CD 机上按了一下，瞬间，音乐的巨浪把我卷走，带到了另一个世界。我终于知道刚才缪星汉为什么闭上眼睛了，在这样震撼的听觉享受里，视觉变成了没用的负累；在这宛如天地初开的美妙声乐里，没有人可以睁开眼睛。

不知不觉中，我陷入了一片黑暗。这是一段没有人声的纯音乐，确切地说，是一段交响乐。我对古典音乐的鉴赏能力很有限，但依然能辨别出，这一段交响乐非常优美，非常震撼，而且，我从来没有听过。

它的风格，也不像任何已知的音乐大师，贝多芬、巴赫、柴可夫斯基……通通都不是。但是，管它呢。我宛如坐在音乐会里，一个巨大的交响乐团前，声音从四面八方响起；又宛如回到了温暖安全的母体，或者是在干燥舒适的黑暗中，紧紧抱着深爱的恋人。

突然之间，原本愉快的曲风，变得有几分犹疑，有几分伤感，就好像音乐正在煽动观众，去发现一些什么，寻找一些什么。随着节奏的进行，我内心的情绪正在积累、膨胀，我能够感觉到，随着下一个高潮的到来，所有情感都会得到释放，我将会大哭或者是大笑……

突然，音乐戛然而止。我睁开眼睛，愣了三秒，然后才发现——缪星汉没有关掉机器，他正叉手站在办公桌对面，观察我脸上的表情。紧接着，我的另一个发现是——脸上湿湿的，凉凉的——我流泪了。我竟然沉浸在一段音乐里，不知不觉哭了出来。太丢人了。

我摘下耳机，赶紧擦掉了脸上的泪痕，勉强对着缪星汉笑了一下："这交响乐，好，为什么没了？"

缪星汉嘴角抽搐了一下："还没写完。"

我皱着眉头："没写完？该不会……"

缪星汉没有等我说完，反而问道："你听到了什么？"

我看着手中硕大无朋的耳机，一边回忆道："钢琴、小提琴、大提琴，还有，呃……"

他着急地摇头："我不是在问乐器，是本质，告诉我，你听到了什么？"

我皱起眉头："本质……我说不好，我不太懂音乐。"

缪星汉绕过办公桌，走到我身边，急切地抓住我的肩膀："就是不懂技巧，反而能听到本质，你尽管说。"

我挠着头，深深吸了一口气，一大串的词汇突然涌到嘴边，说出来把自己都吓了一跳："我听到了一个人，在追寻生命的意义，他在这辈子找不到，就去了下辈子，又回到上一辈子，不停地穿梭时空，灵魂出窍，在无数的谜团里寻找答案，心里感到无限的迷惘跟悲伤，终于在漆黑中找到了一点光亮，正要狂奔过去的时候，突然间……"

我心里感到一阵沮丧："就没有了。"

缪星汉如同被雷击中，向后退了两步，然后脸上崩裂出巨大的、满足的，甚至是癫狂的笑："太好了，你说得太好了，这就是我要表达的！"

我倒吸了一口凉气，还是有点不敢置信："这真是你写的？"

他点了点头，似乎这是一件理所当然、微不足道的事情。然后，他也深深吸了一口气："我问还有多长时间，是说，我还能活多久。"

缪星汉看着我，凄然一笑："你是来杀我的，对吧？"

我大惊失色，下意识地紧紧靠在椅背上："什么？你说什么？"

缪星汉站直了身子，换了个问法："你准备什么时候杀我？"

这一次，我确定自己没有听错。我手心出汗，大脑里一片空白——计划败露了！缪星汉伸出手，去拿桌上的电话。他这是要报警！我从椅子上跳了起来，正准备夺门而出，却看见他拿起来的是——我刚才扔在桌上的大奥耳机。

缪星汉叹了口气，苦笑一下："没想到，你真的是杀手。"

我这才注意到，在办公桌上放着一份报纸，打开的版面，赫然正是越南富商被杀的新闻。原来缪星汉并没有可靠消息来源，只是综合了一些消息，随意试探我一下。

我站在原地，心里暗骂自己太蠢。缪星汉这手段并没有多高明，是我自己心理素质太差，一下子就不打自招了。

这下就麻烦了。缪星汉有了提防，一瞬间，这次暗杀行动就落空了。不，还想什么暗杀，我该打算的是找机会逃跑。毕竟，这次还没出手的不算，我可是在香港跟西贡都涉嫌命案的逃犯哪。只要缪星汉一个电话……

我舔了舔嘴唇,心里盘算着要怎么安全地走出这栋楼,通知梁警官,然后尽快离开新加坡。此刻,缪星汉正低头收拾着耳机,背对着我——要不,找个东西砸他后脑勺上,趁他晕了赶紧往外跑?这个主意不错,可是该用什么砸呢?

正当我四下张望的时候,缪星汉突然转过身来,却不看我,而是径直走回皮椅上坐下。然后,他面无表情地招呼我道:"蔡先生,请坐。"

我暗自懊恼,勉强笑了一下,隔着一张办公桌,在他对面的椅子上坐下。从进办公室到现在,发生了一连串变故,直到现在,我才有机会好好打量缪星汉,缪部长。

他的造型跟照片上差不多,正儿八经的西装,但是长发披肩,再加上身材瘦削,从背后看估计会雌雄莫辨。一张艺术家的脸,棱角分明,只不过没有了照片上桀骜不驯的浪荡气质,而是带着一股沧桑和呆滞,比他的生理年龄要老个三十岁。

也对,毕竟此时此刻,寄居在这个躯壳里的,并不是缪星汉本人,而是他的父亲——缪文。不同于阮东凤跟阮红晓的完美融合,眼前的这个缪部长,有一种灵魂跟身体不匹配的违和感。不,并不是 WIN 98 装在一部配置最新的系统上,更像是 IOS 系统运行在 HTC 手机上。"貌合神离"本来指的是两个人,但用在对面这一个男人身上,也莫名地合适。

办公桌对面的这个男人,对我伸出右手食指:"一个月。"

我一时没反应过来:"什么一个月?"

缪部长嘴角牵动了一下:"我是说,请蔡先生给我一个月时间。"

我脑子飞快地转着,给他一个月?难道他是说,让我一个月以后再杀他?一个人用商量的语气,正儿八经地请求别人一个月之后,再取自己性命——还有比这更扯的事吗?

缪部长还在等我回答,我皱着眉头,含混地说:"一个月,我要向上面汇报下。"

嗯，正儿八经地向国际刑警申请，一个月后再动手杀人，这件事就比上面那件扯。

缪星汉看我的态度，竟然大喜过望："太好了，蔡先生，你一定要帮我，帮我向麻里子女士好好申请，我的作品还有一个月，最多一个月，就可以完成了！"

我眉头皱得更紧了，麻里子？这名字好像在哪里听过，是国际刑警的领导？不对！我倒吸了一口冷气，麻里子，麻里子美绘，这是灯塔计划客户名单上的名字，按照原计划，杀了缪星汉之后，麻里子就是我的下一个目标。

我看着眼前缪星汉热切的表情，同样是灯塔计划的客户，麻里子还是在缪星汉之后才接受的手术，为什么缪星汉会要我向麻里子申请，慢点再杀他？难道说……一个大胆的想法，在我脑海里慢慢形成。

我试探着说："集团那边，你也知道的，这样我会很难做。"

缪星汉听我这么说，竟然站起身来，非常日式地朝我深深鞠了一个躬："拜托您了！"

我趁他没看见，用力揉了下紧绷的脸。我的试想没错！刚才进办公室的时候，缪星汉试探出我是来杀他的，现在我以彼之道，还施彼身，同样试探出——缪星汉知道有人派我来杀他，却不知道是国际刑警，而错误地认为是实施灯塔计划的日本财团！

不仅如此，通过简单的推理，还能总结出一个不得了的事实——缪星汉之后，灯塔计划的下一个客户，麻里子美绘，不是普通的客户那么简单。

在缪星汉的认知里，这个八十多岁的老太太，不光是代表了日本财团，而且身居高位，可以决定什么时候取回他的性命。但是，这个财团的大BOSS，本身也有续命的需求，所以就成了下一个接受手术者，又不知道为什么被记在了客户名单里。

说不好，阮东凤还有缪星汉，其实都是接受实验的小白鼠，麻里子证实这个手术能行得通后，才用在了自己身上。

"蔡先生？"

我回过神来，看见缪星汉正殷切地看着我。

不能让他知道我内心的真实想法。这么想着，我深深吸了一口气，掩饰道："不敢保证效果，但是我会尽量。"

缪星汉把我的表现，理解成向麻里子汇报申请的压力，于是一个劲地向我道谢。

我却突然想到了另一个问题："缪部长，你说申请一个月时间，是要完成你的作品……"

我指着那套昂贵的音响系统："指的是这个交响乐？"

缪部长顺着我指的方向看过去，脸上表情复杂，声音也略微颤抖起来："对，就是为了它，我的孩子，为了这个孩子，我杀了另一个孩子……"

我皱着眉头，"这个孩子"指的是他的作品，这一首未完成的交响曲，"另一个孩子"指的无疑就是真正的缪星汉——缪文的儿子，这个躯体原本的主人。

我吸了一口冷气，推测道："所以你不惜杀死自己儿子，延长生命，就是为了完成你的作品？"

缪星汉手肘撑在桌面上，双手捂着脸，痛苦地说："是的，这部交响曲是我一辈子的梦想，从几十年前开始学音乐的时候，我就想要写一部伟大的作品，一部在我短暂的生命过后，可以永远活下去的作品。可是年轻时我没有这个能力，写出来的都是不像样的作品；前几年终于开悟，有了灵感，可是刚起了个头，就确诊了肝癌。"

我皱着眉头，帮他把没说的话补完："然后日，不，然后我们就找到你，提供一个解决方案，让你可以完成这一部交响曲，代价是……你的亲生儿子。"

跟阮东凤要活下去的理由不同，缪文不是为了权势、金钱、女人，而是为了他毕生追求的伟大作品。我相信这并不是他的借口，因为他刚刚跟我申请了一个月的时间,只要作品一完成,他就愿意丢掉这好不容易得来的、代价巨大的第二次生命。

比起阮东凤,缪文成为灯塔计划客户的理由,更加高尚——却也更加疯狂。我说到了这个男人不愿回忆的痛处,他把脸埋在手里,身体不停地颤抖,我怀疑他是在哭——不,他真的是在抽泣。

我正想着该怎么安慰这个男人,突然之间,他放下双手,用无比坚定的眼神看着我:"星汉会支持我的。"

他霍地一下站了起来,嘴角抽动,表情渐渐癫狂:"星汉是我的孩子,这部交响乐也是我的孩子,现在好了,好了,两个孩子的灵魂融合在了一起,这会是有史以来黄种人最伟大的交响乐作品,在你跟我,这栋楼的所有人都化为灰烬之后,这部交响乐也会活下去,直到世界末日,直到人类文明的终结!"

我怕反驳他会让他发疯,只好说道:"但愿如此。"

说完这一番话,缪部长像是用完了全身力气,瘫倒在皮椅上,有气无力地说:"这一部作品,我将命名为——《星汉交响曲》。"

第八章
星汉交响曲

窗外夜幕低垂，我独自一人坐在餐桌前，看着烤炉里的和牛慢慢变色，散发出诱人的肉香。新加坡的日式烧肉店跟国内的一样，如果你问店里的和牛产地是哪里，店员都会微微一笑："澳洲。"

如果是老饕的话，这时也会心照不宣地报以一笑——其实都是来自日本的和牛，味道比澳洲的要好，但因为日本是疯牛病疫区，所以只能靠走私，而且只能说是澳洲的。

好不容易等牛肉七八分熟，我赶紧夹了一片放到嘴里，把满口油脂的芬芳咽下，再喝一口日本啤酒，不禁舒服地叹了口气。大口吃肉，大碗喝酒，一个人大快朵颐，也有一个人的快感。

本来像这种商务谈判，应该是接待方一大群人，热热闹闹地把酒喝了；可是，下午开完"会"后，缪星汉赶着回家作曲——这个我倒不怪他，毕竟每一天都是他剩下寿命里的三十分之一，不能浪费在吃吃喝喝上。

缪星汉还跟我透露，他有个怪癖，晚上10点前都无法投入创作，因为这样白天才会正常去上班，反正也不用做什么，就待在办公室里听音乐、构思曲子。这一点我深表认同，说起来我也写过些不像样的网络小说，确实在白天的时候很难集中精神，要到夜深人静才能写得又快又好。

我真正在意的是他的女秘书也没有要陪的意思。所以，下午开完"会"后，我只好一个人离开了文化部，又一个人约了间久负盛名的烧肉店。我又夹起一片和牛，扔进嘴里用力嚼着。不管怎么说，一个人吃饭，还是有点寂寞。

我喝了一口啤酒，日语里"寂寞"怎么说来着——撒米兮。要是现在有个人陪就好了，哪怕是一本正经又抠门的梁……

"鬼叔。"

我吓了一跳，差点把酒都喷了出来，回头一看，来人却是——梁警官！

好不容易把嘴巴里的啤酒都吞了下去，我不禁骂道："你别吓人好吗？真是白天不能说人，晚上不能说鬼……"

梁警官倒保持一贯作风，完全无视我的吐槽，大大方方地在对面落座，还用日语招呼服务员，让她加一个位子。

我皱着眉头，追问道："你怎么找到这里的，我今天没汇报位置啊。"

梁警官笑嘻嘻的，指着我放在一边椅子上的西装："鬼叔，注意到最上面的那颗扣子了吗？"

这件西装是他的新加坡同事给我准备的，我骂了一句："妈的，GPS定位器，你还跟我玩这招？"

梁警官装出一副痛心疾首的样子："上次在西贡没给你配，差点出了意外，这次再怎么也不……"

我还没等他说完，就拿起西装，准备把第一颗扣子扯掉。谁受得了这个玩意儿，上个厕所都在别人掌握中，说不定还有监听什么的。

梁警官却哈哈大笑："早猜到你会这么做了，不是第一颗纽扣，好吧，根本不是纽扣，具体装在哪里，你自己猜。"

我气得瞪大眼睛看他，他却自顾自地夹起一片和牛，还劝道："快吃，都老了。"

我把烤炉里剩下的牛肉，全部夹到自己碗里，梁警官却笑眯眯地招呼店员，加了一份肥牛，还要四瓶啤酒。然后，他朝我笑道："鬼叔，这顿我请。"

我惊讶道："你请？太阳从西边出来了？"

这家伙一贯抠门，从认识他到现在，一杯咖啡都没请我喝过。今天破天荒说要请客，还是价值不菲的烧烤和牛，估计是遇上了什么天大的好事。

梁警官却不说话，拿起刚开的一瓶麒麟啤酒，举起来对我说："来，喝。"

我跟他碰了下瓶子，推测道："我知道了，是西贡那个案子。我帮你们解决了阮红晓，上头嘉奖你了，对吧？"

梁警官咕咚几下，把啤酒喝掉了半瓶，嘿嘿笑着，没有否认。

我也仰头把剩下的啤酒都干了，继续追问："好好交代，是升职了还是加薪了？"

他终于忍不住，得意扬扬地说："两样都有。"

我不由得又骂了一句："妈的，我干的活，功劳全被你领了，好，这一顿不能跟你客气。"

梁警官难得大方一回："这一顿尽管吃。"

我刚想叫店员过来加单，想想不太对，还是狐疑地看着他："你带够钱了吗？"

梁警官嘿嘿一笑："我带没带钱无所谓……"

这意思还是要我请啊！我刚想要拍桌子，他却一脸诚恳地说："鬼叔，你身上那张卡，国际刑警发的，我已经申请上调了额度，总之，在新加坡执行任务这一星期里，除了买房买车，其他你尽管花。"

梁警官举起酒瓶，致意道："怎么样，比一顿烧肉好多了吧？"

我举起一瓶新的酒，学他的样子嘿嘿一笑："还不错，不过我有个新情况要跟你汇报，任务周期变了……"

这次吃惊的换成了梁警官，我看看他的样子，得意地说："不是一星期，是一个月。"

今天兴致特别高，本来还想喝多点，但是梁警官怕我醉了之后把连环杀手放出来，怎么也不让我往下喝了。所以，我只好以可乐代酒，跟梁警官继续干杯——说起来像占他便宜，其实碳酸饮料汽太多，我还是宁愿喝啤酒。

我把今天跟缪星汉会面的细节，都跟梁警官描述了一遍，然后，他就陷入了长久的思考里。我可以理解，这次会面的信息量有点大，处在梁警官的角度，要考虑的东西更多、更复杂。

本来我们的计划是，依次在西贡、新加坡、东京，各"清除"一个灯塔计划客户，以此来引出唐单联系日本财团，将他们一网打尽。

第一个目标，越南毒枭阮红晓，在我——好吧，是另一个我——九死一生、浴血奋战之后，终于顺利清除了。万万没想到，新加坡的这一个目标，却用最简单的方式，试探出了我这个菜鸟杀手，然后最奇葩的是，他竟然一本正经地跟我讨价还价。

"再给我一个月。"

与此相对应的，我这个菜鸟杀手，也试探出了另一个情报——原本我们以为是普通客户的麻里子美绘，其实是日本财团的高层。这样一来，摆在我面前，不对，摆在梁警官面前，有几个选择。

第一，不接受缪星汉的请求，不管三七二十一，杀了他拉倒，按照原计划进行。第二，接受缪星汉的请求，等一个月再杀了他，这样虽然比较人道，却白白浪费了时间。

上面无论哪一个选择，都会面临一个同样的问题——随着麻里子美绘身份的转变，第三个目标清除计划也必须改变。不过，除了这两个选择外，我隐隐约约也想到了另一个方法……

烤炉对面的梁警官，在淡淡的白烟中抬起头来："鬼叔，我们可以不杀他。"

我兴奋地打了个响指："你也这么想！"

没错，按照我们原来的设想，灯塔计划的客户都是杀了亲生儿女，给自己续命的狠角色；想从他们口中得到情报，或者要他们配合，无异于痴人说梦，所以只能一杀了之。然后，再寄希望于唐单会得知消息，受到震动，再联系负责"售后"的日本人。

说实在的，这个计划不光大费周章，而且经过的链条太长，无论哪一个环节出了问题，最后都不会是我们预计的结果。

出乎我们意料，第二个目标缪星汉，却不是什么狠角色，反而是实实在在的"货"；明知我要去杀他，却没有半点反抗，只是恳求我宽限一个月——当然，这肯定跟他误以为我是日本人派来的有关，估计日本财团在他的认知里，是无法与之对抗的恐怖存在，就算弄死我，他也一样难逃被杀的命运。

不过没关系，既然他猜错了我的身份，我们就干脆利用这一点，将错就错，随机应变。从缪星汉那里套出日本财团的情报，然后再以这个线索，解决日本人，反过来证明唐嘉丰是灯塔计划客户，并不是被我谋杀的，以此洗脱我的杀人罪名。

我跟梁警官交换了下眼神——这个新方案，值得一试。

从烧肉店出来，梁警官要回新加坡国际刑警的宿舍，我要回酒店，两人就在门口道别，约好明天再商量新计划的详细内容。

我看了一下手机上的导航，发现回酒店，走路也才15分钟，初秋的晚上感觉惬意，我决定步行回去。

信步走在新加坡的街道，华灯初上，两旁是稍微有点旧，但旧得很有味道的楼房；凉凉的秋风吹在我发烫的脸上，微醺的脚步绵软却充满弹性。再想起今天发生的意想不到的变化——我的任务即将从下手杀人，转变成轻松得多的打探情报。

就目前的情况来说，我只要取得缪星汉的配合，再把得到的消息移交给国际刑警，整个任务就完成了；什么日本财团，什么麻里子美绘，跟我再没什么关系。我要做的只是找个地方藏起来，静候国际刑警解决问题，还我清白就可以了。

这种感觉，就好像在焦头烂额地准备高考，却突然得到了保送的消息。我不由得舒服地叹了口气——今天晚上，还能再完美些吗？当然，如果不是喝太多可乐导致肚子发胀，以及身边缺了个最爱的女人，今晚确实还能更完美。

回到酒店房间，也没人在等我，也没什么事要做，这么想着，我不知不觉放慢了脚步。突然，街边的一家正要打烊的店铺，引起了我的注意。招牌上写着——专营珍稀洋酒。我不由得目光为之一亮。

刚才在烧肉店里，那家伙拦着我不给喝酒，我现在只喝了三分之一的量，不上不下，其实有点难受。有人说微醺的感觉最好，指的是那些没有酒瘾的人。

而我——我死死盯着"洋酒"那两个字，舔了舔嘴唇。洋酒，当然包括我最爱的威士忌。早就听说新加坡的威士忌存量很多，各种酒都有，价格又便宜。我摸了摸口袋里，国际刑警为我准备的无上限信用卡……

不，我不一定要买，起码进去看看，涨涨见识。来都来了。我其实心知肚明，这种说法的可笑，但在意识清醒过来时，两只脚却已经踏进了店里。

老板是个五六十岁的和善老爷子，并没有因为我闯入他快要关门的店而生气，笑嘻嘻地说："随便看，想找什么酒跟我说。"

我挠着头，一个神秘力量驱使我说出了不想说的话："麦卡伦，老一点的年份有吗？"

老板的笑容更灿烂了："有有有。"

据科学研究，人的意志力是有限的，如同肱二头肌的力量也是有限的。而且，在酒精的作用下，意志力还会进一步被削弱。这很好地解释了，为什么不喝酒的时候我能够用自控力拒绝酒精的诱惑；可是一旦喝了点酒，就会控制不住体内的洪荒之力，要喝多点，再喝多点，直到醉倒为止。

总而言之，我鬼使神差地没有买最爱的威士忌，反而在卖酒老头子的推荐下，带回一瓶1972年的轩尼诗干邑。

老头子笑眯眯地说："这批酒早就绝版了，全新加坡，不，说不好全世界，就只剩下这么一瓶。"

在店里昏黄的灯光下，我端详着手中的轩尼诗，它正折射出璀璨、蜂蜜质感的光芒。

老头子脸上的笑容，诚恳得让人无法拒绝："那么晚来我的店，有缘分，年轻人，给你打个九折。"

威士忌喝多了，偶尔换换白兰地，也不错嘛。这是我躺在酒店沙发上，对着四分之三瓶酒的想法。不能再喝了，再喝就要醉了。不，我现在就有些醉了，刚才喝了太多碳酸饮料，会帮助酒精渗透到血液里……

喝多一口，就一口。这是酒还剩半瓶时，我内心的真实想法。反正都醉了，不怕再醉一点。而且，白兰地开瓶不喝会变味吧，那就暴殄天物了，毕竟全新加坡只有一瓶呢。同样，这也是酒还剩半瓶时，我内心的真实想法。

身体的每一个细胞，都在渴求更多的酒精，怂恿我朝着临界点奔去；唯一把我往回拽的，只有一个念头——不能喝了，把连环杀手蔡必贵放出来怎么办？才不怕呢。

我自信满满地站起身来，摇摇晃晃走到房门前，插上了从内反锁的防盗链。连环杀手出不去了，这下子就安全了——谁都知道这是在自欺欺人，除非是一个喝得半醉的家伙。

我踉跄着走回房间，举起杯子，对着空气说："来，干了。"

不，我索性连杯子都不用，举起那瓶珍稀的轩尼诗干邑。

我能记得自己说的最后一句话，是："唐双！我爱你！"

在对唐双刻骨铭心的思念里，在断片的边缘，唯一值得庆幸的是，我并没有听见黑洞打开的嗡嗡声。我敢保证，今天晚上，一定会安然无事。

一片黑暗中，我看见不远处有一条门缝，倾泻出耀眼的白光。我朝那道门走了过去，渐渐听到了宏伟的乐章。我皱着眉头，仔细聆听——

没错，这是缪文不惜用儿子的生命换来的《星汉交响曲》。

虽然只在下午听过一遍，但现在我对于这部作品却了然于心，每一个小节都无比熟悉，就像是反复听过许多遍、最喜欢的一首音乐。不知不觉中，我已经走到了门边，轻轻一推，门后，赫然是下午去过的、缪汉星的办公室。

门打开的一瞬间，音乐声像洪水一样涌出，将我整个人淹没；办公室里的摆设跟下午一样，但是亮度却提高了许多，就像是被舞台的追光灯整个笼罩。

在办公桌后面的皮椅上，坐着一个人；他脚架在桌面上，上半身陷在椅子里，头上戴着那副巨大的奥菲斯耳机，正闭眼欣赏音乐，一副怡然自得的派头。不知为何，巨大的音乐声正是从那副耳机里传出来的。

不过，更让我惊讶的是，椅子里的人并不是缪星汉，而是——我自己。或者说，是一个跟我长得一模一样的人。然后我发现，他身上穿的是一套黑色的三叶草运动服，脚上一双白色泡沫底跑鞋。我不由得倒抽了一口冷气，这个人是——连环杀手蔡必贵。

就在这时，杀手睁开了眼睛，微笑着对我说："来了。"

似乎我的到来，完全在他的意料之中。他把脚放下，坐直了身子，然后拿下耳机。奇怪的是，就在这一刻，我所听到的巨大音乐声，也一起消失了。

杀手继续笑着招呼我："坐。"

我双手握拳，紧张地说："你到底是谁？"

杀手嘿嘿一笑，这个笑容我无比熟悉，因为我曾无数次在镜子里看到："以后，你会知道的。"

我鼓起勇气，往前走了一步，追问道："不用以后，我现在就知道，你是另一个平行空间的蔡必贵，对吗？"

除了他的真实身份，我还有太多问题要问他。为什么要杀死唐老爷子？为什么要毁掉他的脑子？为什么我喝醉了酒，他就会出现？他做这一切的目的是什么?

　　杀手不置可否,反而拿起那副大奥耳塞,低头自言自语:"一个人追寻生命的意义,这辈子找不到,就从上辈子下辈子不停地穿梭,不停犯错,在无数的错误里寻找答案,在无限的迷惘、悲伤和黑暗里,终于找到了一点光亮,狂奔过去之后……"

　　他突然抬起头来,看着我的眼睛:"最终发现了答案。"

　　我还没来得及说什么,杀手重新戴上耳机,一瞬间,音乐声如潮水把我整个吞没。最让我吃惊的是,耳边响起的却是我从没听过的——《星汉交响曲》里,缪星汉还没写完的最终章。

　　睁开眼睛的那一刻,四周还是一片漆黑,我浑身大汗淋漓,不知道自己醒了没有;情急之下,我右手往旁边用力一拍——还好,我确实躺在酒店的房间里。我坐起身来,用力揉着太阳穴,努力回想着梦里的内容。

　　来不及去开灯或者喝水了,我现在最想做的,是记起《星汉交响曲》的完整旋律,哼给缪星汉听,帮他完成毕生心愿;出于对我的感激,他一定会把所有信息和盘托出,帮助国际刑警捣毁灯塔计划的幕后操作者。

　　那段激昂的高潮部分,是怎么样来着?我右手在空气中摇晃,想要抓住那渐渐远去的旋律。突然之间,黑暗中发出巨大的声响——砰!

　　房门被用力推开的同时,还传来了纷乱的人声,有人压低了嗓门问:"在里面吗?"

　　我下意识地往床头缩了一下,回想起是昨晚挂的防盗链,意外地挡住了门外的人。

　　脑子里的醉意飞快地散去,我皱起眉头,紧张地思考着现在的处境。外面的人是谁?新加坡警察吗?他们为什么会来找我,难道是——我倒吸了一口冷气——我又杀了人?

　　没错,我昨晚又喝多了,很可能把那个家伙放出来了;我一喝多就会死人,这可比普通的酒品差性质要恶劣得多。

　　我用力摇头,想要甩掉这个可怕的想法。不可能,防盗链还扣着呢，说明我昨晚根本没出去。下一秒，我马上意识到这个念头有多可笑。如果是连环杀手蔡必贵，从黑洞里钻出来了，他完全可以打开防盗链，出去杀了人，回来再把防盗链挂好就行。

如果我真的杀了人——我倒吸了一口冷气——受害者会是谁呢？缪星汉已经答应了要合作，没有杀他的必要。难不成……我的心脏猛烈跳动，难不成，我把梁警官杀了？

两秒钟之后，门口传来的声音，驱散了这个令人绝望的念头。一个熟悉的嗓音喊道："鬼叔，快开门。"

不是梁警官还能是谁？我立刻从床上跳了下来，奔向房门，同时意识到——听见男人的声音能让我惊喜又兴奋，这是罕见的一次。解下防盗链，拉开房门，我看见走廊上站着三个人，正是梁警官跟他的新加坡同事。他看见我的第一句话是："收拾东西，快走！"

半个小时后，也就是凌晨四点多，我坐在一辆丰田老佳美上。

之前在西贡，那个叛徒NINH接我用的也是丰田，是不是国际刑警对丰田有什么特殊偏好？不过，这次的情况还是略有不同。因为确切地说，我并不是"坐"在丰田上，而是"躺"在车里；具体位置既不是副驾驶座，也不是后排，而是——车尾厢。

躺进来之前，梁警官的说法是："忍耐一下，被新加坡警方发现就糟糕了。"

杀了阮红晓之后，我在西贡的医院里躺了好几天，之后大摇大摆地出境；相比之下，新加坡警察的行动算得上非常迅速，值得赞……

赞个毛线啊！你们反应慢一点，我起码不用躺车尾箱啊！

我苦着脸问梁警官："有必要吗？"

他严肃地点头："有。"

我无可奈何，只好咬牙抬脚，滚进了车尾厢，在后盖关上的那一刻，梁警官还没忘记补一句："别发出任何声音！"

他话音刚落，砰的一声，车尾厢里成为一个黑暗的密闭空间。更糟糕的是，不知道这里曾经放过什么，一股令人作呕的味道，充斥着我的鼻腔。黑暗中，我突然想到——不会是尸体吧？

说不好，曾经有倒霉鬼跟我一样，被塞进这车尾厢里，然后活活被闷死了；死者的冤魂，现在还困在这里面。我不由得喉咙发紧，梁超伟你这个王八蛋，可别把我也闷死在里面啊！

车子发动之后，一开始走在城市道路上，还没有太大问题；除了几分钟一次的刹车，大部分应该是红绿灯，其中有一次，我怀疑确实遇到了警察临检。梁警官毕竟是国际刑警，应付警察还是有一套，车尾厢没有被打开检查，车子就被放行了。

在漆黑的车尾厢中，我无事可做，又不敢说话，幸好手机还带在身上，而且竟然有网络信号。我尝试上了本地的新闻网站，却没发现任何关于缪星汉被杀的信息。我转而上了推特，输入几个关键字，接着不由得睁大了眼——有料到。

缪星汉真的死了，死得比阮红晓还惨。推特上目击者所拍的照片，因为距离跟光线，都非常模糊；但结合他们的文字描述，我总结出了缪星汉的死法。一根手指粗细的金属棍，从他的一边耳朵捅进去，再从另一边耳朵出来；然后，金属棍的两端，悬挂在他所住的公寓三楼外两个相邻的窗台间。这让他的尸体从远处看，就像是一个可笑的大号玩偶。

我皱着眉头，压抑心里涌起的恶心——缪星汉，不，缪文，再也听不到他视为儿子的《星汉交响曲》了。我还想继续了解更多信息，突然之间，屏幕却黑掉了。手机没电了。

我沮丧地叹了口气——忘了给手机充电，是除了跑出去杀人之外，我喝醉酒后必犯的错误。车子行驶了一阵子，估计逐渐驶离了市区，停车的间隔变得越来越长。我本想问梁警官到哪里了，但之前他吩咐我别出声，我想想还是忍住了。

令人窒息的黑暗中，丰田佳美不知开了多久。终于，在一次毫无停顿的五分钟路程后，车子慢慢停了下来。我侧耳倾听，有车门打开的声音,有脚步声,然后——车尾厢被打开了。

一阵新鲜的空气飘入,我贪婪地用力呼吸。咦?海水的咸味。还有海浪拍打礁石的声音,愈发证明了我的猜想——我们到了海边。看起来,这一次离开新加坡,前往日本,我要坐的并不是飞机。

梁警官伸出手来:"下来吧,到了。"

蜷缩在车尾厢里太久,身体都发麻了;脚踏上路面的时候,我膝盖一软,差点跪倒在地。我环顾四周,发现此刻正身处一座小山包上,四处路灯稀疏,山下更是漆黑一片、惊涛骇浪。看样子,这里绝非什么正经的码头。

新加坡警方已经行动起来了,我名为蔡逸源的假护照也被锁定,所以,通过正常海关程序出境,就等于自投罗网。所以,只能悄悄地出村,打枪的不要。但是……

我忍不住问梁警官:"我到底是坐什么船走?"

梁警官嘴角咧了一下,不知道是幸灾乐祸,还是表示歉意:"鬼叔,忍忍。"

我还想再问下去,刚才开车的国际刑警小哥,在车尾厢里打开我的日默瓦箱子,把里面的东西胡乱塞进一个黑色的双肩包;几个小时后,我才体会到他这么做的用意。

另一名同事抬腕看了下表,提醒道:"梁老大,时间到了。"

听完这句话,梁警官不由分说搀起我,就往山下走。

四人顺着崎岖的山路往下,我默默猜想国际刑警派出来接我的会是什么样的船。游艇?帆船?普通客轮?该不会是潜艇吧?

十分钟后,当我们终于下到山底,走上一个隐蔽在礁石间的码头时,我才知道,自己刚才想多了。等着迎接我,从新加坡开往日本的,是一艘黑不溜秋的破旧渔船。

我深深吸了一口气,在心里安慰自己,算了,特殊时期,国际刑警能找到这样一艘船,也算不容易了。几分钟后,我再次发现,自己还是 too young too simple 了。表面上看,这是一艘渔船;可实际上,它是一艘客船。渔船是用来打鱼的,客船是用来运人的,这两个属性为什么会混为一体呢?答案已经呼之欲出——这是一艘伪装成渔船的偷渡船。

以上,就是我在上船十分钟后得出的结论。

此时的我,正身处本来是放鱼虾蟹的船舱内,身边或坐或卧着四五十个皮肤黝黑、体型瘦削的乘客——如果偷渡客也算乘客的话。

这群人年龄都在二三十岁,没有老人小孩,大部分是青年男子,夹杂着几个年轻女人。此时此刻,他们三三两两地聚在一起,吃东西、玩手机、小声交谈,或者干脆躺在船板上睡觉。

偷渡客里没人会讲英语,加上我对此缺乏兴趣,所以没有去搞明白,他们到底是来自菲律宾、马来西亚还是什么地方;凭借我唯一掌握的东南亚语种,我只能确认他们并非来自越南。

从观察到的信息来推断,这些人应该是拿了签证,先到新加坡,然后以此为跳板,偷渡到日本去打黑工。我唯一弄明白的,是我们从这个无名的小港口出发,两天之后,能到达日本的冲绳。

上船之前,梁警官跟我说,到岸了就有日本的国际刑警同事接应,他们会给我带来新的护照,并且协助我进海关。之后要怎么前往东京,怎么接触麻里子美绘,就跟他保持联系,再行安排。

毕竟,原来预期一周的任务,不但没有拖延成一个月,反而在第一天就完成了——但我并没有任何喜悦之情——这样一来,在日本的任务也被提前、打乱了,需要重新安排。不过,这些都等以后再说了。

我想要深吸一口气,却发现这船舱里的空气,甚至比车尾厢还要糟糕;想起在这样的环境里还要待两天,洗澡就别想了,连吃饭跟上厕所都不知道在哪儿——我不禁恶狠狠地骂自己:"喝个鸟的白兰地!"

以前从新闻上看到集装箱里的偷渡客,心里隐隐都会觉得同情;现在好了,我不光自己也成了偷渡客,而且如果让身边这群人知道我的经历,我猜,他们会反过来同情我的。

我叹了口气,站了起来,拿起随身的黑色背包——幸好梁警官帮我换了这个背包,不然那个明晃晃的日默瓦行李箱,会吸引太多的注意力,让我成为这群偷渡客里的异类——在摇摇晃晃的船舱里走了几步,找到一个人少的角落,像一个真正的偷渡客一般颓然躺了下去。

真倒霉啊。闭上眼睛的时候,我在心里祈祷,要是这趟偷渡之旅,可以快点结束就好了。万万没想到,当我的愿望真正实现的时候,我反而宁愿在这船舱里待上两天。我的霉运还远远没有结束,更大的苦头还在后面等我。

困在臭烘烘、黑沉沉、晃荡荡的船舱里,周围不认识的人说着听不懂的话;密闭的空间里,连舷窗也没有,不知道外面是白天还是黑夜,不知道在海上漂流了多久,这一辈子似乎要永远这么漂流下去……

我躺在冰凉的船板上,迷糊地觉得这可能只是我的一场噩梦。突然之间,我听到一声尖锐的哨音。怎么还有人带哨子上船……

不对!我猛然从船板上坐了起来——声音是从船舱外传进来的,而且这根本不是什么鬼哨音,是警笛!我倒吸了一口冷气,该不会是……

船舱里偷渡客们的反应,证实了我的猜想。他们也都纷纷坐了起来,脸上表情紧张,害怕地小心交谈着。其中几个有宗教信仰的,这时候开始跪在船板上,双手合十,口中念念有词。看起来,是海警无疑了。

我的手机在上船前就没电了,这时候也不知道过了多久,船已经到了哪个海域,遇上的是新加坡还是日本的海警。不过,无论是哪一方,情况都同样糟糕。

我身上除了一张国际刑警伪造的护照之外,没有任何能证明身份的证件——好死不死的,这张护照还背着一条人命,涉嫌谋杀的不是普通人,而是新加坡的一位重要官员。

一瞬间我就决定了,我要跟这群偷渡客混在一起,听不懂普通话、日语、英语;最好能假装是他们的一员,蒙混过关,等着把我遣返到某一个东南亚国家。

至于那张名为蔡逸源的护照,还是不要出示为妙。我从黑色背包里翻出护照,四下张望,最后把它撕碎,塞在了一条管道后面。

刚做完这一切,突然之间,一道强烈的光线从斜上方倾泻而下,刚才听不懂的东南亚语交谈、祈祷声戛然而止,取而代之的是嘈杂的海浪声,以及义正词严的喊话。

第一遍说的是英语:"警告,我们是日本海上巡逻队,你们非法入侵我国海域,请配合我方行动,否则一切后果自负。"

我抬头望去,逆光之中,在舱门口俯视着我们的,确实是一张典型的日本人的脸。这个四十多岁的大叔级海警,又叽里呱啦说了一通日语,不用猜,是在重复之前的内容。

这一群不知道哪个国家的偷渡客,虽然听不懂英语,但毫无疑问知道自己现在的处境。他们一脸沮丧的神情,但没有人想着要反抗。当然了,谁会想赤手空拳,跟荷枪实弹的警察拼命?

反抗行不通,想逃跑也不可能。此刻船正处于日本海,这个季节海水的温度已经很低,想要跳海逃跑的白痴,几分钟就会被冻得失温,然后沉进海里喂鲨鱼。惹不起也逃不了,只能被抓了。

更何况,这些人只是偷渡客而已,大不了被遣返回原籍,交给蛇头的钱打了水漂。而在舱门被打开之前,我们并没有听到枪声,说明就连罪要重得多的蛇头也没怎么抵抗,乖乖束手就擒了。

在喊话完之后,日本海警从船舱顶放下一道软梯,用英语让所有人上去接受检查;船舱下的偷渡客们,在低声议论了半分钟后,便拿起了各自的行李,排队一个个往上爬。我也背起背包,默不作声地混进了队列里,幸好偷渡客们没人搭理我。

在软梯上,一步步从黑暗爬向光明,我心里想的是——反正我皮肤在西贡晒黑了,再加上瘦,外形上本来就像东南亚人;如果被审查起来,大不了我说几句越南话,冒充越南人就行。没错,一定能蒙混过关的。

当我爬到船舱口，刚才喊话的大叔海警，还伸出右手，帮我上去。我不由得感叹，日本海警素质还不错嘛，没有暴力执法。下一秒，我还没在甲板上站定，心里就暗骂一句："我去。"

刚才爬上来的偷渡客，这时都安静地躺在了甲板上，排列整齐，像一群刚被宰割的牲畜。有人正在搬运着尸体，看样子像是要往海里扔。而即使刚在软梯上的我，也没有听到任何的求救、呼喊。所以，他们杀人的手段是……

脖子上针扎的刺痛，让我知道了这个答案——麻醉针。我捂着脖子，身体慢慢失去知觉，不由自主就往甲板上滑；想要呼救，喉咙里却发不出半点声音。

眼皮变得越来越沉，模糊的视线里，我看见甲板上正在"作业"的这群人，除了几个伪装成海警，其他人都穿着统一的紫色诡异制服。

在眼睛闭上的这一刻，我心里唯一的念头是：那个家伙，出来啊。

第九章
麻里子美绘

醒来的时候,我清醒地发现,自己并没有在海底。可是,情况并没有好多少。几乎在睁开眼的同时,我发现自己平躺在一张床上,手脚无法动弹,就连头部也被什么东西固定住,能看见的只有天花板。

我脖子用力,尝试向脚的方向看去,但无论怎么拼命,也只能看见自己身上穿的,是类似美国医院里,病人穿的那种手术服。而固定住我四肢的,估计跟绑在额头上的那东西一样,是又宽又厚的束缚带。

与此同时,右臂凉凉的感觉提醒我,还有一条输液管,正把不知道什么液体输入我的血管里。这是怎么回事?

我深深吸了一口气,艰难地朝左右两边扭转脖子,心里的猜想慢慢得到证实——没错,这是一个手术室。

回想起昏迷之前,我是在一艘偷渡船的甲板上,被伪装成海警的身份不明的团队,用麻醉针放倒的。本来以为会被扔进海里,没想到醒来之后,却……

我脑子里突然有了个不祥的念头——难道说,我遇上了一群国际器官贩子?

结合前因后果,这个推测是很合理的。我想着想着,不由得喉咙发紧;如果真是这样,等下就会有一群医生推门而入,划开我的肚皮,取走我的心肝脾肺肾。呃，肝跟肾可能损耗稍大，质量一般，其他内脏可都是活力满满，属于不可多得的新鲜食材，不对，新鲜器官。

不要啊，我连老婆都没娶，儿子都还没生呢！我虽然还有个哥哥，但他醉心于科考，根本不把娶妻生子当回事；家里两位老人想要升级当爷爷奶奶，全指望我了，本来还打算年底把唐双带回家，让二老看看……

不，现在不是想这些的时候。我深呼吸了几下，在床上放松肢体，试图平缓紧张的情绪；然后，我闭上眼睛，再缓缓睁开，在非常有限的角度内观察环境，想要找到一个逃脱的办法。

可是，这有个毛线的办法啊？我又不是007，只是个小工厂业主，是个普通人。如果能把连环杀手蔡必贵召唤出来，或许他能有点办法。问题在于，我该怎么把他弄出来呢？要是点滴打进我血管的，不是不知名的药水，而是酒精就好了……

一阵纷乱的脚步声，打断了我的胡思乱想。有人来了，而且是一群人。来取我内脏的人。

我瞬间面如死灰，欲哭无泪——爸，妈，对不起，原谅我这个不孝子，不能侍奉二老左右，也没能为蔡家延续香火，接下来只能靠那个比我还不靠谱的老大了……

这群国际器官贩子，杀千刀的刽子手，我就算做鬼也不会饶过你们的。不对，我可以饶过你们，但是取器官的时候，起码得给我打麻醉吧，或者干脆先把我杀了。

脚步声越来越近，我的心跳也越来越快，身体却紧张得发冷；这群人一边朝我走来，一边还在聊天，听起来有男有女，真是一群该死的日本人……

慢着，我侧耳倾听，几乎不敢相信自己的耳朵，但是，没错！他们说的是中文！确切地说，起码有两个人说的是中文，而且是标准的、听不出口音的普通话。仔细分辨的话，是来自国内的普通话，而不是前两天听到的新加坡的港台腔。

自己人！有救了！我正想大声呼喊，突然想到了什么，话到嘴边，又硬生生吞了回去。谁说讲普通话的就是自己人？我深深吸了一口气，现在情况还不明朗，先听听他们的谈话内容，再做打算。

其中那个男的说："这批挑出了几个？"

女的似乎级别要低点，恭敬地回答："有四个合格的。"

男的哼了一声："少，不过也比上次多了。想不到，想不到啊，这群缅甸猴子还挺争气。"

我皱着眉头，心想，原来跟我在渔船里待的难兄难弟们，不是来自马来西亚或菲律宾，而是缅甸人，难怪海警来的时候他们在拜佛。

没想到，我脸上细微的动作，竟然被那女的发现了，她警惕地说："Jack，他好像听得懂。"

我本想放松表情，但转念一想，这样反而坐实了我能听得懂，所以我只好继续皱着眉头，保持着一副便秘的表情。

幸好，那个叫杰克的男人，比较粗线条，满不在乎地说："Rose，你想多了，怎么可能。再说就算他能听懂，一针麻醉下去就解决。"

我差点忍不住笑了出来，中国人起洋名也就算了，还叫 Jack 跟 Rose，你们以为在演《泰坦尼克号》啊？幸好，在这性命攸关的当头，我还是勉强忍住了笑。看来刚才没有呼救是对的，这些人才不管我是哪国人，就像是一群不挑剔的食客，不会关心盘里的牛肉产地是哪儿。

我脖子上被扎的那块肌肉，到现在还隐隐作痛，这群人下手不要太狠；幸好刚才没叫出声，不然的话，又要白白挨一针。在他们交谈的时候，我还听到了一些容器打开、仪器响起以及金属碰撞的声音，估计是他们正在准备手术器材。

Rose 听 Jack 这么说，没有表示反对，继续往下说："那剩下的呢？"

Jack 好像一时没反应过来："剩下的什么？"

Rose 似乎认为自己在问一个不该问的问题，声音变得很小："剩下的偷渡者，不合格的那些，也还是？"

Jack 不耐烦地说:"还能怎样,烧掉啊,灰洒到海里,一干二净,就好像这些人没在世界上存在过,多好。"

我身上一阵恶寒,不由得倒吸了一口冷气——渔船上有四五十个偷渡客,刚才那 Rose 说挑出了四个合格的,也就是除我之外还有三个幸存者,其他都要被杀死,再烧成灰了。不对,幸存个屁啊,我也马上要挂了,比那群可怜的缅甸人,晚走一步而已。

Jack 一边准备工具,一遍继续发表他的高论:"Rose 你别有什么心理压力,好人就不会来偷渡了,他们无论到哪儿都是社会的祸害,蛇头就更别说了,更加该死。要我说啊,处理掉这些无价值的害虫,给有价值的人腾出空间,人类社会才会越来越文明,越来越发达。"

我在心里暗骂,去你娘的,毫无人性的禽兽,新的黄皮纳粹,最该死的就是你。

Rose 看起来不太同意这个观点,但却不敢冒犯 Jack,说话的声音低得几乎听不见:"我就觉得挺可怜的。"

但即使是这样,也大大地激怒了 Jack,他提高音量,斥责道:"可怜什么,你忘了我们事业的目标吗?忘了灯塔计划的宗旨?"

一瞬间,我的心跳像是漏跳了一拍。紧接着,心脏怦怦怦疯狂跳动了起来。

灯塔计划!

好死不死的,这时候 Rose 却发现了不对劲,惊呼道:"他真的听得懂!"

Jack 也终于醒悟过来,换了日语,吩咐另外一个人;虽然听不懂,但用猜也能猜出来,他要给我打麻醉针。

这个时候,我被固定住的视线里,出现了一个女人的上半身,从上到下俯视着我。我这才看见,她身上穿的是一身手术医生的制服,不过与众不同的是,这身制服是深紫色的。紫色……

我想起了在渔船甲板上的那群人,制服也是同样的紫色。这样的颜色，很容易让我想起一个人，一个认识的人。不，确切来说，是纠缠得很深的一个人，一个女人。从某种意义上，她对我的人生所造成的影响，比唐双还要大。无数的想法，就像破碎的冰块，在我的脑海里浮动、碰撞。

第三个人的声音，简单地说了句日语，然后 Jack 也回应了一句。我心里知道，他们要下毒手了，我甚至能听见那枚麻醉针向我袭来的咻咻风声。在千钧一发之际，我使出吃奶的力气，大喊："带我去见麻里子！"

我第一次见到她的时候，她叫 Marilyn，是一个外表只有十八岁，清纯无害，很容易激起男人保护欲的少女。后来我知道，包含在她青春而美好的身体里的，是一个经过一百年岁月，变得冷酷无情、毫无人性的灵魂。按照我的理解，她已经不属于严格意义上的人类。她是个魔鬼。

我们的第一次交手，Marilyn 通过一系列的诡计，想要让我相信，她是被高维生物所控制的可怜玩具，唯一解救她的办法，就是通过某种仪式，我自愿成为她的继任者——时间囚徒。

当然了，既然我还活到现在，就说明她的诡计没有得逞；我估计是花光了一辈子的智力和勇气，不光识破了 Marilyn 的阴谋，还把她送回了那个行将崩溃的时间盒子，也就是囚禁她的监狱。

至于我们的第二次相遇，地点还要更诡异，不是在地球上，不是在太阳系，甚至不在这一个次元。因为，我是在一个网络游戏里，跟她见的面。当时我的身份是虚拟游戏的玩家，而她是游戏里的最终 BOSS。为了让我来游戏里见她，Marilyn 通过诡异的手段，控制了几个无辜游戏玩家的躯体，并让他们用残忍诡异的方式，结束了自己年轻的生命。

不得不说，那一次，是我败给了她。满怀怒气的我在游戏里击杀了 Marilyn，但是没有想到，这正是她梦寐以求的。她辛辛苦苦布了个局，就是为了让我亲手杀了她，这样她就能从游戏世界里被释放，再次进入到现实世界里。

在羽化升天的那一刻，她语焉不详地表示，这一切都是高维生物的意思。什么鬼高维生物，真是品位低下。

除此之外，Marilyn 还表示，她不会就这样放过我，她要让我这辈子都活在悔恨里，她果然说到做到。我大学时代的好友，向亮，被 Marilyn 改造成了一个量子幽灵。

确实是因为我上当中计，把 Marilyn 从游戏里释放出来的同时，也让她获得了比以前更强大、更神秘的力量。作为时间囚徒的时候，她只能在一个月的时间里不断反复穿梭；但是在第二次交手以后，她似乎可以——不，是一定可以——穿越到更久以前。

就比如说，穿越到三十年前，我跟向亮所读的大学正在兴建的时期，并且在校园地下修建了一个巨型的粒子加速器。

通过这个加速器，她把向亮跟我的另一个同学，都变成了量子幽灵，不过我想，她凶险的用意，一定不止于此。

既然可以随意穿梭时空，加上她一百年的智慧，Marilyn 完全可以实现更大的目标。比如说，在日本创立一个财团。

"你还是这么聪明……鬼叔。"坐在我对面的女人，对我微笑着说。

算起来，我们已经一年多没见了——如果在虚拟的网络游戏里那次，不算是真正"见面"的话。说实话，在这一年多时间里，尤其是夜深人静的时候，我也无数次想象过，如果我们再见面，会是什么样子。在大多数想象中，我都处于极端危险的场景，而她或谈笑风生，或面露凶光，总而言之，弹指间就可以置我于死地。

毕竟，她曾经处心积虑，布下一个惊天骗局，想要我把她从时间囚徒的监狱里拯救出来，然而在最后关头被我识破；在一个大热的网络游戏《摘星录OL》中，我变成一个火云道士，亲手杀死了她化身而成的终极BOSS。

我至今记得，她从游戏里被释放的那一刻，发誓不会让我等太久——"我会是你一辈子的噩梦，在这个梦里，你在乎的人、不在乎的人，会一个个死去。"

她确实说到做到，运用增强了的能力，穿梭回到十多年前，我的大学时期,然后把我一个倒霉的同学变成了人不人、鬼不鬼的量子幽灵。

从那以后,我就一直提心吊胆,下一个受害者会是我身边的谁。万万没想到,她那么快就玩腻了猫捉老鼠,跳过前戏,直奔高潮。那么快,就轮到了我自己。

我深深吸了一口气——坐在我对面这个女人,有很多名字。M少女、Marilyn、墨鳞星君、马莉莉或者马莉莲,还有就是……麻里子美绘。

所以我还是太笨了,我应该早点猜到,不,应该在从那张纸条写着的客户名单上,第一眼看见这个日本女人的名字时,就知道是她才对。

而且,除此之外,她还给了我更多的暗示。比如说,渔船甲板上,还有我差点被宰掉的手术室里,工作人员穿的紫色制服。紫色,是Marilyn最喜欢的、一生命定的颜色。就如同现在的她,也是身穿着紫色的……

深V、半透、落地长衫裙。这么仙的衣服,我基本只在动画片里看过——是穿在城户纱织身上的。我想象过一万种跟Marilyn见面的场景,但万万没有想到,我们的重逢会是这样子……

此时此刻,我们正坐在一栋充满现代感的别墅外,面朝大海的阳台上,楼下是干净的无边泳池。秋天的日本海,当然没有马尔代夫那么漂亮,但这岛上的海水也算得湛蓝清澈。

穿着黑白制服、紫色领结的女佣,正侍立在旁,满足我们每一个细致的需要;她不会超过二十岁,一头柔软的金发,五官精致得像洋娃娃,腰臀比却夸张得惊人,如果说世界上还有比她漂亮的女人——坐在我对面的Marilyn,要算上一个。

没错,她还是保持着第一次见面时,那个十八岁的样子。Marilyn的相貌,更符合东方人的审美,含蓄而富于神韵;无论在哪部拼颜值的影视剧里,她都能胜花瓶女一号,或者是一个明明更美但命运不佳的女二。

而在这一副摄人心魂的美貌背后,她那超过一百岁的智慧,更为迷人的双眸平添了一分神秘。要不是知道她的老底，如此美景美人，正常男人都会在三分钟内彻底爱上她。更何况，她还穿得那么好看。

说实在的，我穿着他们给的外套，在这秋天的海边还是有点冷；而她穿着那件雅典娜似的紫色纱裙，却一脸泰然自若。也对，毕竟她不是人类——至少在严格意义上——所以没有我们凡人的五感吧。

Marilyn用纤长的手指，撩了下发鬓，微微笑着说："鬼叔，一直盯着人家干吗啦。"

我勉强一笑，端起咖啡杯掩饰自己的尴尬。心里却在暗骂自己，尴尬个毛啊，这女人的皮囊再漂亮，也是个杀人不眨眼的女魔头；光我认识的人里，直接或间接被她害死，就超过五个。更别提她在当时间囚徒时杀的人，还有……

这整座岛。我转头向着另一边，这个岛屿的最西方看去，在墨绿色的树林上，突兀地矗立着一根烟囱。手术室里Jack跟Rose说的话，现在还回荡在我耳边："……烧掉啊，灰撒到海里，一干二净，就好像这些人没在世界上存在过……"

劫掠偷渡船，把合格的"货"用来做实验，不合格的统统杀掉，这种丧心病狂的恶行，全部是……不对，岂止于此！这一整个岛屿，还有传说中执着于永生研究的日本财团、灯塔计划，甚至是我这两个月来的所有遭遇，说不好都是这个女人，在幕后一手策划的！

我转过头来盯着Marilyn，恶狠狠地喝了一大口咖啡，然后——大声惨叫起来。

谁倒的咖啡那么烫！

当我在这边大出洋相的时候，Marilyn一手撑着脸颊，静静微笑地看着我，就好像慈爱的母亲，正看着闯了祸的小孩。跟Marilyn仇人相见，没有分外眼红，喊打喊杀；但这样温馨的场景，反而更让人难受。

喝了两口冰水，又过了好一会儿，嘴巴终于恢复到可以讲话的程度。我于是调整了下坐姿，深吸了一口气，用最严肃的语气对Marilyn说：

"你想干吗？"

Marilyn 脸上保持着迷人的笑意，答非所问道："鬼叔，你喜欢这里吗？"

她说的"这里"，指的是日本海的某个区域里，一个七八平方公里的小岛；岛上有一个小型码头、一个直升机场、几栋实验楼、一个设施齐全的员工居住区，还有就是我们现在所处的、科技感超强的度假别墅，附带游泳池、网球场，还有个小型马厩。

Marilyn 创建的 M 集团，在日本一定拥有强大的经济、政治实力，才能占据这样一个小岛，不被外人察觉，更有巡逻船队，严禁外来船只进入附近海域。

据我估算，岛上包括科研人员跟服务人员在内，大概有三百到五百人。岛上各种生活设施一应俱全，而且极具现代化；而且 M 财团实力雄厚，为了让员工们从事伤天害理的勾当，所给的薪水一定非常丰厚。对于他们来讲，这个小岛，当然算是理想的工作生活地点。

当然了，作为整个岛屿的主人，整个 M 财团的控制者，这个与世隔绝的小岛，更是她隐秘的独立王国，一个为所欲为的天堂。不过，对于我这么一个被扣押的人质，可就不是这样了。

在手术室死里逃生之后，我又在一个密闭的房间里被关了两天，才受到了 Marilyn 的接见。第一次是隔着厚厚的玻璃，通过电话机交谈；之后虽然被放了出来，并且带到 Marilyn 别墅的客房里居住，但无时无刻都有两个女佣监视，并且包括手机在内的随身物品都被扣押了，没有任何与外界沟通的机会。

说实在的，我只能勉强记得上岸的日期，连今天是几月几号，都不是特别确定。整艘偷渡船失踪了，梁警官一定在找我吧。更重要的，是我心爱的女人，唐双，还处在一个心狠手辣的老家伙的控制中。她现在怎样了？安全吗？自由吗？每天过得开心吗？还是跟我一样，过着被肉体被禁锢、精神无比焦躁的生活？她有没有每天担心着我，就好像我每时每刻都在担心她一样？

唐双是为了我，才忍受这一切。而我本来是要跟梁警官合作，实施倒塔行动，然后恢复自由身，跟唐双重新在一起。但现在……一切都成了泡影。

我深深吸了一口气，回答 Marilyn 的问题："这里，对我来说，就是地狱。"

"地狱？"

Marilyn 意味深长地看了我一眼："很快你就不会这么想了。"

我皱着眉头，感到一丝不快："你凭什么这么说？"

Marilyn 脸上还是平静的笑容："因为，这个小岛，是你亲自挑选的。"

我渐渐暴躁了起来："说什么奇怪的话，我根本不知道这个岛的存在！我是太倒霉了，才被你们抓来的好吗？"

Marilyn 露出一种怜悯的表情，就像她对面是一个弱智儿童："鬼叔，你该不会还以为，你被送到这个岛上，送到我面前，是一个所谓的巧合，或者是可笑的命运吧？"

我眉头皱得更紧："难道不是吗？要不是缪星汉被杀，我就不会偷渡去日本，不偷渡的话，也就不会被你们碰上……"

她摇了摇头，轻轻叹一口气，然后站起身来："走，我带你去看个东西。"

我心里虽然对她充满抗拒，但不知怎的，下意识就站了起来，跟在她身后。或许我的潜意识明白，与其让几个穿得跟特种部队似的雇佣兵押着走，还不如自己主动点，能保持最后的一丝尊严吧。

Marilyn 没有坐电瓶车，而是带着我，在沿着海岸边、半山腰的一条小路，一直往岛的东边走去。我知道这个方向，是通往 M 集团的实验楼，也就是前几天我差点挂掉的手术室那里。我跟在 Marilyn 身后，看着在海风里飘飞的紫色纱裙，心里琢磨着——她要带我去看什么呢？

在一个海角的转弯处，Marilyn 突然停了下来，像是对着山下的海滩说:"怎么样,这里风景不错吧?"

我不耐烦地咕哝:"再怎么不错,我也不会喜欢上这里……"

不对。沙滩上有什么东西,矗立在那里。我对着上午的阳光,手搭凉棚,往沙滩下面仔细看去;紧接着,我不由得倒吸了一口冷气。沙滩上,是四个白色的英文字母——HARP。

HARP 在英语里是竖琴的意思;同时,这也是一个岛屿的名字,一个坐落在千里之外的印度洋上,马尔代夫的热带岛屿——鹤璞岛。

我跟唐双的初次旅行,就是去这座鹤璞岛。在岛上,我们共同经历了九死一生的冒险,也因此确定了恋爱关系。可是为什么,这座北方的小岛上,也会有同样的四个字?难道说……

回想起当时为什么会去鹤璞岛,是因为 Marilyn 诱骗我继承时间囚徒的仪式里,我们坐在浴缸里,穿越到了一片近海海面。那个时候,我看见附近的沙滩上,赫然就有 HARP 四个大字。因为这个名字,我在网络上搜索到了鹤璞岛的信息,又发了帖子征求同行者,这才认识了唐双。

我放下额头上的手掌,可能是阳光太强烈,我一时竟感到有些天旋地转。难道说,我当时看见的并不是真正的鹤璞岛,而是这里伪造的四个字母?难道说,从故事的最开始,我就落入了 Marilyn 的陷阱,成了她的猎物;从此以后的每一步,挣扎也好,奋斗也好,都不过是在陷得更深。

我转过脸去,望着 Marilyn,眼神里充满了绝望。她脸上的微笑依然从容,就像是一个经验老到、信心十足的猎手。

Marilyn 看着我,突然说:"鬼叔,为了表达我的诚意,我再告诉你一个秘密吧。"

我皱眉道:"什么秘密?"

Marilyn 说:"你之前像条狗一样,梁超伟让你做什么,你就做什么,你有没有怀疑过一个问题,国际刑警不能杀人,那为什么能要求你去杀人呢？自己下手跟让别人动手，有什么本质不同吗？"

我一时无言以对，因为她提的这个问题，其实我之前也有想过，只是不愿意往深处去想而已。

Marilyn 见我不说话，笑道："小傻瓜，真相就是，梁超伟早就不是国际刑警了，他为了实现自己所谓的正义，走火入魔，被国际刑警除名了。"

我摇头道："不可能，他明明答应过我……"

Marilyn 笑笑说："真的不可能吗？"

我张了张嘴，却突然发现，这个时候无论再怎么反驳，都太过于无力了。确实，我像条忠心的狗一样，帮着梁警官，不，梁超伟去杀人，到头来，他所许诺的事情，并没有实现。

所以，很有可能，正如 Marilyn 所说，这件事从一开始，就是个彻头彻尾的骗局。无论梁超伟的出发点是什么，他也不过跟我一样，是个杀人凶手而已。这样的人，自然也不可能是国际刑警，更不可能像他所说的那样，还我清白。

Marilyn 看着呆若木鸡的我，指着海滩轻声说："走吧。"

她跟我所说的一切，已经完全将我打败，彻底瓦解了我的意志力。

此时此刻，我的大脑根本无法思考，整个人像是被催眠了一般，不自觉地跟着 Marilyn 往前走；心里那种被支配的恐惧感，让我变得像温顺的羔羊，这时候就算她带我去屠宰场，恐怕我也会毫不犹豫地跟上。

Marilyn 像是洞穿了我的内心，一边走一边轻声说："鬼叔，你不用怕我。"

我嘴角扯动了一下，不知该说什么，干脆保持沉默。

她接着往下说："你猜对了一半，安排好所有一切，把你送到岛上来的，除了我……"

Marilyn 停了下来，转身面对着我；在清晨的阳光里，她美得如同大理石女神雕像。

女神温柔地微笑着："还有你。"

纵然我的智商已经下线，但也能想得明白，Marilyn 说的"你"，并不是我，而是另一个我。我的意思是，在我脑子里的黑洞所连接的无数平行世界里，有另一个蔡必贵，跟 Marilyn 挑选了这个岛屿，布下所有陷阱，一步一步地把现在的这个我带到了岛上。

而无数的"另一个蔡必贵"里，嫌疑最大的，莫过于那个神出鬼没、神通广大的神秘杀手蔡必贵了。如果是这样的话……他之前所做的一切，都能够找到合理的解释。

Marilyn 简单的两句话，在我心里掀起滔天巨浪的同时，也把"HARP"带给我的震撼，稍微冲刷掉了一些。虽然大脑里还是一团乱麻，但总算可以重新开始思考，不再把自己当成女神的小羔羊了。

虽然经历了那么多内心戏，但从表面上看，我只是沉默不语，跟着 Marilyn 走到了其中一栋实验楼前。在品字形分布的三栋实验楼里，这里似乎是最小、最矮、最不起眼，也最不重要的一栋；但稍微仔细观察，就知道并非如此。

左右两栋实验楼，虽然也有门禁跟保安，但不时有身穿紫色制服的工作人员，在门口进进出出；只有这夹在中间的一栋，大门紧闭，无人进出，但却有更复杂的门禁，以及数量更多的保安。

在我前面的 Marilyn，举起右手做了个停止的手势，身后的女佣跟雇佣兵，就恭恭敬敬地停在几米开外，不再向前。然后她走到这栋楼的入口，输入密码，刷了指纹又刷脸，验证语音，看样子还验了瞳孔，那防盗玻璃做成的大门，这才缓缓打开了。

而在她做这一切的时候，玻璃门后的保安人员，只是静静地看着，并没有过来开门。我皱着眉头，心想这大概是 Marilyn 制定的规则，以防有个长得跟她一模一样的假冒者，蒙混过关。

门打开以后，除了我之外，只有两个最精干的雇佣兵跟了进来，剩下的人都留在了门外。

我们四人进了一个同样需要密码的电梯，Marilyn按下了面板上唯一一个按钮，电梯便开始动了起来。按照我的猜测，它是在往下运行——因为电梯门关上之后，过了一分钟还没打开，而这一栋实验楼，根本没那么高。

　　换句话说，我们正处在深深的地底——不对，应该是海底——并且，还在往更深的地方去。我看着旁边站着的、表情沉静的Marilyn，所以，她究竟是要带我去看什么？难道是锁在海底的喷火魔龙？

　　十分钟后我才感受到，这个"东西"带给我的震撼，比喷火魔龙还要高几个烈度。

第十章
海底实验室

等到电梯门终于打开时，展现在我眼前的是一个实验室。

这个海底的巨型实验室，用透明玻璃或者水泥墙壁，隔开了许多个小间；身穿紫色制服的实验人员，看见 Marilyn 的到来，有些停下了手上的工作，另一些却没有。并非他们对 M 集团的大 BOSS 不尊敬，而是如果他们停了下来，估计会有生命危险。

是的，这些人手上正在操作的，是我虽然不懂，但一看就很危险的古怪仪器，有些正冒着电火花，有些发出五颜六色的光，有些喷着白色的雾气。

而剩下那些人的工作，相对而言就简单得多了；他们只是围在一张张手术床前，对实验品进行活体解剖而已。当然了，这些实验品都是人类。

Marilyn 轻轻做了个手势，所有人都恢复了手上的工作。

我紧皱着眉头，看着那些被紧紧束缚在手术床上，各种肤色的实验品，想要找出跟我同乘一条船的偷渡客。可惜，他们都被拆分得不成样子，脸上的表情——如果还能做出表情的话——无比痛苦，所以根本无法分辨。

除此之外，还有那些水泥墙分隔开的小实验室，看不见里面进行的是什么，我猜，只会是更残酷的场景。

我跟在 Marilyn 身后，紧紧握住了拳头。只可惜，那个连环杀手蔡必贵，不能随我心意召唤，不然的话一定要大闹……

不对。说不好，正如 Marilyn 所说，杀手蔡必贵也是这一切的主谋之一。

穿过这一切，我们终于走到了海底实验室的最深处。我们先是进入了一道紧闭的大门，隔绝开了外面大实验室的所有人，然后，我看见的是又一道门。

这是一个紧闭的圆形拱门，像是医院里核磁共振仪器的五倍放大版；给我一种感觉，似乎拱门后面是一条长长的隧道，要通往不属于地球的某个地方。

不知怎的，我觉得这个拱门颇有些眼熟，似乎在哪里见过。拱门前有两个身穿紫色制服的人，跟实验里忙碌着的其他人不同，他们没有在做任何工作，似乎所有的职责，只是在把守这一道大门——以及背后隐藏的秘密。

在经过一系列更为复杂的验证后，圆形的拱门终于打开，露出的却是一个完全封闭的金属密室，面积不比电梯要大多少。让我大惑不解的是，密室里空空如也，什么都没有。

我皱着眉头，终于忍不住问道："你带我来就是看这个？"

Marilyn 轻轻笑了一下："鬼叔，不要着急。"

她小女生似的，扯了一下我外套的袖子："进来嘛。"

我跟着往前走的时候，看见拱门两旁的工作人员，脸上的表情一半是怨恨，一半是嫉妒。当然，都是对着我来的。所以，他们要不然知道密室里是什么，要不然——不知道里面是什么。

天天守着一个拱门，却不知道里面隐藏着什么样的秘密，难怪会对我有那么大的意见。这么想着，我心里竟然有了一点点得意。

走了两步，我和 Marilyn 便进入了这个小小的金属密室，这一次，连那两个雇佣兵都留在外面了。圆形拱门再次关上，这个密闭的空间里，只剩下我跟 Marilyn。这个身穿紫色纱裙，像雅典娜一样圣洁貌美的少女。

再一次的，她似乎完全洞悉了我内心的想法，伸出一根纤细的食指，戳了戳额头："想什么呢？"

我正想着该怎么辩解，她向前走了两步，脸贴着拱门相对的那一面墙，然后又向后退了半步；紧接着，她右脚在地面用力，看上去毫无缝隙的金属墙壁，从四面八方射出绿色的激光，在 Marilyn 眼前交织成了一个立体的正方体。

然后，她缓缓伸出右手，掌心朝上，平摊在正方体中；绿色的激光上下翻飞，读取着她手掌上的每一个细节，下一秒，齐刷刷消失不见。

我没来得及惊叹，突然之间，我身后的金属墙壁——并不是拱门正对着的那面——打开了一扇门大小，露出了……

另一扇门。一扇根本不应该在这里出现的门，就是普通住宅里、普通样式、普通复合板制成、贴上普通木纹，再普通不过的房门。但是，我却能一眼认出这扇门。并不是我眼力出众，而是因为——眼前这扇门，正是我那套复式公寓，二楼浴室的门。

我喉咙发紧，心脏猛烈跳动。为什么我家浴室的门会出现在这么深的海底，被当成绝密的存在，安保程度比银行金库还严密？这么普普通通的一道门……

不对，话说起来，这并不是一道普通的门。一年多以前，我跟 Marilyn 就是推开这一道门，坐进了浴缸里，然后穿越到这个岛附近的海面，看见沙滩上的 HARP 四个大字。

我的大脑像陀螺一样飞速转动，一个朦胧的想法渐渐成形。门后，不是一个普通的浴室，而是——时空穿梭点。没错，就像大雄房间的抽屉，或者是《回到未来》里那台汽车，我家的浴室也是类似的一个时空机器。

时空机器。我自嘲地笑了一下。这个想法荒谬无比，可是，对于我眼前的情况，这是唯一合理的一个解释。

"发什么呆？"

我勉强笑了一下，跟在她身后，走进了浴室。

进了这个穿越机器，我特别留神看了一眼，金属墙壁的切面只是薄薄的一层，而且是实心的，不像是隐藏了什么厉害的仪器；在踏入浴室，光脚踩上瓷砖的那一刻，除了觉得有点凉，我没有任何奇怪的感觉。

也就是说，浴室这道门不具有时空穿梭的功能，我现在还是处在海底某处，并非回到了自己家里的浴室。这样一来，就不得不感慨——这个海底的浴室，完全复刻了我家公寓二楼的那个，从布局到细节，完全一模一样，没有哪怕一毫米的差距。

我走到浴室中间，环顾四周，唯一稍有不同的地方，大概在于浴缸上面的排气扇——本来应该能透入光线的，但现在只看到黑漆漆一片，估计后面是严实的金属墙。

Marilyn 站在镜子前，把她一头淡紫色的长发，用橡皮筋扎起来——跟我一样，她是赤身裸体走进来的，身上并没放哪怕一根橡皮筋的地方。照我推测，橡皮筋是原来就放在浴室里的，也就是说，Marilyn 经常到这里来。来做什么呢？

她扎好头发，转过身来对我说："身材有点走形哦，鬼叔，不过不怕，岛上有健身房。"

浴室的灯光比金属密室里明亮多了，我的视线被她的身体牢牢吸引，好不容易才勉强移到另一边。

我不敢再看 Marilyn，甚至不敢想着她，赶紧找了个能分心的话题："真厉害，这个海底浴室做得跟我家的一模一样。"

Marilyn 轻轻笑了一声："是吧？你再认真看看。"

我走到空空如也的浴缸前，摸着洁白光滑的边缘，皱眉道："真的一模一样，就连这条划痕……"

不对。这条划痕，是我有次不小心，把皮带头砸到上面形成的。由于划痕形状特殊，所以我印象非常深刻。眼前浴缸上的划痕，跟我记忆中的一模一样。

我皱着眉头,倒吸了一口冷气:"这浴缸不是复刻的,就是我家里那个!你把我家的浴缸,不对,你把我整个浴室都搬到这里来了!"

Marilyn 像韩国女性一样,用食指跟拇指比出一把手枪:"bingo,猜中了。不是为了把这浴缸搬来,干吗安排你杀人逃亡呢。"

所以,她是趁我逃亡的时间里,派人把我家的浴室整个拆了,千里迢迢运到岛上,再安装到这个海底的密室里。

我眉头皱得更紧,刚才在海滩边看见英文时的感觉,再一次汹涌袭来。我的设想得到了强调,没错,这就是一个精心布置的陷阱,我不知不觉深陷其中,每一步都受 Marilyn 控制,都在她掌握之中。真是个可怕的女人。但是……

我鼓起勇气,直视她的眼睛:"你把我带来,就是为了看我家浴室?"

Marilyn 轻轻一笑:"当然不是。"

我装作强硬地问:"到底是要看什么?"

她向我走了过来,我紧张地往后退:"你要干吗?"

Marilyn 伸出手来,目标却是浴缸上面的水龙头:"别紧张。"

她打开了水龙头,哗啦啦的水声,掩盖住我怦怦的心跳声。水在浴缸里越积越多,我回忆起上次跟 Marilyn 坐在浴缸里,进行了一场时空穿越。难道说,她要让我看的东西,就是这个?她要带我再来一次时空穿越,展示给我某个场景?

这样的话,我跟她就要坐进浴缸里。想起上一次发生的事,我的心情很复杂……

Marilyn 却也凑了上来,她的容颜倒映在浴缸的水里,微笑变得支离破碎:"鬼叔,看见什么了吗?"

我向浴缸底看去:"没什么啊。"

她笑着鼓励道:"你可以再认真点。"

我皱着眉头,弯下腰,把脸凑在水面上:"还是没……"

突然之间，Marilyn用力按住我的后脑勺，把我的头按进了水里！我猝不及防，呛了两口水，同时拼命地挣扎着——天知道这副看起来柔弱的躯体，怎么会有怎么大的力气。

我在水里睁大双眼，能看见的只是破碎跳跃的光影；肺里似乎也灌进了水，意识因为缺氧开始模糊，心里一个声音在说："要死。"

没想到，我蔡必贵三十多年来，什么大风大浪没见过，到头来竟然要淹死在阴沟，不，淹死在自家的浴缸里。

在濒死的挣扎中，我眼前的光芒越来越亮，就好像是电影里过场用的白光，逐渐占据了整个屏幕。没想到，人死之前，真的会看见天堂的光芒……

不对。白光渐渐淡去，我的眼睛又能看见东西了。却不是浴缸里的水，而是真的跟电影一样，换了一个场景，一个截然不同、毫无联系的场景。眼前的景物越来越熟悉，这是在……

一个户外的咖啡厅。

我虽然能看见东西，但是角度却不由自己控制，就好像我附体到某人身上，把他或者她的双眼当成摄像头，借助它们来观察世界。

这人的视线上下移动，有时低头看着桌上的杂志，偶尔端起咖啡，抬头看一眼周围，像是在等什么人。我按捺住满腹的不解，通过有限的角度来观察，猜测这到底是个什么地方，我所"附体"的人到底又是谁，是跟我有关的人，还是一个完全的陌生人？

桌上是一本英文的时尚杂志，四周店的招牌有英文，也有中文；阳光很好，街上的人穿着单薄，应该是在热带的某个地方……

我的心突然狂跳起来。香港？唐双所在的香港？像是回应我心里的想法，从街的对面，出现一个人影，一个熟悉的人影。唐双。她今天穿得非常帅气，回归了霸道总裁的形象；墨镜下面的脸上，满是灿烂的笑容，亮度一点不弱于街上的阳光。

唐双伸出右手，在冲我所附体的人打招呼；看得出来，跟这人的会面，让她感觉到非常愉快。离开我的日子，她过得很好，这让我心怀感激的同时，又有些不可否认的失落。是啊，说到底这个世界上，没有谁离不开谁。

我所附体的这个人，也站起身来，回应街对面的唐双："怎么才来呀？"

这个温柔甜腻的声音，我似乎在哪里听过。没错，我所附体的这个人，正是久违的——甜爷。甜爷是唐双曾经的闺密，去马尔代夫的鹤璞岛时，她们俩是结伴去的。经过一连串的生死冒险，唐双被我的英雄气概所打动，才喜欢上了我。

不对。看着唐双正朝我，不，朝甜爷走来，一个想法让我不寒而栗，或许，她从来没爱过我，她只是爱上了我的"英雄气概"。

至于为什么要跟我在一起，无非是一种伪装；因为唐老爷子曾经说过，要把公司交给她控制，唯一的条件就是找个正经男朋友，然后结婚。如今唐老爷子已经"去世"，公司也落到了唐单手上，唐双自然没必要再装下去了。

分析起来也对，以唐双这样的条件，无论从社会地位、学历、外形上，都稳稳高我几个等级，凭什么会看上我？枉我还自诩为真命天子，原来不过是她的道具，一个人肉布景。

所以，这场我投入了全副身心的恋爱，到头来，无非是被对方利用了而已。被 Marilyn 利用，跟被唐双利用，我可悲的人生，原来只是在两者间来回摆动。

这样也好。如果唐双不是真的爱我，我也不必再执着于可笑的"倒塔行动"；我亡命天涯，反过来是成全了她。Marilyn 说得对，这个与世隔绝的海岛，才是我真正的归宿。

我跟随着甜爷的目光，看着唐双从对面走来，想象着她们的生活——我心里的煎熬，难以用语言形容。唉，算了，我还是认……

砰！电光石火之间，从街口蹿出一辆蓝色的出租车，以极快的速度猛烈地撞上正在过街的唐双，把她整个人撞飞了出去。

眼前的一切，就如同电影里的剧情。我跟甜爷同时呆住了，三秒钟之后，耳边才响起她刺耳的尖叫。刚才还面带笑容的唐双，如今正躺在黑色的柏油路上，鲜血汩汩地在她身下流出，慢慢聚成一汪。

甜爷似乎终于反应过来，在围观人群的惊呼中，一边朝着唐双狂奔而去，一边掏出手机报警。这时候，我却赫然发现——有什么东西不对劲。甜爷在手机上按下的号码，不是999——香港的急救电话——也不是119、110、911之类，而是奇怪的三个数字：995。

而且，她的这一部苹果手机，屏幕特别小，操作系统也很怀旧，应该是iPhone4。iPhone4用到现在，应该很有些年头了，但她这一部手机，看上去却非常新。再加上从刚才开始，就一直萦绕在我心中的疑惑——她们身处的环境，周围的细节有种怪异的违和感。直到现在，我才终于恍然大悟。

原来，我所看到的这个场景，不是发生在今天的香港，香港没有蓝色的出租车。这里是新加坡，作为一个中英文化交融的地方，新加坡的急救电话就是995。更重要的是，眼前的场景，并不是发生在今天，不是发生在此时此刻。这是两年前的新加坡。

我倒吸了一口冷气。我知道唐双去过新加坡，她曾经跟我说过，正是在那里看到一张餐巾纸上的信息，才会搜索我发表在论坛上的帖子。这是我们俩认识的开始，说起来，真要多谢那一个神秘的红娘。但是，两年前唐双在新加坡的时候，绝对没有遭遇过这样一场车祸。

我的视线，随着甜爷已经跑到了唐双身边，眼前的场景惨不忍睹，连我都不忍心再看下去。这样惨烈的车祸，生存下来的可能性都很小，更别说能在两年内恢复健康了。唐双的身上完美无瑕，没有任何疤痕。这样可怕的事故，不可能不在她身上留下痕迹。所以，只有一个可能性……

突然之间，刚才宛如天堂般的白光，又占据了我所有的视线。紧接着是窒息的难受，还有围绕在眼耳口鼻四周，不断晃动的水。我马上意识到——我回来了，在这海底的浴室，一个诡异的浴缸里。

与此同时，原本按住我后脑勺的那股怪力，突然消失不见；我猛地朝后一仰，头部离开了浴缸，整个人差点摔倒在地板上。幸好，有人扶住了我。Marilyn。

在我死里逃生、茫然无措的时候，她脸上仍然是女神般的微笑："鬼叔，值得一看吧？"

此时此刻，我穿着干燥舒适的衣服，头发也用风筒吹干了，正坐在海边的阳台上。海浪拍打着礁石，中午的阳光金黄而有质感，沉甸甸地压在头顶的凉棚上。

刚才深入海底，又观赏了噩梦一般、至今让我心有余悸的场景，时间仿佛过了一个世纪；可是实际上，在现实世界里，只是从早上过渡到中午而已。

如今，桌上放着丰盛而精致的午餐，Marilyn仍然穿着紫色的纱裙，坐在我的对面。跟早上不同的是，那些雇佣兵还有女佣，都站在阳台外面，离得远远的，以防听到我们的谈话内容。

"感觉怎样？"

我低垂着头，闷声闷气地回答："不好。"

确实，看见自己心爱的女人，在眼前惨死，谁的感觉会好？更何况，跟我所怀疑的不同——现在，我因为自己缺乏对另一半的信任，而感到一阵阵羞愧——唐双是爱我的。因为我所看见的，是两年之前的场景，那个时候她还没有认识我，也就根本谈不上背叛。

不，确切地说，我看见的并不是两年前的场景，而是两年前、另一个平行空间发生的场景。这一点显而易见，既然在这个时空里，唐双依然活着并且跟我谈了恋爱，所以，她就没有遭遇那一场车祸。

光是想象到在另一个平行空间里的唐双，因为这样的意外死于非命，我的心脏就会痛苦地揪在一起。幸好，这个平行空间里的蔡必贵，是一个幸运儿。想到这里,我不由得松了一口气。好在……

Marilyn 似乎看穿了我的内心,轻轻笑了一下:"鬼叔,你那么聪明,能猜出我给你看的东西,意义何在吗?"

我手摸着太阳穴,脑里思索着——意义? Marilyn 这么做的意义,是为了展示她能具备了穿越到其他平行空间的能力?还是说,她想告诉我,她有能力可以威胁到唐双的生命?

如果 Marilyn 的意义是后者——我皱起眉头,在心里暗暗发誓——无论付出什么代价,我都要阻止她伤害唐双。动一根汗毛都不行。

Marilyn 笑了起来:"干吗这么看我,好吓人哪。"

她突然正色道:"唐双又不是我杀的,要怪就怪那个喝醉了酒的印尼司机。"

我点了点头:"原来是喝了酒,难怪……"

突然之间,我察觉到有些不对劲:"Marilyn,你这句话是什么意思?唐双现在又没有出事,你给我看的是另一个平行空间发生的事情,不是吗?"

那看穿一切、嘲弄一切的微笑,又回到了 Marilyn 的脸上:"不是哦。"

我激动地站了起来:"你什么意思!给我说清楚!"

Marilyn 做了个少安毋躁的手势:"坐下来,别激动。我知道你不会伤害我的,可是那些小伙子……"

我跟着她一起,看向了阳台外面,两个雇佣兵如临大敌,正在用狙击枪指着我。

我勉强按捺住心里的焦躁跟愤怒,坐了下来:"你到底什么意思?唐双怎么了?"

Marilyn 端起桌上鲜红的果汁,慢条斯理地说:"唐双,唐森集团董事长唐嘉丰的次女,两年前在新加坡旅游时,死于一场车祸。当年有很多新闻报道,你想要看的话,我可以让人拿给你……"

我压抑不住,用力捶了下桌子:"你别跟我玩花招!唐双当然没死,不然怎么跟我谈的恋爱？"

Marilyn 轻轻叹了口气："你们的罗曼史，只是你脑海里的记忆，不，应该说是幻想啦。无论你怎么想都好，唐双已经死了两年，这就是事实。"

我像是感受到威胁的豺狗，愤怒地低吼起来："一派胡言！你别想骗我，把我的，对，把我手机拿来！我给你看看我们的合照，还有那块江诗丹顿，也是唐双送给我的！"

Marilyn 的眼神里充满怜悯，摇了摇头："鬼叔，你怎么还是想不明白。我随时能把你要的拿给你，可是在这些东西上面，你不会找到关于唐双的一丝痕迹。"

我看着她的表情，心里完全相信她的话，没错，我手机里一张照片都不会剩，因为……

我用气得颤抖的手指，用力指着她："你删掉了！"

Marilyn 笑了一下："你别傻了，我怎么会用删照片这种低级的伎俩呢。我的技巧呀，鬼叔，要高级得多啦。"

她又啜饮了一口果汁："因为我删掉的不是照片，是唐双本人哦，嗯，应该说，我删掉了她存在的这个事实。"

我不由得有种不祥的预感，嘴巴颤抖着，结结巴巴地说："难、难道……"

Marilyn 点了点头："没错，不光是我啦，是我们一起把她删掉的。"

我心里充满了绝望："你改变了过去，让唐双两年前就死了！你怎么能这样做？"

她却伸出一个手指，在我眼前轻轻摇晃："你只说对了一半哟，与其说是改变，不如说是改正，删除一个错误，让世界回到正确的版本。鬼叔，你还不明白吗？唐双活下来是一个错误，是人为篡改造成的。"

Marilyn 看着我，笑嘻嘻地说："鬼叔你猜，改变了过去的那个人，会是谁呢？"

我全身汗毛倒竖，腋下被冷汗湿透。没有猜的必要，答案只有一个。

篡改了过去，创造出一条错误世界线的人，是我。

如果 Marilyn 说的是真的，那么按照正常的世界线，在这个时空里，唐双已经死于两年前的那场车祸；她没活下来是"正确"的，而她幸存下来的世界，才是一个被篡改了的"错误"。

《西游记》里孙悟空改了生死簿，网络小说里写的"逆天改命"，就是我干的这回事。

可是，如果真是这样——我摊开掌心，看着自己颤抖的双手——我又是怎么做到的呢？

Marilyn 温柔地递给我一张纸巾："你看你，额头都是汗，来擦擦。"

我看着手上洁白的纸巾，突然之间，如同醍醐灌顶。我明白了，我明白了一切。那个在餐巾纸上写字，让唐双上论坛找帖子的神秘红娘，不是别人……

到头来，还是我自己。是我穿越回了两年前的新加坡，在唐双即将去吃饭的那家饭馆，即将坐的那台桌子，即将用的那张餐巾纸上，别扭地写下了一行字。

唐双在吃完饭之后，偶然看到了餐巾纸上的字，她思考了那么几分钟，不，只要五秒钟就够了。

晚五秒钟走出饭店门，晚五秒钟赴甜爷的约，唐双就会躲过那一辆发了疯的蓝色出租车。那个司机照样会喝醉，照样会从街角冲出来，但车只会撞上唐双身前几米的空气，然后在唐双的惊讶、路人的咒骂里，飞快地驶出视线。

那一天的遭遇，就会成为一个有惊无险、都不值得跟男朋友提起的小小插曲；不，像唐双这么忙的人，应该过不了几天，自己就都忘了。

关键在于那张纸巾。我用力握紧双手，把掌心的纸巾捏成一团。我要回到该死的两年前，在那张该死的纸巾上，写下那该死的字。这一切怎么实施，我完全没有任何头绪，唯一可以指望的人，只有……

我抬起头来，看着 Marilyn，用尽了全身力气，一字一顿地说："帮帮我，我要救她。"

就算这是一个"错误"，我也要拼尽一切，哪怕牺牲性命，也要守护这个错误。因为，只有这样，唐双才能活下来。无论要付出什么代价，无论 Marilyn 的条件是什么，我都会拼命去做。哪怕是杀人放火。

我猜得没错，Marilyn 从我家公寓一件件拆掉，辛辛苦苦搬到海底下，又一件件原样组装起来的海底浴室，不是装着玩的。但是，那也并不是一个完全的时空机器。应该说，那是类似于薛定谔之猫里，关猫的黑盒子。

Marilyn 没有详细告诉我，但通过我自己的观察，应该是把我身体的一部分浸到水里，濒临失去意识——我就能穿越到过去的时空，观测到甚至是改变已经发生的客观事实。

但是，一旦进行了这样的观测——Marilyn 所说的，"给你看个东西"——外面的世界线就会发生改变。也就是说，只有在浴室里的两个人，才不会受到影响，依然留有原来世界的记忆；除此之外，在我们踏出浴室门的一刻，就会发现整个世界里，跟我们所观测的那样事物有关，或者是受影响的人、事、物以及围绕其外的关系，都统统发生了改变。

这也是我们必须脱掉所有衣物，再进入海底浴室的原因；否则的话，在走出浴室的时候，世界上就可能会有两样相同的东西，它们之间可能会产生一些可怕的事情，比如说，大爆炸。在这一点上，我曾有过深刻的教训。

除了海底浴室的用途之外，Marilyn 还告诉了我更多的信息，关于她一手创办的 M 集团，关于灯塔计划，关于她穿越回二十世纪八十年代，成为一名量子加速器工程师之后，到现在为止的三十年里的各种经历。

这种感觉，就好像我是一个甩手掌柜，云游四方后终于回来了，女当家把这些年家里发生的变化，新置办的产业，向我和盘托出。

不过，很容易发现，Marilyn 跟我说的都是表面上的情况，比如 M 集团的规模，比如三栋实验楼各自的用处，而一旦涉及事物的本质，比如说灯塔计划的实质，比如海底浴室穿梭时空的原理，Marilyn 就会笑而不语，或者用一句话搪塞过去："以后你就会知道的。"

除了对这些秘密的好奇，以及要救回唐双的焦虑之外，岛上的生活都很美好。甚至，在这几天时间里，我也产生了自己是岛主的幻觉。

比如说，我穿着加急赶制的高级定制服装——衣服的尺寸，是根据我被当成实验品时量好的数据——享受着跟 Marilyn 同等的服务，同等的地位，跟她出双入对。除了晚上睡觉之外，一天二十四小时剩下的时间，我们基本都黏在一起。

最好笑的是，几次遇上那天给我做手术的 Jack 跟 Rose，他们诚惶诚恐、担惊受怕的样子，好像我随时可以把他们绑到床上，成为灯塔计划的实验品。话说回来，我确实有这个权力。

我在心里反复说服自己，暂时跟 Marilyn 出双入对，甚至有一些暧昧的举动，不是对唐双的背叛。我之所以这么做，都是为了掌握更多信息，为了麻痹 Marilyn，为了能顺利回到过去，改变唐双的命运，让她起死回生。

但无法否认的是，心底的信念虽然坚定，但并不是在每一刻都这么清晰。比如跟 Marilyn 在海边散步的时候，比如在无边泳池游泳的时候，比如现在，我们坐在简洁大气、充满未来感的别墅餐厅里，享用烛光晚餐，端起盛着暗红色葡萄酒的水晶杯。

碰杯的一瞬间，我觉得自己拥有了整座岛屿，拥有对面容颜完美、永不衰老的女人，并为此感到深深的骄傲。

Marilyn 仰起头来，露出长长的脖子，把杯里的红酒一饮而尽；她动作优雅，让人不由得为之着迷。

我心里不由得在想，如果是唐双坐在我对面，喝这杯酒的时候，会是什么样的姿态？比 Marilyn 美，还是没有她那么美？

突然之间，一阵小小的恐慌抓住了我——时隔两月，我已经记不起唐双喝红酒时，是什么样子了。

"鬼叔？"

我回过神来，Marilyn 正隔着摇曳的烛光看着我，眼神里半是迷离，半是挑衅。我当然不肯示弱，端起杯子，也仰头喝了个干净。上一次喝这个庄园的红酒，还是跟西贡的毒贩，喝高了之后，我召唤出连环杀手蔡必贵，血洗了……

不，可千万不能喝多了。要是把 Marilyn 也杀掉了，谁来帮我回到过去呢。

Marilyn 却笑着说："鬼叔，不要担心，你不会伤害我的。"

我尴尬地笑了一下，招呼女佣过来倒酒。在岛上的这些天里，Marilyn 总是能准确洞悉我内心的真实想法；Marilyn 的智商从来就高得可怕，但比起上两次交手，她的读心术更加准确，也更加即时。所以，是从《摘星录OL》里被释放出来之后，Marilyn 得到了更为厉害的能力？

不过，既然 Marilyn 说了不要担心——在这点上我毫不怀疑——我举起高脚水晶杯："来喝。"

Marilyn 爽快地跟我碰杯："还记得我前几天问你的问题吗？鬼叔，你喜欢这里吗？"

我当然记得这个问题，当时我回答，这个岛对我来说就是地狱。然而现在……

对比之前仓促的逃亡生涯，比如西贡的柠檬旅馆，比如挤满了偷渡客的渔船船舱，如果硬要说岛上舒适惬意、被人服侍的生活，是处于地狱之中——这个答案，简直是自欺欺人，毫无说服力。

甚至说得严重一点，我对于这个岛的感受，已经从一个极端，朝着另一个极端奔去。地狱的反义词，那就是……

原来在短短几天里，同一个人对同一个事物的评价，会发生那么大的变化。

我吸了一口气，像是突然害了牙疼："这个嘛……"

Marilyn 没有追问下去:"不用急着给我答案,我们的时间还很充裕。"

我舔了舔嘴唇,鼓起勇气,问出了这几天以来,一直盘桓在心底的问题:"Marilyn,你做这一切,是为了什么?"

没错,无论接下来要迎接什么样的挑战,要做出怎样违背人类道德的勾当,我都能用一句话来说服自己——做这一切的目的,是为了救唐双,我最心爱的女人。

可是,Marilyn 做这一切的目的,又是为了什么呢?

第十一章
醍醐灌顶

当年她作为时间囚徒的时候，同样布下了一个陷阱，其中有一个明确的目标：为了让我上当，自愿成为时间囚徒的继任者。后来，她又成了虚拟网络游戏里面的大 BOSS，通过控制玩家自杀，又让我进入游戏，并且亲手杀了她。同样，她这么做也有其原因——唯有如此，她才能从游戏里被释放出来，重新踏上现实世界的地面。

然而，这一次她所布下的局，比前两次要宏大得多。Marilyn 利用她新获得的能力，回到了二十世纪八十年代，在我的大学校园下面，修建了一个巨型的粒子加速器。十年后，她又到了日本，开始一手创办 M 集团，为了让我最终来到岛上，绞尽脑汁，机关算尽，布置好了所有一切。

换句话说，我们从分开到重聚，对我而言是一年多，对她来说却经历了三十年。是什么宏伟的目标，才值得 Marilyn 耗费这三十年？难道说，仅仅是为了跟我在一起？我就算智商再低，也不会自作多情、狂妄自大到这样的地步。

要知道，Marilyn 虽然外表可爱无害，但实际上是一个拥有一百多岁智慧、残酷无情的老妖怪，一个升级版的天山童姥；在她身上，即使有残存的人类感情，但我绝不认为她能爱上谁，并且为这个人耗费几十年的时间成本。

反过来也是一样，如果她不是因为爱我，而是因为恨我，为了向我复仇，那么她有一百种手段，可以让我痛不欲生，绝不会选择性价比那么低的一种。所以，这一切到底是为了什么？

我无比认真地看着 Marilyn，她却用餐巾擦了擦红唇，漫不经心地说："鬼叔，你还记得高维生物吗？"

我皱起眉头："记得，高维生物，是我们第一次见面时，你用来骗我的幌子。当时你还雇了个人，叫作 Stephen 对吧，让他扮演这什么鬼的高维生物。"

Marilyn 赞赏地点了点头："记性不错，不过如果我告诉你，高维生物不是什么鬼，更不是幌子，而是真正存在的呢？"

我的眉头皱得更深："真正存在？你的意思是……"

她轻轻叹了口气："其实，你我之所以会坐在这里，都是因为高维生物。或许我用个简单的说法，高维生物就像是神，你跟我是被选中的人。"

我越来越糊涂了："神？被选中？你说的是什么啊，新的邪教吗？"

Marilyn 用怜悯疼爱的眼神看着我，说话的声音虽轻，但一个字就像是一颗钉子："鬼叔，你还不明白吗？我们俩啊……"

她的表情散发出神圣的光芒，带着某种宗教的狂热："就是亚当和夏娃呢。"

听到这里，我不由得笑出了声："别闹了，还亚当夏娃？"

要说我和 Marilyn 跟圣经里全人类的始祖有任何相似的地方的话，大概就在于我们都曾肉帛相见过。

对于我流露出来的轻佻，Marilyn 没有任何不悦，反而耐心解释道："鬼叔，我知道你现在很难理解，没有关系，一开始我也是这样的。还要从高维生物说起，你还记得吗，我们做过比喻，高维生物看我们的世界，就像我们在看一本漫画。"

我点了点头，想起很久以前，跟梁警官在咖啡厅里的那番谈话。如果那个理论成立，对于高维生物来说，我们人类就像是漫画中的角色，无论过去或者未来，高维生物都能随意翻阅，甚至能任意涂改我们的命运。

我皱着眉头问："你是说，你所谓的高维生物就是创世主，不，漫画家，画了我们这本漫画？"

Marilyn 微微一笑："很对，但跟我的猜想些出入。我和你身后的高维生物，不是漫画家，更像是读者。鬼叔，你能理解吗？世界不是由它们创造的，但它们可以随意修改。"

这不是我第一次听到类似的比喻，我的注意力集中在另外的地方："你说的是它们？不是它？"

Marilyn 赞赏地点了点头："没错，据我所知，至少有两个高维生物，正在同时关注我们的世界。在我身后的这一个，把我从时间囚徒的盒子里救了出来……"

说这句话时，她的眼里闪过一抹杀意，让我顿时如芒在背；原来，她对我的温柔都是伪装，我当时拆穿她的阴谋，让她回到了时间囚徒的盒子里，对于这件事的强烈恨意，足够 Marilyn 杀死我十遍。

估计她也意识到了这一点，反而甜甜一笑："然后把我放进了《摘星录 OL》里，成为活在虚拟游戏里的大 BOSS。接下来就要感谢你啦，鬼叔，是你把我释放了出来。"

我嘴角不自然地抽动，谁会想把你放出来害人，不过是你奸计得逞而已。

Marilyn 抬头看向上方，似乎能透过别墅屋顶，看见满天繁星："当然了，我最要感谢的还是我身后的高维生物，虽然我不知道要怎么称呼它，更不明白它的用意是什么。因为，仅仅依靠我们人类可悲的智商，永远无法揣测它们……总之，是它赐给我超凡脱俗的能力，更重要的是，赋予我存在的意义。"

我不由得吐槽道:"意义是什么？跟我繁殖后代？"

Marilyn 却毫不在意:"这也是一种理解方式，我跟你携手，确实可以创造新的人类。"

我皱着眉头道:"天底下男人那么多，为什么你会选中我。"

Marilyn 轻声道:"没错，你被选中了，不过不是我选的，是……另一个它。"

这一刻，我不由得恍然大悟，果然如此！Marilyn 刚说的这番话，证实了我之前隐约猜测的。原来，不光 Marilyn 身后有一个高维生物，在我的身后，还有另外一个。它们关注着我们的世界，就像是两个读者，同时分享一本漫画书。

虽然以人类的智慧无法理解它们，但想来它们和我们一样，彼此之间也有着分歧。其中一个，喜欢"漫画书"里 Marilyn 这个角色，并且做出修改，赋予了她穿越时空的能力；另一个欣赏的却是我，在我脑子里装了个黑洞，虽然给我带来不少困扰，但也是因为这个黑洞，我才能沟通其他平行空间的蔡必贵，一次次化险为夷，死里逃生。

Marilyn 这个杀人不眨眼的女魔头，如果不是因为我背后有高维生物撑腰，不是因为我对她而言意义特殊，我早就被她弄死一百次了。

突然之间，我想到了另一个问题。两年前，Marilyn 之所以选我做时间囚徒的继任者，也是因为我具有某种特质。她当时说，我能从一次雪山探险中活着回来，也是个小概率事件，或者说，是一个"错误"。如今，我要亲手去创造另一个"错误"，好让唐双活下来——这两件事之间，难道有什么更深的联系？

此时此刻，她从洁白的桌布上，递过来纤细的右手；在一种莫名的压力下，我轻轻握住了它。

Marilyn 满意地一笑，然后继续她接近疯狂的演讲:"人类是一种可悲的生物，在生命诞生的那一刻，就注定要以死亡作为结局。我们世世代代，无尽地重复这一个悲剧，直到全人类走向灭亡。我和你的使命，就是要打破这个永恒的悲剧,创造一个没有死亡的新世界。"

她脸上神圣的表情,像是悲天悯人的神明,或者是发动世界战争的狂人:"为了这个崇高的使命,就算牺牲掉绝大部分人类,也在所不惜。"

我顿时如坠冰窟——原来灯塔计划是为了 Marilyn 的使命而存在。而且,这只是她的第一步。

Marilyn 反过来抓住我的手,从容不迫地说:"跟我一起,带领全人类远离死亡,鬼叔,你愿意吗?"

我脑子乱成一锅粥,表情僵硬,说不出半个字;心里唯一确定的事情是,今天晚上,我将注定无眠。

从那晚印象深刻的烛光晚餐后,到我第二次踏入海底浴室,又隔了几天的时间。在这几天里,Marilyn 耐心地跟我讲解了,为什么不能够一下子就穿越回两年前的新加坡,去制造那个错误,那个让唐双能活下来的错误。

虽然我内心已经隐约猜到了,但是听 Marilyn 亲口说出来,还是给我带来了巨大的震撼。穿越到过去的时空旅行,我经历了不止一次,而是四次。除了新加坡一次,还有新加坡第二次,西贡一次,香港一次。

没错,那个每当我喝到断片,就从黑洞里跑出来杀人的连环杀手蔡必贵,根本不是来自其他平行空间。杀人如麻、手段凶残的蔡必贵,就是我自己。每次想到这里,我都不由得全身发冷。为什么我会用那么凶残的方式杀人? Marilyn 说,等我穿越回过去,就会明白这一点。

除此之外,我还对 Marilyn 提出了一个问题:为什么每次我喝到断片,才能释放脑子里的黑洞,打开时空穿梭的大门,让现在的我穿越回去?

对于其中的原理,Marilyn 也不是特别确定,只是猜测道:"在同一个平行空间里,不允许有同样的两个人出现,否则就会引发混乱。所以,只有当过去的你失去意识,现在的你才能穿越回去。不光这样,你每次穿越回去的时长，也会有一个限制，所以必须要在规定的时间内完成所有的任务，通过原来的黑洞穿越回来。要不然……"

我紧张地看着她说："要不然会怎样？"

Marilyn一本正经地说："我也不知道。"

我没忍住翻了个白眼，想了想，抛出了另一个问题："为什么我不能先穿越回新加坡，再慢慢完成其他任务，你放心，我绝不会半路撂担子的。"

关于这个问题的答案，就更加复杂了。Marilyn不厌其烦地解释道："鬼叔，就像我们在正常的时间里，前后事件的发生，有先后顺序和因果关系。人要吃了饭，才会觉得饱；一个男人要让女人怀孕，也要先做点什么。反过来也是一样的……"

她用表情提醒我，接下来的才是重点："当你穿越到过去，每一次都反过来对现实造成了影响；如果你没有杀死缪星汉，也就不会偷渡，不会来到岛上，不会进入海底浴室，进行穿越。也就是说，你穿越时同样要遵守先后顺序，只不过是跟现行世界相反的顺序。"

我用力地揉着太阳穴，Marilyn说的我似乎听懂了，又似乎完全不懂。

幸好，Marilyn就像个面对笨小孩的温柔女老师，最后帮忙总结道："总而言之，你必须先杀了缪星汉，再杀阮红晓，解决唐嘉丰之后，才能最后回到新加坡。"

她把手轻轻搭在我肩膀上："相信我，听话。"

我只能讪笑着说："明白了，穿越也是要按照基本法的。"

解决了那么多理论问题后，我终于再一次，脱得全身光溜溜的，踏进了海底浴室。

就在这一刻，我产生了新的问题——赤身裸体地穿越回过去，我也同样会是赤身裸体吗？

回想起唐家的监控录像里，连环杀手蔡必贵穿着一套黑色的运动服；

我穿越回去以后，到哪里找这样一套衣服呢？

Marilyn 不愧是 Marilyn，还没等我开口，她就帮我解决了这个难题；走进浴室的时候，她手里还拿着一套衣服，一双球鞋，赫然正是监控录像里我穿的那一套装备。

我松了一口气的同时，却又皱眉道："不是说不能带衣服进来，不然出去的时候会爆炸什么的吗？"

她一边把衣服和鞋子放在浴缸边上，一边解释道："放心吧，制造这套装备的材料，非常特别，不是来自现在的时空，也不是来自你要穿越的时空，所以不会造成任何影响。"

后来再想起，我很庆幸当时没有追问，她所谓的"特殊材料"，到底是什么材料；如果一开始就知道这些衣物是什么制成的，我可能会情愿裸奔，也不敢把它们穿到身上。

Marilyn 打开水龙头，转过身来笑着对我说："不，还是有一点影响，你穿越回去之后做的第一件事，就是要把衣服穿上。"

这一刻我恍然大悟，唯一亲眼见证我从黑洞里出来的，是那个倒霉的毒枭阮红晓；当时她的脸上，确实带着不可描述的诡异表情。看见凭空出现的黑洞里，钻出来一个赤身裸体的男人，不一脸蒙圈才是有鬼。

Marilyn 伸手试了试水温，自己先迈进了浴缸，又对我招呼道："可以进来了。"

我不由得口干舌燥，试图掩饰自己的尴尬，说出来的话却是结结巴巴："这、这次不是把我的头、头按进水里？"

她整个身体滑进了水里，说："不是啦，那样做只能把意识穿越过去，借用别人的视线来观测世界，别的什么都做不了。要把身体也一起带回去，就要把全身都浸入水里。"

Marilyn 似笑非笑地看着我："你不会是不敢进来吧？"

我吞了口口水，心虚道："谁、谁说不敢。"

177

我深深吸了一口气,咬咬牙,几乎是跳进了浴缸里,砰一声溅起许多水花。

我假装是浴缸的水太热,喘着粗气,提了一个技术性的问题:"你说过,穿越回去有时间限制,这个时长是取决于什么呢?"

Marilyn 笑成月牙的双眼,我这辈子都不会忘记。

她在我耳边轻声低语:"那要看你。"

在三秒钟之后,Marilyn 夺走的,不光是我的意识。因为她的唇贴上了我的唇。但我心里默念的,却是另一个女人的名字。唐双,对不起,我爱你。

我的意识瞬间被剥离;前一秒看见的,还是 Marilyn 在浴室灯光下的脸,下一秒,眼前突然就一片漆黑。

除了视觉之外,我的其他感官也全部被剥夺了,整个人漂浮在无尽的虚空中;这种感觉我并不陌生,按照过去的经验,现在我正身处于高维生物创造出来的黑洞里。

漂浮在黑洞中的感觉非常奇妙,不需要呼吸,也感受不到重力;感觉自己成了母体里的胎儿,又或者是天地未开之时,混沌里飘荡的一缕精魂。

虽然在这里待着也不错,但是,不出去的话,我怎么完成任务呢?出口呢?

几乎就在这个念头产生之时,像是为了回应我的需求,眼前突然就出现了一道裂缝。裂缝起初只有半人高,像闭着的、竖立的眼睛,然后慢慢睁开;伴随着柔和的光线,还有干燥、细碎、带电带磁的声响。通往另一个时空的大门,打开了。

我尝试往裂缝移动,想要把它掰得更大一些;仿佛就在伸出手去的时候,身体才成了实体。下一秒,我两只手抓住裂缝边缘,一只脚踏了出去,踩上了什么柔软的东西。我的头也从裂缝里伸了出来,低头一看——是酒店的地毯。

在暗淡的夜灯下，我认出了地毯的颜色；没错，我从日本海某个不知名小岛，底下几十米的浴室里，穿越到了新加坡曾住过的酒店，顶楼的行政间。关于这一点，还有另一个佐证。

我抬起头来，望向卧室中的一张大床。有个男人斜着躺在床的边缘，像是下一秒就要掉到床下；他发出轻微的鼾声，即使隔了几米远，也能闻到他身上散发的酒味。这个躺在床上的男人，正是喝了一瓶陈年白兰地之后，睡成一条死猪的我。

不过，也幸好过去的我失去了意识，要不然的话看见一个赤身裸体的自己，从黑洞里面爬出来——想想都觉得恶心。

房间里的温度有点低，我不由得打了个寒战，这才想起——Marilyn给我准备的衣服和鞋子呢？

正想到这里，身后突然啪的一声，有什么东西掉到了地毯上。低头一看，果然，正是月黑风高夜，行凶杀人所穿的一套制服。

而我刚刚爬出来的裂缝，此刻正悬浮在半空中，继续发出轻微的电磁声；裂缝里是绝对的黑暗，我试着把手伸了进去，手在视线里消失不见，却没产生任何感觉。

我急急忙忙地套上运动服，弄出声响也不怕，反正过去的我醉成了一摊烂泥，不会发觉。等穿好衣服鞋子，我特意走到床边，看了看自己喝醉酒的尊容。

此时的我，正侧身躺着，半条腿挂在床沿，感觉马上就要掉下床；本来想要把他，不，把自己扶好，但又怕万一吵醒了自己，在同一个空间里存在两个蔡必贵的意识，搞出什么大问题——所以，还是算了。

我转身正要出门，突然之间，身后传来翻身的声音，动静很大。

不光如此，过去的我还说起了醉话，只有简单两个字："唐双。"

我深深吸了一口气，头也不回地朝门口走去。我要救回唐双，这个我最心爱的女人，让她再次跟我活在同一条时间线里；即使自此之后，我被困在一个孤岛上，两人老死不能相往来——也没有关系。我要跟她活在同一个世界里,就这么简单。

为了这个单纯而明确的愿望,我不惜付出一切代价。如果有谁挡在我面前,阻碍我实现这个愿望,那么神挡杀神,佛挡杀佛——我打开那道自欺欺人的防盗链,摘下房卡,又砰一声关上房门——无论何人,格杀勿论。

不过,当我真的站在缪星汉的房门前时,一个新的困扰产生了。我确实做好了杀人的觉悟,现在的问题在于,我没掌握杀人的技巧啊。无论是在香港、西贡、新加坡的杀手蔡必贵,都是身手不凡,手段残忍,像是电影里的神经病反派;可是,此时此刻,我站在这道门前,就好像即将上场的特技演员,其实连一个跟斗都不会翻。总不能大喊一句"变身",就化身成为杀人狂魔吧?

正常状态的我,有机会可以通过脑子里的黑洞,召唤出其他平行空间的蔡必贵,借用他们的技能来开挂;可是现在,我们已经设法把黑洞移了出来,并且从里面穿越时空,按道理我已经失去了开挂的能力。所以,现在只能靠自己了?还是先进去再说吧,说不定可以凭我的三寸不烂之舌,劝缪星汉自杀呢……

我伸手刚要去敲门,突然之间,房门却被用力拉开了。白天衣冠楚楚、彬彬有礼的缪部长,如今赤裸上身、一脸狰狞,手里拿着厚实的切骨刀,恶狠狠地朝我砍来!我根本来不及反应,那一把切骨刀,眼看就要斩到我身上。

剧本写错了吧?我明明是来杀人的啊,怎么一开场就要被反杀?

切骨刀呼啸而来,离我只有半米。没有其他平行空间的蔡必贵出来。闪着寒光的切骨刀,离我三十厘米。身体的条件反射,命令我脖子缩后、伸手去挡。切骨刀离我十厘米。

缪星汉歇斯底里地人喊:"杀了你!"

下一秒,切骨刀离我的距离是零——不对,是负数。从眼角的余光里看到,刀已经砍入了我的右小臂;奇怪的是,我竟然没感觉到一点疼痛。这是怎么……

下一秒,缪星汉扑倒在地上。不可能。门就这么宽,我也没往旁边躲,所以他一定会撞上。但是,当我回头一看……

没错,缪星汉狗吃屎似的扑倒在门外的走廊上,手中的切骨刀也摔到一边去了。所以,这是怎么回事?

我抬起手腕,看着刚才被砍中的小臂,不可思议地发现——别说皮肉了,连衣服都没破。可是刚才,那把厚实锋利的切骨刀,明明砍中了,而且还砍了进去。慢着,我发现了什么不对劲的地方。衣服并不是没有被砍破,而是破了之后,又自己长回去了。

Marilyn跟我说,这套黑色运动服是用什么特殊材料制成的,可是穿起来除了硬一些、难受一些,跟普通的运动服毫无二致;本来以为她是在唬我,现在终于知道,这套运动服确实很特殊。

运动服的袖子上,刚才被刀砍中的地方,现在还有个一厘米长的裂缝,可是正在慢慢弥合;仔细看的话,裂缝周围,还萦绕着肉眼几乎不可见的黑色粒子,就好像极细的铅笔末。Marilyn这次没骗我嘛,这个衣服确实厉……不对啊,就算衣服可以自我修复,但缪星汉整个人从我身体穿过,又是怎么一回事?

"不要吵!"

躺在地上的缪星汉,不知什么时候已经爬了起来,一边去捡切骨刀,一边疯了似的大喊大叫:"说了叫你不要吵!"

我连一句话都没说好吗!可是,他真的是疯了吧,刚直起腰,又手执钢刀,面目狰狞地朝我砍了过来!刚才挨你一刀就算了,现在还想再来一刀?我可是杀手啊,尊严何在?不行,跟你拼了!这么想着,我伸出右手,一下抓住了缪星汉的手腕。

成功了!进入疯癫状态的缪星汉,低头呆呆地看着自己的手腕,嘴巴一张一合,却发不出任何声音。

我不禁得意地喊:"哈哈,你不是疯吗,来啊疯啊,一被我抓住就傻眼……"

话没说完，我终于也发现了不对劲的地方；然后，我变得跟缪星汉一样，再说不出话来。我的右手，紧紧抓住了他的手腕，这个没有错。问题在于，我现在站的位置，离他足足有三米远。就算是姚明的右手，也不可能有三米。

所以现在的情况是……我站在这里，但是右掌孤零零地悬在三米之外，正用力捉着缪星汉持刀的手。

从右手手腕以上的部分，小臂、手臂、肩膀，全都好端端地连在我身体上；只有那飞出去的右掌，就像是发射出去之后，又悬停在半空的飞弹。

更为诡异的是，我身体上的感觉一切如常，完全没有意识到右手已经脱离；我尝试对右手下指令，放松手指——三米之外，那只悬空的右手，乖乖照做了。

然后，缪星汉马上举起了刀！我吓了一跳，赶紧重新抓住了他，同时挥出左拳……

砰的一下，左拳同样飞了出去，在三米外击中了缪星汉的下巴。他虽然疯，但毕竟艺术家身体单薄，抗打击能力弱，在我一拳之下，竟然直接失去了意识，手中的刀也哐啷一声掉到了地上。

这时候的场景，如果被第三个人看到，一定会又吃惊，又好笑。因为我现在的样子，就好像是能把双手任意发射出去的那一个动漫角色——铁臂阿童木。

我深深吸了一口气，把那个瘫软下去的缪星汉，用力往自己这边拖过来，尝试把他弄回屋里去——虽然现在是半夜，但万一有好事的邻居，出来看见这诡异的一幕，那就糟糕啦。

于是那两只飞离了身体的手，就这样拖着半跪在地上的缪部长，慢慢向我这边移动；同时，我也终于发现了，这两只飞出去的手还能动起来的奥秘……

它们并不是跟我的身体完全脱离,而是由一些肉眼难以察觉的、细小粉尘般的黑色粒子,联系在一起。

如果仔细看的话,会发现手掌自掌根以下,都变成了木炭般的黑色;而那些黑色的粒子,就好像是木炭燃烧过后的灰烬,萦绕在腕部断开来的地方。再低头一看,手臂上断开的部分,情况也是一样。

难怪刚才缪星汉砍我的时候,会从我身体直接穿过,因为我整个人就跟黑色运动服一样,都,呃,都灰飞烟灭?散掉?挥发?还是应该说……

突然之间,我心里咯噔一下——我想到一个恰当的形容词,来描述我现在的情况。我被粒子化了。

就在不久之前,我曾经遭遇过一个大学时代的好友,老向,被Marilyn送进了量子加速器,然后变成了一个量子幽灵。他的身体不再是血肉之躯,而是变成了一团黑烟,变成了能受他自己控制的黑色粒子。

当时我心里非常难过,因为一个我曾经熟悉的朋友,就这样变得人不人,鬼不鬼;没想到,现在同样的遭遇,也发生在了我的身上。

难怪在海底的实验室里,见到通往浴室的拱门时,我会觉得眼熟;因为老向就是通过同样的拱门,被送到了地下的粒子加速器,变成了量子幽灵。

难怪从我家拆下来的浴室,要送到海底那么深的地方;因为粒子加速器跟海底浴室,其实是同一类装置——把活生生的人变得粒子化,再传送到其他时空。

想到这里,我不由得心底一凉。老向曾经跟我说过,他每次散发成微粒,再重新组合成一个躯体时,其实等于死了一次,再重建一个具有同样记忆的人。

难道说,其实我也一样?在海底的浴缸里失去意识的那一刻,真正的我也已经死了?而现在这个成为铁壁阿童木,不,成为半个量子幽灵的我，只不过是一个拥有同样记忆的人，不对……是一个外表像人类的怪物？我深深吸了一口气，不，不可……

"别吵！"

我低下头来，才发现缪星汉已经醒了过来，而我的两只手掌，也重新连接到了手腕上。他挣扎着要站起身来，并且试图用头来撞我；我怕他再闹出更大的声响，赶紧把他拖进门，用力往旁边一扔，再尽量小心地关上了房门。

打开房里电灯的那一刻，我终于明白，为什么我们闹出那么大动静，但是跟缪星汉同居的女朋友，那个叫朱秀娟的小学女教师，却毫无察觉。因为，她这辈子都无法再察觉到任何事情。照片上那个相貌平平，但是温柔可亲的女老师，现在正躺在玄关处，早已没了气息。她脸上被砍得血肉模糊，无法辨认，一只右脚也几乎被砍断，只剩些皮肉连在一起。

原来那把切骨刀，在砍向我之前，恶狠狠地砍到了这个女人身上。只可惜，构成她躯体的是血肉，而不是我这样的一股黑烟。

从酒店往缪星汉家来的路上，我还在想着，等下杀他的时候——就算我具备杀人的能力——我能下得了手吗？

没错，缪文确实是为了延续自己的生命，杀死了自己的亲生儿子缪星汉，并以他的身份活了下去。从这个角度上看，他是一个杀人犯，杀的还是自己亲生儿子，这样的死刑情节，被处以死刑也不为过。

但是，他凄然地跟我坦白，这样做是为了完成自己生命中的杰作，一首伟大的交响曲；而且，他还将按照儿子的名字，命名为《星汉交响曲》；并且，在交响曲完成后，他会心甘情愿地献出自己的生命。

这样说来，他不过是一个为了理想而牺牲一切、拥有悲剧命运的疯狂艺术家。从整体上判断，缪文，也就是现在的缪星汉，他所犯下的错，值得以剥夺生命作为惩罚吗？谁赋予了我这个权利，对缪星汉进行审判？更何况，退一万步来说，就算他罪该万死，我又有什么资格来执行判决呢?

现在好了,摆在我面前的道德问题,随着他同居女友的惨死而烟消云散。被我拖进家里,半跪在女友血泊中的男人,不光杀死了自己儿子,而且对周围的人都存在巨大的威胁。剥夺他的生命,是为了保护更多人的生命。

更何况,现在不光杀人的理由充分,我连杀人的能力也具备了。我举起右手,不无惊奇地发现,我可以随心所欲地控制构成自己身体的黑色粒子。我想让它聚就聚,想让它散就散。

之前对于杀手蔡必贵鬼魅般的身手,我百思不得其解,因为就算把所有平行空间的蔡必贵,轮番召唤出来,也达不到那个水平。比如说,在香港唐家是怎么绕过监控的,比如说,在西贡的竹林别墅里,又是怎样徒手杀死几个带枪的保镖。

现在,一切秘密都昭然若揭。能够在受到攻击的时候化成一股烟,攻击别人时凝聚成实体,基本上,什么枪林弹雨、飞檐走壁、万军中取上将首级,不过都是小菜一碟,手到擒来。

拥有这样的能力,连环杀手蔡必贵——也就是我,如同开了无敌外挂,自然可以神挡杀神,佛挡杀佛,成为一个马力十足的杀戮机器。或者说,一头可怕的怪物。

我苦笑了一下,无意之中,就拥有了这种多少人梦寐以求的、超级英雄般的能力——我却一点兴奋感都没有。我深深吸了一口气——即使我变成了这样的怪物,却仍然拥有人类的机能——在杀死缪星汉之前,唯一要做的,是弄明白他为什么疯了。

仿佛感应到了我的疑问,那个半昏迷状态的缪星汉,此时也睁开了眼睛。他一下就看见了一米开外血肉模糊的女友,不由得痛苦地伸出手来,撕心裂肺地喊道:"不要走!"

我皱眉看着他,难道是我刚才那记阿童木飞拳,把他的疯劲打跑了?

三秒钟之后,我便知道,情况并不是如此。缪星汉不但没有恢复理智，反而变得更疯了。他站了起来，跟跟跄跄地向房间里跑去——甚至踩在了死去的朱秀娟身上，仿佛那是一堆毫无价值的垃圾。

他一边跑，一边伸出手来，抓向眼前的空气："别走，求求你别走，我亲爱的……旋律。"

突然之间，他又停了下来，双手撕扯着胸口的衣服，歇斯底里地大喊："跑了，全跑了！为什么要跑！"

缪星汉突然转过身来面对着我，暴跳如雷地大喊："都怪你！让你别吵了，还吵！"

虽然我现在是不死之身，但他这充满攻击性的疯癫模样，还是把我吓了一跳。不过，房间里除了他，就只剩下两个人；我刚才一句话都没说，躺在地上的朱秀娟更不可能开口。所以，到底是谁在吵？

答案很快就浮现了。

缪星汉举起右手，疯狂地捶击着自己的脑袋，用唱歌剧般的高音大喊："别吵！不要吵！我写完就还给你！"

下一秒，他降低了音量，声音里却带着哭腔，带着商量的语气："好不好……

"儿子？"

听他说出这两个字，我不由得倒吸了一口冷气。原来，萦绕在他耳边的，是缪星汉的哀号——他的儿子缪星汉，这副躯体真正的主人。

看起来，Marilyn的灯塔计划，是有瑕疵的；不知道是器官排斥，还是精神上的问题，总而言之，我眼前的这一个身体里，装着不止一个人的灵魂。

而且这两个灵魂，一个是杀了儿子的父亲，一个是被父亲杀死的儿子；两个灵魂以同一个躯体为战场，捉对厮杀，这种撕裂般的痛苦，可想而知。

就是这种痛苦，驱使缪星汉拿起屠刀，斩死了无辜的同居女友。这个普通而又可怜的女人，能跟摇滚明星般的缪星汉谈恋爱，甚至搬进了他家里，一定曾让她感到无比幸福吧。这一切，都在爱人或者偶像举刀砍向她的时候，化为乌有。

缪星汉身上没有一点撕扯的痕迹，也就是说，朱秀娟没有尝试反抗。她的脸跟身体被砍得稀烂，双手却完好无损，所以，她甚至连抵挡都没有做。临死前那一刻，她是怎么想的呢？

突然之间，我心里涌起了莫名的好奇——如果灯塔计划已经普及，我倒希望能复活朱秀娟，问问她当时的想法。不过，我还有正事要做。

缪星汉敲够了自己的头，终于发现了我的存在，又疯了一般朝我扑来。

我轻轻伸出右手，控制着身体的黑烟——这一次，我不是简单地掐住他的脖子，而是让黑色粒子渗透他的皮肤和肌肉，再重新组合成手指，直接捏住了他的气管。触感滑溜溜的，好像生鹅肠。

我发觉，自己运用新获得的超能力，竟然很得心应手，驾轻就熟。

缪星汉马上喘不过气来，喉咙发出痛苦的咯咯声。他伸出双手，却不是像无法呼吸的人该有的正常反应——掐住自己的脖子——反而，他捂住了自己的耳朵。

看起来，萦绕在他耳边、亲生儿子的惨叫和哀号，比起窒息的痛苦，还要剧烈百倍。这个醉心于音乐的艺术家，临死之前，听到的却是这样的声响。

缪星汉的眼神里，生命之火正在慢慢熄灭，却恢复了残存的理智；他用尽最后的力求，哀求着说："求求你，让我静一静。"

我郑重地点了点头："你是我第一单生意，就附送点特别服务吧。"

客厅的角落里，放着一把吉他，还有闪闪发亮的调音音叉。掰直了的话，粗细似乎刚刚好——穿过人类的耳道。

以能想象出的最可怕方式，来对待缪星汉的尸体，这样可以更快地吸引公众和警方的注意，推动情节的下一步发展。

不过在此之前，我还有件事要做。我稍微松开了捏住他气管的手指，留给他最后三分钟的生命——听我哼完《星汉交响曲》的高潮部分,这是之前我在梦里听到的。

现在问题来了——所以整首曲子浓墨重彩、最为动人的这一部分,到底是谁写的呢?

第十二章
时空旅行

"第一次的感觉如何?"

Marilyn 问出这句话时,我刚切下一块上好的神户牛排,四成熟,血淋淋的。第一次杀人啊,我印象最深刻的是血泊里朱秀娟被砍烂的脸,还是听我哼曲子时,缪星汉脸上痴迷而满足的表情?

总而言之,我的答案是:"都还好吧。"

讲完这句话,我咽下那一小块牛排——鲜美。说实在的,第一次杀人,并没有给我留下太深的震撼,更别提什么心理阴影了。我以为自己会恶心反胃,几天都吃不下饭,可这几天胃口比之前还要好。这个心理素质,也真是棒棒的。说不准,我当工厂主、三流小说家,都是误入歧途,最适合我的工作,就是当一个残忍极端的冷血杀手。

Marilyn 像个好奇的小女生,紧张地看着我:"还好是怎么样啦?"

我切下另一块牛排,补充道:"就是没有特别的感觉啊,除了把音叉捅进他耳朵里时,有液体喷出来稍微吓了……"

Marilyn 娇嗔地挥了挥手:"哎呀,谁要知道这些可怕的事情啦,我问的不是这个,我是说亲吻的感觉如何?"

上天作证,这个事情我真的是无辜的,被迫的,而且当时我的意识穿越回了过去的时空,并不是很确定在那一个多小时,海底的浴室里都发生了什么。或许根本什么都没发生，根本不是 Marilyn 所说的那样。

好吧，我承认，在穿越回去之前，跟穿越回去后的短暂时间里，我所看到的、感受到的，是符合她的描述的。当时的感觉……

只是稍微回想起，我的脸颊就开始发烫。

我把一小块牛肉放进嘴里，却不小心咬到了自己的舌头，而且力度不小，我哎呀一声叫了出来。舌尖的刺痛，鲜血的腥甜，跟和牛的鲜美融合在一起。

Marilyn 看着我的窘态，促狭地看着我，倒是没有再追问下去。

我喝了一口水，暂时停止进食，转移话题的同时，也为心底的疑问寻求答案："Marilyn，我想问你一个问题。"

她嗯了一下："你说。"

我皱着眉头，直视她的眼睛："我穿越到过去的时候，是不是就死了？"

对于这个问题，Marilyn 似乎毫不意外，她点了点头，轻描淡写地说："是。"

我瞬间心如死灰。原来，我的猜想是对的。在海底的浴室里，我的身体被粒子化，通过黑洞穿越到过去的时空，然后才组成一个新的自己。这个时候，我就已经死了一次。同样的，当我再次通过黑洞，回到现在所处的时空，我就又死了一次。

也就是说，现在的我已经不是原来的蔡必贵，而是死了一次，又一次，重新组合而成的，继承了蔡必贵记忆的一个新的生命。虽然拥有三十多岁男人的外表，但从严格意义上来讲，我降生还不到二十四小时。

不得不说，这个感觉非常微妙。而原来那个蔡必贵，为了他深爱的女人，已经在不知不觉中灰飞烟灭了。在身体被粒子化的那一刻，意识自然也就湮灭掉，无法延续；他作为个体的生命，彻底宣告终结。

所以，现在回头看，一个多月前那顿不欢而散的晚餐，是蔡必贵这一辈子里，最后一次见到唐双。早知道是这样的话，我，或者说是他，就不会跟唐双争……

Marilyn 轻声问道:"怎么啦,脸色这么难看?"

我勉强笑了一下:"没什么。"

这个女人实现了她的复仇,杀死了蔡必贵,而且接下来还要杀死六次。从这个角度看,我应该继承蔡必贵的意志,打心眼里恨她才对。不过,这都是蔡必贵心甘情愿的,而且为了救唐双,我不能跟她闹翻。

Marilyn 完全看透了我的内心,语气里带着嘲讽:"你不是说,为了救唐双,可以付出任何代价吗?现在,不过就是死一死啦,难道就反悔了吗?"

我被她说中心事,不由得有些恼羞成怒,但是深深吸了一口气,还是冷静了下来。Marilyn 说得对,不过就是死一死,而且死了之后,还会有完全一样的新生命体,复活过来。跟救活唐双相比,这样的牺牲算得了什么呢?

只不过,执行一次任务,等于就要死两次,这样算起来,我还至少要死六次。按照计划,明天就要进行下一次穿越;毫无疑问,我这个新的生命体,要严格遵照蔡必贵的遗愿,慷慨赴死,拯救心爱的女人。

另外,我要珍惜这一天剩下的每一秒,保持愉快的心情,好好享受——起码吃个够本——这么想着,我恶狠狠地开始重新切牛肉。

没错,不能给自己哪怕一秒钟,去往深里想,去有机会后悔;为了救唐双,我死一万次也不足惜。我唯一担心的是,这样的考验,起码还要经历六次。未来的每一个我,都能经得起考验吗?

我把牛肉放进嘴里,报仇似的拼命咀嚼——死了复活,复活了又死,所谓的无间道,也不过如此。

Marilyn 却嘻嘻一笑:"看你紧张的,骗你的啦。"

我抬起头来看着她,一时没反应过来:"骗我?"

Marilyn 放下刀叉,点了点头:"嗯,鬼叔你好单纯哦,人家随便说几句就信了,一张脸还刷白刷白的,内心斗争很激烈吧?哎呀,你这样怎么做我男人，一起统治世界呢……"

我按捺住内心的狂喜，紧张地打断道："你的意思是，我没有死，你刚才说的都是骗我的？"

Marilyn 优雅地用餐巾擦嘴，慢条斯理地说："对呀，普通人类被粒子化，就无法保持原来的意识，确实每一次都会死。你是被高维生物选中的人，跟那些废物怎么能一样？你脑子里的黑洞保护了你，无论穿越多少次都不会死的，除非……"

我终于压抑不住，兴奋地大喊："没有死，我没死！"

餐桌旁的女佣跟雇佣兵，都向我投来怪异的目光；我反而跳了起来，两三步跑向最近的一个高大的日本人，用力抱住了他："我还活着！"

Marilyn 在身后笑道："别吓着人家啦。"

我这才松开那个日本籍雇佣兵，拍拍一脸尴尬的他，重又走回餐桌边。我神情轻松地切下一小块牛排，嗯，这是我这辈子吃过的最美味的食物，我还可以再来十块。

Marilyn 让女佣撤下餐盘，吩咐她上甜品，然后一边看我大快朵颐，一边手托腮道："不过鬼叔，你不愧是高维生物选中的另一个人，感觉很敏锐呢。"

我狼吞虎咽，漫不经心地问："怎么说？"

Marilyn 轻拂了下刘海："也没什么啦，不过灯塔计划里那些人，就像你说的那样，都死了呢。"

我的叉子停在半空："死了？"

Marilyn 嘻嘻一笑："是呀，都死了。你想想呀，大脑里有那么多的神经，跟脊椎是相连的，怎么可能移植呢？所以灯塔计划真正的方法，其实是读取客户的记忆，同时把受体脑子里的信息都洗掉，然后再录入客户的记忆。这样一来，受体就会以为自己是客户的重生，其实他谁都不是啦……"

我吃惊地张大了嘴巴。原来如此！所以那个疯掉的缪星汉，其实还是缪星汉，只不过是脑子里有了缪文的记忆，误以为自己是缪文。可能是缪星汉的记忆洗得不够彻底，又或者灯塔计划的这个方案有瑕疵，所以他的记忆才会开始恢复，想要重新夺回身体的控制权。

这样一来，他不发疯才怪。所以，那些灯塔计划的客户，唐老爷子、阮东凤、缪文，付出了难以估量的价值之后，其实还是死了，根本没有延续自己的生命。而且，他们还连带着害惨了自己的亲人，让他们变成了一个谁都不是的怪胎。

可悲的是，接受了记忆移植的受体，会以为自己就是客户，然后对 M 集团感恩戴德，乖乖地奉上手术的余款。正是这些巨额的财富，源源不断地支撑着 M 集团的运转。Marilyn 真是个无视人类道德、罪该万死的骗子。

我放下刀叉，皱眉道："我想问你……"

她却甜甜地笑着说："问什么呀？你该不会是在同情那些蠢货吧？"

那些自以为身居金字塔顶端，却被骗而惨死的客户，被 Marilyn 不屑地称之为"蠢货"。我脖子后感到一阵寒意——这个美若天仙的女人，真是个把世人玩弄在鼓掌中的恶魔。

我快速调整表情，像白痴一样笑道："我想问，这个牛排，还有吗？"

第二次穿越，在我想象中，应该是最酣畅淋漓的一次。

无论是杀缪星汉，还是杀唐嘉丰，我都会有不同的心理压力；唯独杀阮红晓，完全没有任何道德上、情感上的障碍。阮东凤也好，阮红晓也好，都是十恶不赦的毒贩；当时如果不是我穿越了回去，过去的我不是被她侵犯，就是被她弄死，很可能两者兼备。

而且，每当我想起小任，任剑水的惨死，就会不由自主地握紧拳头。我一定，要给小任报仇。

Marilyn 的声音在很近的地方响起："在想什么呢你？"

我深深吸了一口气，在心里安慰自己，无论我做什么，一切都是为了救唐双。不过，无论再怎么自欺欺人，我心里很明白，这么做都是对唐双的背叛。做了这样的事,我完全没脸回去见她了。

无所谓了,反正我已经打定主意,等一切结束,也不会再回去找她;我有了充分的觉悟,余生就在这个孤岛上度过,绝对不去打扰她的生活。只要她能重新活在这个世界上,只要知道她过得很好,我还要奢求什么呢?

Marilyn 的声音从浴室里传出:"快点啦鬼叔。"

我几乎是冲着进了浴室;不,我并没有喜欢上这个女人,在浴缸里进行穿越,不过是我对她抗争的一种方式。等救回唐双,我一定会想个法子,跟 Marilyn 来一场持久战,消磨她的意志,阻止她疯狂的人类毁灭计划。

在此之前,我还是先穿越回西贡,搞定毒枭跟他的手下。Marilyn 已经放好了洗澡水,我迈进浴缸坐好,心情复杂地等着她的动作。

三秒钟后,眼前又是一片黑暗,如同混沌未开。一回生,二回熟,这次从黑洞的裂缝里钻出来时,我的动作就要娴熟多了。

只不过赤身裸体站在客厅的人面前,确实有点尴尬。不过没有关系啦,他们很快就要死光光了。

好不容易喝醉的我,正咚一声倒在桌上;我轻轻拍了一下他的肩膀,说出那一句记忆中的台词:"睡吧,到我了。"

大毒枭阮红晓,正坐在餐桌的正对面,此刻惊讶得下巴都快掉下来了。这也不能怪她,谁亲眼看见半空突然裂了条缝,里面钻出个跟在场另一个人一模一样、只不过赤身裸体的男人,不吓个半死才有鬼。

不过,即使雇主没反应过来,那些保镖可是受过专业训练、久经沙场的,一瞬间,我同时听到了几个拉开保险的声音。接下来,就是枪林弹雨的洗礼了。

我打了个响指:"Show time。"

砰砰几声巨响,子弹从几个方向旋转飞来;我如同没事人一般,弯腰捡起运动服,慢悠悠穿在身上。

不出我的意料，所有子弹都从我黑烟般的身体穿了过去，击中了客厅的桌椅；甚至还有一颗子弹，射到了对角线上的一位黑人小哥的大腿，他一脸惊讶地跪了下去，完全无法理解眼前发生的一幕。

跟这些保镖相比，阮红晓的反应也没镇定到哪里去。她站起身来，连连向后退去，惊慌地用越南语喊道："你是谁？"

我回忆起她之前嚣张的样子，模仿道："Surprise！"

阮红晓一边向后退去，一边惊慌地伸手阻挡："有什么话好好说，你要什么，都给你。"

与此同时，我注意到她左手下垂，做了个难以察觉的动作。客厅里的保镖们心领神会，没过一秒，枪声又响了起来。

虽然我是打不死啦，但是枪声吵得我很烦好吗？我闭上眼睛，像指挥交响乐般，双臂平伸，十指张开。小臂以下的细胞化成粒子消散，半秒钟后，我的两只手凭空出现在另个保镖眼前。

这种龙套角色，比缪星汉差多了，我连一句台词都不会给他们。两只手分别渗入两个保镖的胸腔，捏住正在怦怦跳动的心脏，下一秒，啪。

身体的构成改变了之后，我的力气也比正常人要大得多；上次在新加坡，掰弯金属棒都毫无难度，更何况这些血肉构成的器官。三秒内，两个大块头面如死灰，像小绵羊一样瘫软在地，转眼就没了呼吸。

我睁开眼睛，看着自己收回来的双手，上面干净如初，一点血迹都没有。看起来，黑烟似的粒子，还具有荷叶斥水般的功能，什么污迹都不会沾染。这样一来，自然也不会留下任何指纹了。这样绝妙的能力，不当杀手真是浪费啊。

还活着的保镖里，带种的还在向我开枪射击，剩下的几个转身就跑。我环顾四周，先解决了想跑的几个，再回过头来料理拿枪射我的几个，不到两分钟，就把满屋子七八个保镖，统统弄死了。

谁让你们给毒贩打工，死了也是罪有应得。

通过这次练手，我对于这个身体的运用，对于杀人技巧，都有了更深刻的认识。看起来，捏爆心脏是最有效率、最干净的杀人方式。

搞清楚这一点后，为了奖励还在枪击的保镖们的勇气，我给予了他们先捏蛋蛋，再捏脑子的套餐。看着毒贩手下们痛苦的表情，我不无惊奇地发觉，原来杀人也是有乐趣的。

不过仔细一想，这太正常不过了，暴力本来就是每个人与生俱来的本能，不过是程度深浅、一生里有没有机会施展而已。不然的话，那些充满血腥暴力和对抗性的游戏，怎么会在全世界范围内流行呢？

等我拍拍双手，满意地看着满屋子东倒西歪的尸体，这才发现了一个问题——阮红晓不见了。这可难不倒我。我不学自通般重新闭上眼睛，任由整个身体像黑烟一样散发、弥漫，瞬间充斥了整个客厅，再分散成好几缕，从所有门缝里钻了过去。

没用多久，其中的一缕黑烟就发现了阮红晓的踪迹。下一秒，我心念一动，所有的黑烟都顺着同一个方向飞去，穿过长长的走廊，在一个豪华昏暗的卧室里，重新组合成了我的身体。毫不意外，我刚睁开眼，便有两颗子弹朝我射来。

困兽总是要犹斗的吗，不过有个毛线的用处，阮红晓，看我怎么弄……

不对。卧室里有两个人。在卧室一角蜷缩着瑟瑟发抖的，正是那往日不可一世的阮红晓；但是，那个持枪射向我的人，我再怎么想破头，也猜不到他会出现在这里。

我皱着眉头，不可思议道："是你？"

回答我的，还是砰砰两声枪响。这种无法准确判断眼前情形、明显低于国际刑警综合水平的智商，没错，就是他——那个我亲眼看见被虐待至死，咬着牙要为他报仇的小任。

如果不是在这种情况下，得知他没有死，我一定会笑着扑过去，紧紧抱着他。不过，显然我太自作多情了，因为对方并不是这么想的。

小任又朝我射了几枪，终于发现子弹对我无效，于是生气地把手枪扔到了地上，然后高喊着朝我扑来。就如同在之前的特训里，他无数次扑上来那样。

在我印象中，每次特训时，小任脸上凶狠的表情都特别真，打我的时候也是拳拳到肉，让我怀疑他是真的想杀死我；现在，这种怀疑烟消云散，取而代之的是无比确定——没错，他就是想杀死我。

以前的特训里，我每次都会幻想，要是我能召唤其他平行空间的蔡必贵，要是我有超能力，那就好了。我要打倒这个肌肉版的王宝强，哪怕一次就好，把他打倒在地，直到他屈辱地投降认输，就好像每次我对他做的。

现在，我的愿望实现了。我轻轻摇头，伸出右手，右手化作黑烟，捏住了他的气管。嗯，在高维生物正在翻阅的、以我为主角的漫画里，你算是个配角吧，就给你几句台词。

小任痛苦地半跪下来，双手抓住自己的喉咙；以他感人的智商，一定无法理解，现在发生的一幕到底是怎么回事。为什么前两天还能随意欺负的弱鸡，现在不光枪打不死，举手投足之间，还能让他无法呼吸？

我叹了口气，他反正懂汉语，我也就用普通话问："小任，你不是死了吗？"

等了两秒，我才意识到他没办法出声，于是松开了他的气管；谁知道小任刚喘了两口气，恢复了一点力气，又不要命地朝我扑来。我只好换了个法子——用右手捂住他的双眼，同时挡着他向前的步伐，无法再移动半步。

小任看不见又动不了，双拳胡乱地在空中挥舞着，就像是动画片里的小短手，打不中眼前的高个子，场面非常可笑。

不过，我一点都不想笑。回忆起阮红晓给我看的iPad，上面有小任被虐惨死的场景；如今不仅在别墅里见到小任，他还为了保护阮红晓，拼命地攻击我。唯一合理的解释是，不光是他表弟，连任剑水本人，都是毒枭派到国际刑警里的卧底。

到头来，可笑的是我——十分钟前，还咬牙切齿地要帮小任复仇。

这么想着，我沉下嗓门，声音里的杀意让自己都觉得陌生："说，怎么回事？"

小任停止了徒劳无功的挣扎，就连他的智商，都明白了我已经变成了他无法对抗的怪物，杀心大起的怪物。不过，面对我的质问，他仍然固执地一言不发，反而转过身去，走向仍然在瑟瑟发抖的阮红晓。

卧室里，突然弥漫起一股奇怪的气味，阮红晓吓尿了，字面意义上的。

寄居在这个毒二代身体里的，是叱咤一方的大毒枭，阮东凤；在她罪恶的一生里，通过毒品和火药，不知道害死了多少条人命，手下冤魂怕是比缪星汉的崇拜者都多。可是，当她自己快要小命不保时，表现得却如此软弱。

也难怪，就是这样贪生怕死的人，才会杀死自己的亲生女儿来续命；尽管如此，到头来她还是被 Marilyn 耍了。什么无恶不作的贩毒头子，在真正的恶魔面前，都是随意戏弄的弱者。

如果小任的智商稍微高点，他就不会在我面前这么做了；因为，这等于在告诉我，要怎样才能撬开他的口。

你不是嘴硬吗？虐你也没用，对吧——那我就虐你的老板咯。电影里，坏蛋都这么演的。

我默默伸出手去，轻松地扯下阮红晓一只耳朵。

小任抬头看我，眼睛像是要喷火，十足一个缩小版的硬汉史泰龙。

我向前走了一步："不想你的主子再受罪的话，就告诉我你为什么要这么做？"

阮红晓的一声惨叫，打断了我的刑讯逼供。我皱了皱眉头，这一次，我把她的舌头扯了下来，然后堵在她喉咙里。世界终于清静了。

小任怒睁的双眼通红，如果是比眼神凶狠的话，我已经被他打败了一千遍；一个月前——对他来说就在前两天——的训练场上，我也是这么盯着他的，现在情况刚好反了过来。

只可惜，无论过去、现在还是未来，这个世界的游戏规则，都是强者说了算，弱者再怎么瞪也没有用。说真的，我的心里毫无波动，甚至有点想笑。

终于，就在我准备再扯掉阮红晓的什么零件时，小任的榆木脑袋开了窍，终于开始招供："我说。"

我得意地笑了起来，抛出第一个问题："iPad里被杀掉的人是谁？"

小任嘬着嘴巴说："长得跟我像的人。"

我懊恼地皱起了眉头，当时竟然没有看出破绽，不过想起来倒也合理，iPad的屏幕就那么大，里面的人又满脸鲜血，我脸盲加上先入为主，会认错也不奇怪。

我冷哼了一声，接着是第二个问题："你为什么要出卖我们，背叛国际刑警？"

小任表情倔强地否认："我没有。"

我走到这对小情侣面前，蹲了下来："还说没有？你这不是睁眼说瞎话吗，你跟你表弟，那个NINH，明明都是被毒贩收买了，反过头来对付我和梁警官。也难怪你会想出什么馊主意，在训练的时候就想把我打死，因为你就是想弄死我……"

小任梗着脖子，用他不太流利的普通话说："我对不起你跟梁警官没错，但我没有背叛国际刑警……"

我心里咯噔了一下。说到这里，他却又犹豫了，我冷哼一声，下巴指了指满脸鲜血、哭得快要断气的阮红晓。

小任低头看了眼阮红晓，终于豁了出去："一开始，是上面让我这么做的，让我帮他，偷偷破坏，破坏你们的计划。可是，后来阮红晓给我开的条件，我实在无法拒绝……"

我听得头大如斗，上头是哪个上头，破坏我们的计划又是什么鬼，香港的无间道已经够复杂了，这个越南版的情节还更曲折。

我站起身来，按捺住内心的烦躁："别着急，你再说一遍，小任，等你全部都说完了，我就放你跟阮红晓走。"

看起来，我的演技确实不怎么样，即使是小任这么笨的脑子，也怀疑地问："真的？"

我重新蹲了下来，表情严肃地说："当然是真的，你看我的眼睛，要是我骗你的话，就天打雷劈、灰飞烟灭。"

我当然没打算放过他们俩，一个毒枭，一个黑警，本来就都该死；更何况，在原来的世界线里，他们俩就死得透透的，如果一时心软放过他们，从而改变了历史，这个后果我承担不来。

突然之间，我感到背后有一股巨力，凭空把我向后拉了几米。我勉强站稳身子，再低头一看，才发现自己的双腿都化成了黑烟，并且完全不受我的意识控制，朝来的方向飞去。

没有天打雷劈，可这就是灰飞烟灭啊！怎么就那么灵！

苦命小鸳鸯都发现了我身上的变化，脸上先后露出喜悦的神色。就好像打怪兽的奥特曼，到差不多了能量灯就开始闪；只要他们能熬到我能量耗尽，就可以捡回小命，从此过着幸福的生活了。

只可惜，我的剧本不是这么写的。在上半身也快粒子化之前，我轻松地伸出双手，同时捏爆了他们的两颗小心脏。

小任临死还想保护阮红晓，扑倒在她身上；这对苦命鸳鸯，不能同年同月同日生，倒是同年同月同日死了，我也不算太大罪过，对吧……

咻。眼前一片黑暗。再度睁开眼睛时，看见的却是 Marilyn 的脸，确切地说，是她侧过来的半张脸。

我摸了摸头，勉强笑了一下，原来，这边跟 Marilyn 接完吻，另一边的我就会被吸回黑洞，然后回到这个海底浴室。

这次确实太快了，下次要注意。没来得及问清楚情报，真是可惜了。明明那个小任，准备把真相和盘托出的，现在得到的却是些碎片。上头，破坏，一开始，后来……这里面都蕴含着什么奥秘呢？或许梁警官，不对，梁超伟会有我想要的答案，但是 Marilyn 严禁我跟外界联系，说是一系列的穿越完成之前，任何节外生枝，都有可能导致失败。

　　Marilyn 这时站起身来，一边迈出浴室，一边轻声说："鬼叔，你变了。"

　　我心里咯噔了一下，浴缸里的水还很暖，但我却如同在北冰洋里裸泳。

　　她说得没错，我变了。刚刚在另一个时空里，我杀死了一大票人，还用残忍血腥的手段，重点虐杀一对小情侣。上次的缪星汉还好，但这一次的小任，任剑水，是跟我朝夕相处了一段时间的小伙伴——虽然他后来处心积虑想要弄死我。

　　正常人的话，在这样一场杀戮之后，都会有一些异样的感觉吧；然而，我心里想的却只是要怎么搜集情报，顺利完成任务，仿佛刚才躺在血泊里的不过是些家畜的尸体。

　　没错，我变得越来越不像我，同时，变得越来越像另一个我。

　　一个连环杀手，就该有这样的心理素质。

第十三章
新的异能

浴室的白炽灯，突然闪烁了一下；极其短暂的黑暗里，我以为自己又进行了一场穿越。可是，什么都没有发生。至少，我以为什么都没发生。

"鬼叔，怎么又在发呆？"

我失神地看着餐桌对面，那个完美无瑕的女人，过了两秒才回以一笑："啊？没有啊。"

Marilyn 痴痴地笑了起来："还说没有，你现在就像个呆子一样。"

她说得没错，我确实是在想事情，现在我们不管从名义上，还是从实质上，都像是一对真正的男女朋友了。每当我抗拒着和她接吻，想要退缩的时候，一个声音就会从心底里钻出来："算了吧你，反正也不回去找她了。"对啊，反正我这辈子都不能跟唐双在一起了，专一还有什么意义呢？

Marilyn 的娇嗔再次传来："喂，又发呆了你。"

她说得没错，在西贡大杀特杀回来之后，我确实经常出神，经常发呆。有时我会怀疑，我仍然是自己吗，仍然是那个蔡必贵吗？还是说，跟灯塔计划那些"蠢货"客户一样，我也不过是个受体，只是拥有蔡必贵的记忆……

Marilyn 打断了我的冥思，她递过来一只肥美的法国生蚝，语带双关地说:"过几天就要穿回香港啦,那可是一场大战……"

她在"大战"这个词加重了语气,又从椅子上起身,弯下腰,亲自为我碟子里的生蚝滴上柠檬汁。

我稍微向后仰,不是为了躲避,而是为了更好地观赏她深V衣领下的风光。

所以,穿越回香港,执行我最后一次杀人的任务,这次是解决女友,不,前女友的养父。接下来,就是回到新加坡,在餐巾纸上写下那些内容。如此一来,就能拯救唐双被出租车撞飞的命运,让她重新回到这条世界线上;再然后,我跟她分处海上的两个岛屿,老死不相往来,过着各自该有的生活。

就像长长的小说,只差这么一个结局。可是,真有这么简单吗?在我的脑海里,还有一些问题在萦绕,至今没有想通。

小任临死之前说的话,经过我分析,应该是这么一个意思——有国际刑警的高层,在我跟梁超伟制定"倒塔行动"之前,就参与到整个行动里;这个高层曾经想要暗地破坏手下的行动,而且安排了行之有效的对应措施。但是,后来不知道为什么,又自行放弃了。

另一个问题就是,当我穿越回香港之后,即将在唐家别墅里,逼着保安吃掉唐嘉丰的大脑。现在想来,这个动作非常刻意,简直就是故意想让监控录像拍下。

这两件事情之间,隐隐有着什么联系,有几次简直呼之欲出——就像是缪星汉追求他的旋律——但是,又像黑烟一样消散了。我发觉,自己的逻辑思维,似乎变得迟钝了。

我拿起生蚝,把满满大海的味道吸进嘴里——如果我还是那个写小说的蔡必贵,像这种问题,一定难不倒我吧?

不过,话说回来,以前我遇到这样的问题,经常有梁超伟或者唐双来帮忙想,再次也有水哥;可是现在,他们哪一个我都联系不上。

在这个与世隔绝的孤岛上,是严格禁止跟外界有任何联系的。普通员工一上岛，手机就全部被收起来了；集团分配的工作用的电脑，也是完全无法连接到外网的。这也好理解，要不然这岛上所进行的秘密实验，随便谁拍点什么、写点什么，发到互联网上，就会掀起滔天巨浪。

岛上并不是没有跟外界联络的设备，只不过，这是为少数几个高层，以及女王 Marilyn 所准备的。当时她告诉我世界线已经改变，唐双在两年前意外身亡，也曾给了我一台电脑，一个下午，让我自己上网搜索相关信息。当然了，是在她的严密监视下。

在那两个小时里，我找到了新加坡那场车祸的许多信息，包括当时的新闻、网友评论，还有一些分析唐森集团内部斗争的扒皮帖。根据我多年混迹互联网的经验，我相信这些都是真实的，并不是 Marilyn 捏造的。

当时，我也曾经尝试使点小花招，在网上留下痕迹，让梁超伟发现后来找我；可惜，都被 Marilyn 识破并且阻止了。

不过，在从西贡穿越回来之后，我突然想起来一点。在岛上时，Marilyn 跟她的手下，可以严密监控我，不留给我一点机会；但回想起两次穿越的经历，似乎她只能帮助我回去，却无法控制我做什么。甚至我怀疑，她其实并不知道我都做了什么，只是通过我穿越回来之后，对这条世界线的影响，来推测我都做了什么，没做什么。

所以，我决定在最后一次的杀人任务里，穿越回香港时，要打个电话给唐双。虽然她睡觉一般都关机，但那天晚上，她刚跟我吵过架，说不好会开着手机，等我打过去道歉。

不。

我是去唐家别墅杀人的，她就住在那栋别墅里。还打什么电话，直接去找她就可以了。就算是在窗外，静静看着她熟睡的脸，我也就心满意足了。

嗯，只要不改变过去发生的事实，并且在被黑洞吸回前做好我该做的一切就可以了。在吞下最后一个生蚝时，我暗暗下定决心——无论如何，我要见唐双一面。

海底浴室，白得耀眼的浴缸里，我们将再次进行时空穿越。在这个时刻我会觉得，Marilyn 说得也没错，我跟她确实就是亚当和夏娃，而这个海底深处的浴室，就是我们的伊甸园。只不过，谁是毒蛇，苹果树又在哪儿呢？

当时空穿越开始进行时，我的意识再次被瓦解，进入到没有一丝光亮的虚空里；当我从黑洞里钻出来，便踏上了故事开始时那家酒店房间的地毯。

房间暗淡的光线里，刚跟女朋友吵了一架的男人，正躺在床上昏睡，向外散发出酒气跟鼾声。这时的他不知道，接下来的两个月里，自己将会面对怎么样的命运；他更不知道，几小时前跟唐双的会面，有可能是这辈子的最后一次。

我走到床沿，看着那张醉成死狗一般的脸，心里充满了怜悯——未来的自己，在同情过去的自己，这真是个奇妙的时刻。

我深深吸了一口气，好了，接下来，我要为了拯救唐双，再去杀一个人。唐森集团的创始人，二十年来对她视如己出的养父，唐嘉丰。

当我想要打开房门时，却发现它意外地沉；低头一看，原来在门后的地毯上，放着一个黑色的双肩包。

这个双肩包我并不陌生，正是我跟梁超伟一起看的监控录像里，连环杀手蔡必贵——也就是现在的我——背的那个。问题在于，这个包是谁放在这里的？

我皱着眉头，弯腰捡起背包。不管这个包是谁放的，里面又有什么，总之监控录像里我背了这个包，就说明过去发生的事实里，走出酒店房门的我，应该是背着这个包的。严格遵守已经发生的事实，不去改变任何一切，是我应该遵照的最高原则。

我把包背在身后，推开房门，迈出走廊。想起等下就能见到唐双，我心情雀跃，脚步不由得轻快起来。在走过走廊摄像头的位置时，我甚至抬起头来，朝着那个位置笑了一下。

没错，当时我看到的监控录像里，连环杀手蔡必贵，就是这样神态轻松的。出了酒店之后，我上了一辆出租车，拜托司机开快一点，往半山的唐家别墅赶去。

上一次在西贡，因为时间不够，所以半路就被黑洞吸回去了，差点连小任跟阮红晓都没杀死。这次除了杀人，我还要抽出时间见唐双一面，所以，更要抓紧时间。

的士司机在唐家别墅前停下，我掏出钱包付款——钱包是我从酒店里顺手牵羊的，上次在新加坡也是这么干的——然后徒步走到别墅大门前。

唐家的大铁门紧闭着，起码有三米高，没有任何可以攀缘的地方，正常人的话想要爬过去，还得花一番心思。当然了，我并不是正常人。

我解下背包，往铁门内用力一扔，然后把身体粒子化成为一股黑烟，直接从铁门缝隙里钻了进来。背包落地之前，我已经凝聚成为实体，头也不回地举起右手，接住背包，再次背在身上。

在一片夜色中，我凝神观察眼前的唐家大宅。从物理上来讲，我是第一次到这个占地宽阔、有好几栋独立建筑的大宅，不知道里面的构造，很有可能迷路；幸好，之前跟梁超伟一起看了监控视频，凭着印象，我大概记得唐老爷子卧室的方位。

至于唐双住在哪里，她之前给我看过几张照片，如果没记错的话，就是在主楼右边，那一栋小巧精致的三层小楼。嗯，去看一下就知道了。

不过，在这一切之前，我首先要做的是——我挠了挠自己的太阳穴——去监控室，把里面的人搞定了。

这么想着，我朝记忆中的方向轻轻跑去，在监控录像看不见的角落里，再次化成一股黑烟。从第一次在新加坡的茫然无措，现在的我已经越来越习惯，也越来越熟练这一项技能了。基本上，我现在就是个飞天大盗、不死金身，比《黑客帝国》里的基努·里维斯还厉害。

只可惜，我这个惊人的能力，只是在穿越回过去的短暂时间里，才能够拥有。要不然的话，我就可以毫无压力地对付 Marilyn……

监控室果然在我记忆中的位置，我化成一股黑烟，从门口溜进去时，那个负责监控的小伙子，正低头玩着手机游戏。我朝他暴露出来的后颈，来了个干脆利落的手刀，便让他昏迷了过去。

简直是小儿科嘛，接下来……我心脏突然骤停了一下，我要去找唐双了。

不知道她现在睡着了没，睡着了的话要不要吵醒她，还是就静静地看着她熟睡的脸庞；如果她还醒，我该跟她说些什么，她又会对我说些什么？我是应该把这两个月以来发生的所有事情，都和盘托出；还是就假装成两个月以前的自己，然后坐实自己杀了她父亲的嫌疑……

不管那么多了，先见了唐双再说。只要能见上她一面，两个月前那次不欢而散的聚会，就不会是我这辈子最后一次见她了。

还等什么？我像进来时那样，让自己化成一股黑烟，渗出了监控室的门缝，再聚集成……

不对，有点不对劲。在监控室的门外，我发现自己聚集不起来了。我的形体还是一团黑烟，没法像前几次一样，顺利凝聚成人体；与此相反，黑烟还在渐渐扩散、消失，像是马上要灰飞烟灭了。

不仅如此，随着形体的消亡，我的意识也渐渐变得模糊。我用仅存的思维能力，苦苦思索，怎么会这样？

不对，上次在西贡，我是被黑洞巨大的力量，吸了进去，这次却是四处飘散。是别的问题。那是因为什么？是因为我刚才做错了什么？

没有啊，我所做的一切，都是严格按照监控录像里的流程，没有出一丝差错。我没有改变过去的任何事实，除了在几秒钟前，我下了决定，要去见唐双一面；在出了监控室后，我面朝的是唐双那栋小楼的方向。我心里一凉——不，应该说是我心脏化成的那几缕黑烟，消散得更加……

难道就是这个决定，让我无法再凝聚成实体，而且很快就要魂飞魄散？

　　Marilyn 说过的话，在我渐渐远去的意识里回荡着——"你脑子里的黑洞保护了你，无论穿越多少次都不会死的，除非……"

　　除非什么？她没说出来的话，应该是："除非你改变了已经发生的事实。"

　　不，我还没见到唐双，就已经开始消散了，所以是只要我下了决定，即将去改变事实，在我做出这件事之前，就会烟消云散，从所有的世界线里永远消失。

　　说来也是，尽管我只打算见她一面，但她发现我之后，两个人必然会产生互动，连带发生的蝴蝶效应，就会永远改我之前所观测到的世界线。这样一来，我就不会去到西贡、新加坡、日本海上的孤岛，不会进行穿越，我现在的存在，也就变成了一种三维世界的宇宙法则所无法允许的悖论。

　　不，我突然意识到——我绝不能去见唐双。在做出这个决定的同时，我发现本来四处飞逸的黑烟，慢慢凝聚在一起，几秒钟之后，我的双脚就踏上了监控室外的地面。

　　伴随着轻微的咚一声，我额头上冒出了细密的冷汗。差点就死了啊。没有遵守穿越的基本法，果然导致了严重的后果。

　　我弯腰擦汗，心有余悸地想——我不能去见唐双，绝不。不是因为我怕死，实际上，如果还能再见她一面，我就算从此灰飞烟灭，也在所不惜。但是，在见到她之前，我就会消失；更重要的是，这样一来，我也就无法再次穿越回新加坡，留下那张纸条，让唐双从本该发生的车祸中幸存下来了。

　　越是清醒地认识到这一点，我的心里就越是绝望。无论有没有救下唐双，我这辈子，都不可能再见到她了。

　　我看着不远处树木掩映下，那一栋小小的三层楼房，有两个房间正亮着灯，不知道哪一间是唐双的卧房。刚才我决定去那栋楼房找她，结果自己差点灰飞烟灭；这反而直接证明了，唐双此刻确实就待在那里。

离我直线距离不到五十米。然而，却是被物理法则所分割，不可能逾越的五十米。没错，这辈子，我都不可能再见到唐双了。我长长地叹了口气，心里百感交集，酸得像一分为二的百香果。

虽然如此，但任务还是要去完成的。我必须维持已经发生的事实，不出一丝差错，这样下次才能穿越回新加坡，救下唐双。虽然同样一辈子都见不到她，但是知道她正跟自己存在于同一个世界，仍然是我继续活下去的意义。

在监控室门口，我转过方向，朝着主楼的方向走去。这符合历史的每一步，我都走得格外有力，格外踏实。

在电梯升向二楼的时候，我尽量面带微笑，因为当时从监控录像里看见的连环杀手蔡必贵，正是这样的一副表情；在轻松解决掉门口把守的保镖后，我也没有化作黑烟溜进唐老爷子卧室，而是规规矩矩地打开房门。因为，几天之后，梁超伟和另一个我在西贡看见的录像带里，现在的我正是这么做的。

推开房门一瞬间，我不禁在想——唐嘉丰，这个独断专横却又溺爱唐双，不认可她没出息的男朋友，一直拒绝见面的老头子，在见到我的这一刻，会是什么样的表情？

很可惜，我没能看见他的表情，反而在短短几秒之后，我连自己脸上是什么表情，都不太清楚了。

因为在这间房子里，我看见了一个不可能出现的人；这个人带给我的震撼，比在西贡的小任还要大。所以，永远是在没有摄像头的地方，才会有惊喜等着我？

"你好，鬼叔。"

那人笑着对我打招呼，不知怎的，我发觉对方也有些紧张。

果然，那人嘴角抽动了一下，接下来问的是："你是哪一个鬼叔？"

我一时没反应过来，皱着眉头重复道："哪一个鬼叔？"

两秒钟后,我恍然大悟,下意识地坦白交代:"我是穿越回来那个,对,我不是现在的鬼叔,是两个月后的鬼叔。"

那个人松了一口气:"太好了。"

说真的,我已经习惯了她稳操胜券、心中有数、像上帝一样全知全能;这种正常人才有的表情,我没想过还能从她脸上看见。

接下来,我的问题是:"你怎么会在这里?"

Marilyn朝我笑了一笑,没有说话,反而转过身去,看着躺在床上的老人。已经被她打了麻药,昏迷过去的唐嘉丰。

我顿时觉得喉咙发干,所以之前的预想是错的,Marilyn岂止知道我穿越后在做什么,人家根本就一起穿越过来了好吗?想来也是,浴缸里有两个人,怎么会只有一个人穿越过来?不过,我是从自己醉酒后的黑洞里钻出来的,Marilyn又是从……

她却转过来,认真地看着我:"幸好你来了,我还以为计划失败了。"

我皱着眉头,一时难以理解:"哈?"

Marilyn朝我走了过来,一边吩咐道:"鬼叔,你站好不要动。"

我狐疑地站在原处,她走到离我两拳的距离,几乎是贴着脸,直直地盯着我的眼睛。

她紧紧握住我的手:"看着我。"

我不知道她想干吗,心里发慌,好不容易才站直了没有退后。在目不转睛看着我的同时,Marilyn脸上慢慢恢复了我所熟悉的女王般的神情。

三分钟过后,她才眨了眨眼,用带着捉弄的语气说:"好了,鬼叔,我知道你在想什么了。"

我松了口气,注意力从她的眼睛移开,这才赫然发现——她的头发变白了!没错,印象中一头淡紫色的头发,如今却变成了纯白色。

这样的情形,我不是第一次见,但以前却都是发生在我自己身上的。过去许多次遇到危险,我的头发都会突然变白,然后其他平行空间的蔡必贵，就会暂时把技能借给我，让我得以救场。也就是说，头发变白，是我获得了高维生物所赐予的异能的体现。

Marilyn 跟我一样，都是高维生物所选中的人类，她现在头发变白，难道也连接了其他平行空间的 Marilyn？一个 Marilyn 就让人没办法对付了，何况是无数的 Marilyn……

我倒吸了一口冷气，却又隐隐觉得不对；Marilyn 在时间囚徒的任期内，已经学会了所有应该掌握的技能，所以沟通其他平行空间自己的能力，对她来说如同鸡肋。

Marilyn 却对我嫣然一笑："鬼叔，不要瞎猜了，我来告诉你。"

她用手指卷住一缕白色头发，在眼前仔细观察，一边漫不经心地说："拜你所赐，我可以读取人类的想法了。"

我心里一惊，回想起在岛上的日子，每次我话还没说出口，她就已经能说出答案。不光如此，每次我真正决定要按照她的吩咐去做，她就从来不会起疑；反而，如果我心里打算要骗她，Marilyn 多半会带着嘲讽的表情一直捉弄我，直到我改变主意，不敢造次为止。

现在想来，没错，Marilyn 就是会读心术。但是，拜我所赐，又是什么意思？

还没等我问出口，Marilyn 便牵起我的手，带我到床边坐下，对我娓娓道来："鬼叔，对你来说，我是两个月以前的 Marilyn。未来的我，还在一个月后才会建成的海底浴室。"

我的眉头皱得更紧，她说的是真话吗，还是又在捉弄我？

Marilyn 轻轻笑了一下，继续解释道："未来的我应该跟你说过，我们两个是注定的一对，是被高维生物选中的亚当和夏娃，对吗？之前你可能没有意识到，在被选中的同时，我们就分别具备了异能，而且都与时空有关。"

我深吸了一口气，尽量不去想背后躺着的、即将被取走脑子的唐老爷子："跟时空有关的异能，是什么意思？"

Marilyn 不厌其烦地往下说:"你想想啊,我无论是作为时间囚徒,还是后来能回到更久远的时间点,都是在同一个平行空间里,纵向穿越的能力;而你每次头发变白,就可以沟通其他平行空间的蔡必贵,这是在无数的平行空间里,进行横向穿越的能力。"

我如同醍醐灌顶,恍然大悟道:"还真是!"

她满意地点了点头,继续解释:"两个月后,我们在海底的浴室里,进行时空穿梭的仪式。未来的我,作为仪式的大门,而你是打开大门的钥匙……"

Marilyn 轻轻摇头道:"你呀,总之,你拥有横向穿越时空的能力,还可以化成粒子态,等于是拥有了不死之身。你新的异能并不是凭空得来的,而是在达成某个条件后,高维生物所赐予的。与你的能力相对应,我也获得了我的新能力,那就是你现在看到的……"

我倒吸了一口凉气:"读心术。"

她噘起了嘴唇:"读心术,也可以这么说啦,不过还不止这样。"

说到这里,Marilyn 脸上再次出现了宗教狂热的光芒:"我所拥有的新能力,就是我跟你改造全人类,也就是灯塔计划的关键。"

我避开她灼热的目光,低头喃喃自语:"改造人类,灯塔计划……难道说……"

我吃惊得再也坐不住,猛一下跳了起来:"难道说,你所谓的灯塔计划,就是用异能读取人类的记忆,然后再转移到另一个人身上?"

Marilyn 抬头看我,一脸虔诚:"正是如此,我的亚当。"

这样一来,我终于明白了 Marilyn 策划这样一个大局,把我逼到岛上,又胁迫我穿越回过去杀人的深层目的。原来,不光因为只有这样,未来的我暗中帮助,不,或者说是暗中害惨了过去的我,我才会亡命天涯,被逼上假竖琴岛,跟这个倒霉的夏娃困在岛上;更重要的是,只有满足了这个条件,按照高维生物的游戏规则去玩,Marilyn 才能获得读取人类记忆的异能。而这个异能,正是进行整个灯塔计划的关键所在。不过,如果真是这样……

我控制着内心的颤抖，勉强问道："如果灯塔计划完全依赖你的异能，那 M 集团雇了那么多科学家，还弄了一整个岛来做实验，又是为了什么？这完全不必要啊！"

Marilyn 疼爱地看着我："M 集团的存在，当然是为了给客户看咯。鬼叔你知道，灯塔计划选取的客户，都是世界上最聪明、最成功的一批人类，当然了，对我和你来说还是很蠢啦。总之，这些人的疑心都很重，除了已经衰弱得无法乘机的，基本上所有客户，都会要求到我们的岛上参观。"

我皱着眉头，尝试接着分析："你的意思是，所有的实验，都是为了展示给客户看？"

Marilyn 开心地点了点头："差不多是这样，鬼叔，真棒。"

但我还是无法理解："那也没必要大费周章啊，展示什么实验，直接展示你读取记忆的能力，效果不还……"

不对。我心里一凉，想到了这两者之间的本质区别。

Marilyn 鼓励我道："来，鬼叔，把你心里的想法说出来。"

我用手轻捂着嘴，不敢置信地说："如果是通过物理实验的手段，取出客户的大脑，再移植到受体身上，你就能让客户相信，他们完全把自己的生命、自己的记忆，都转移到了另一具躯体上。这样一来，手术过后的受体，虽然外观不同，但本质上还是客户自己，是他生命的延续。"

Marilyn 轻轻鼓掌："哇，好棒。对于客户来说，这才是灯塔计划最诱人的地方，这帮贪生怕死的家伙，才会不惜用金钱、权力，甚至灵魂来交换。"

得到她的证实，我倒吸了一口冷气："而通过你的异能来提取记忆，再放到受体的身上，本质就完全不同了。其实你只是洗掉了受体的记忆，再给他新的记忆，让他以为自己是客户，其实……"

说出这句话时，我还是不由得后背发凉："其实，他谁都不是。换个角度看，客户失去了身体，受体失去了记忆，他们同时都失去了生命。接受灯塔计划后的新人，说到底，只是你创造出来的一个，不，一件作品而已。"

Marilyn这时用力鼓掌道："说得太好了！只有一点需要纠正，不是我一个人的作品，而是我和你一起……"

突然之间，我们身后的床上，传来了轻微的响动。我赶紧回头一看，唐老爷子竟然醒了！不光如此，他还坐了起来，一脸警惕地看着我们，右手伸向床头的某个位置。

Marilyn低声喊道："快阻止他！"

我下意识地出手，小臂化作一股黑烟，半秒钟后，右手便紧紧钳住了他的手腕。

就算是见惯大风浪的唐嘉丰，这时声音也略微有点颤抖："怪物。"

我嘴角抽动了一下，怪物——这是我最爱的人的父亲对我的第一印象。之前都是从照片上看，现在终于见到了真人；唐老爷子的脸很长，跟唐单十足"饼印"，跟唐双的五官差距很大，但估计是二十年来耳濡目染，父女的表情却有些神似。不过，跟这个问题相比……

我看着床头柜上，一支闪耀着灯光的针管，看起来，跟我在偷渡船被扎的那一针，是完全一样的。我一个三十多岁的壮汉，吃了那一针，也昏睡了二十多个小时，快要手术时才醒来；唐老爷子这样的风烛残年，怎么可能醒得那么快？

Marilyn冷笑一声，问道："唐嘉丰，你预先用了抵抗麻醉的药？"

我倒吸了一口冷气，如果真是这样，说明姜还是唐老爷子辣；灯塔计划的客户比大部分人聪明，唐老爷子又比大部分客户聪明。

唐老爷子果然点头承认："我是有怀疑你，也怀疑对了。果然天底下没这样的好事，花一亿就可以换条命，哈哈哈……"

到了这个时候，唐嘉丰竟然还笑得出来，这气概可比阮红晓要强百倍，让我不禁心生敬佩。只可惜，这个纵横了一辈子商海的巨贾，决意不愿意做我的岳父。

唐老爷子突然转过头来，面对着我："蔡必贵，对吧？世侄，你放开我，这里有个按钮，我一按下去就有个武装小队上来。到时候，这个妖婆就算有三头六臂，也插翅难飞。"

我皱着眉头，别的什么都不重要，但唐老爷子竟然能叫对我的名字，这让我有一丝感动。

唐老爷子继续说服我："世侄，之前委屈你了，不过你替这个妖婆来杀我，我们算是扯平了。只要你帮我渡过这个难关，过去发生的一切一笔勾销。世侄，我会把双儿托付给你，还有整个唐森集团，我唐嘉丰说到做到。"

他转过头去，花白眉毛下的眼神，依然犀利："只要你帮我，弄死这骗人的妖婆。"

说实在的，对于唐老爷子的许诺，我不是没有动心；我甚至不怀疑他会骗我，因为根据唐双的说法，唐老爷子虽然心狠手辣，但一向言而有信，说一不二。

只不过，我实在是有心无力。如果我帮了唐老爷子，未来就会被改变；我马上就会烟消云散，两年前的错误无法被植下，唐双也将在这条世界线上消失。所以，我无法这么做。

无论唐老爷子描绘的未来多么美好，这个未来都不属于我；我这个怪物的命运，是一辈子被困在太平洋的孤岛上，跟那个想毁灭世界的妖婆，一辈子相爱相杀。

唐老爷子看我无动于衷，语气变得焦急起来："世侄！你该不会相信这个妖婆吧？她是个彻头彻尾的骗子，利用了我，一定也会利用你！"

我深深地叹了口气，绝望地闭上眼睛。唐嘉丰啊唐嘉丰，你聪明一世，却糊涂一时。难道你没发觉，怪物跟妖婆都不属于人类吗？认真说起来，我跟 Marilyn 才是同类啊。

Marilyn 在唐老爷子尝试说服我的时候，一直保持沉默，现在看到我态度明朗，这才满意地笑了。唐老爷子的脸色变得铁青，张开嘴，似乎准备要大喊。我不等 Marilyn 交代，已经抢先掐住了他的气管。

Marilyn 点了点头，吩咐道："鬼叔，你抓好唐老先生，我来读他的记忆。"

她又朝着唐老爷子温柔一笑："放心，不会疼的。"

我熟练运用黑烟，强迫唐老爷子半跪在床上，像是等待斩首的死刑犯。Marilyn 走到他面前，伸出双手，纤细的十指轻轻放在他的额头上。看起来，Marilyn 运用她新获得的异能，简单读取当下的思维，只需要眼睛对视就可以；但如果要复制对方一辈子的记忆，就需要有这样一个过程。

唐老爷子表情惊恐，但被我控制着说不出话来；Marilyn 十指跟他额头的皮肤间，隐约有些白色的光芒迸发，在两人的血管间流转，看着就像是科幻电影里的镜头。整个过程持续不超过一分钟，Marilyn 便松开了手，吸了一口气说："好了。"

我狐疑地问："好了？那接下来呢？"

Marilyn 转过身来，在我额头上轻轻亲了一下，然后在我耳边低声细语："做你应该做的。"

在穿越回海底浴室前，我弄明白了两件事，其中一件是 Marilyn 告诉我的，另外一件则是我自己领悟的。

在结束唐老爷子之前，我不无担心地问 Marilyn："你的计划已经败露了，唐老爷子知道灯塔计划是骗人的，这样一来，就算你把他的记忆移植到唐单身上，他也会知道事情的真相，知道自己不是唐老爷子，对吧？"

Marilyn 笑着没有回答，反而用手指轻轻戳我的太阳穴；看了刚才的那一幕后，这个动作多少让我有些胆寒。突然，她的想法涌入了我的脑海，我一瞬间恍然大悟。

原来，Marilyn 读取了人类的记忆后，不光能够复制到另一个人身上，还能对他的记忆做出一定的修改。所以，即使唐老爷子知道事情真相，也没有任何关系，只要把这一段记忆抹掉就行。用一个简单好懂的比喻，Marilyn 把唐老爷子的记忆，不是刻成了只读的光碟，而是保存在能读写的优盘里。

Marilyn 微笑着对我说："超棒的能力，对吧？"

除了点头称是，我还能说什么呢？

在离开之前，她对我下达了指令："帮唐老先生处理完后，记得把他的脑部完整取出来，你打开我给你准备好的双肩包，里面有工具，还有急冻盒。离开这里以后，把包寄存在酒店街口的第一个垃圾桶旁，我会安排人去取。你知道，为了让以后的客户们放心，该演的戏还是要演的。"

她自嘲地笑了一下："不过也没关系啦，只要客户们从新闻里知道，唐老爷子被连环杀手取走了脑子，也就足够了。"

我皱着眉头问："那唐单呢？什么时候会变成唐老爷子？"

Marilyn 告诉我她的计划："三天之后，我会设法捉住他，然后伪造手术过程，发给潜在客户观赏。"

我点了点头，原来如此。所以明天早上东窗事发时，打电话吵醒另一个我的唐单，其实还是唐单本人。他在这个世界上还有两天的寿命，直到被 Marilyn 的手下抓住，炮制成给潜在客户们参考的"成功案例"。

Marilyn 慢慢走到窗边，我发现她头发的颜色开始恢复正常，也发现在窗外有一条隐藏的钢丝绳，看来她就是从窗户进到房间的，难怪监控录像里没有发现。

在把钢丝绳系到身上时，她的神情像小女生一样娇羞："鬼叔，两个月后见。"

两秒钟之后，Marilyn 从窗口的夜色里消失，只留下三个字："动手吧。"

第十四章
格杀勿论

在处理唐老爷子的时候，很难说，我的内心是没有波动的。

不，杀死他倒没花我多大力气。虽然跟缪星汉或者阮红晓不同，唐老爷子原来不光跟我认识，还一度可能成为我的岳父；但是结束他的生命，只是几秒钟的事情，决定一下马上就能完成。

作为对唐老爷子最后的敬意，我为他选择了最有尊严的死法——直视他绝望的眼神，一把捏碎他的心脏。在我看来，这种死法简单直接，也不会造成太大的痛苦。真正的难处在于，把他的大脑完整地取出来，再放到双肩包的急冻盒里。

虽然 Marilyn 为我准备了一整套的工具，但是我相关的医学知识完全是零；更要命的是，虽然变成了黑烟构成的怪物，但我的情感和理智却还是普通人类的那一套。

实际上，好几次我差点就要放弃了。唯一能说服我继续做下去的，是心底的信念——我要穿越回新加坡，写下纸条，救回唐双。

尽管为了实现这一点，我杀了养育她二十年的父亲；尽管为了实现这一点，我如今双手血污，成了个极端凶残的屠夫。

唐双，为了让你能活下去，我没什么不能舍弃的。就算要践踏人类的道德。

总而言之，当终于把唐老爷子的大脑剥离，放进急冻盒后，我一秒钟都不想待在这个房间里。

推开房门时，我发现被打晕的保镖，仍然好端端地躺在地上。我先是犹豫了一秒，要离开唐家大宅，该往哪边会更……

不对。我突然想起来，监控录像里，我弄醒了这个倒霉的大汉，然后逼着他把唐老爷子的脑子吃掉。可是，Marilyn的指示却是要我把大脑放在垃圾桶旁。脑子只有一份，被吃掉了就没办法带走，这一点毋庸置疑。

所以，我到底该怎么做？我疑惑地抬起头来，监控摄像的玻璃镜片，在黑暗中闪烁着微弱的光芒。

突然之间，我恍然大悟。两个月后在岛上的Marilyn，是接近全知全能的；但是刚才离开了唐老爷子房间的那个，却还没能做到。换句话说，她不知道在接下来的两个月里，整个世界会怎么运作，才把我一步步逼到了日本海的孤岛上。

现在的Marilyn不知道，不过，我却是知道的。因为，我来自未来，我是个时空旅行者。没错，这样一来，一切都能解释通了。

回想起上一次穿越，小任在临死之前拒不承认自己是叛徒。他说之前所做的一切，都是国际刑警里某个高层的指示，让他破坏梁超伟，这个被除名的国际刑警的计划。只不过，后来因为某个原因，高层改变了命令，让小任回过头来帮助梁超伟，继续调查灯塔计划。

高层没有料到，这时候小任已经爱上了阮红晓。这个神秘的高层，为什么会下达前后矛盾的命令呢？小任至死也没有想明白，但现在的我，却清楚地知道了答案。

我嘴角抽动了一下——没错，这个国际刑警高层，也是灯塔计划的潜在客户。他一开始阻拦梁超伟调查、破坏灯塔计划，是因为自己也想要接受手术，延续生命。

但是，接下来发生了什么，让他跟刚才的唐老爷子一样，认识到了灯塔计划的真相。"天底下哪有这样的好事"，他的生命根本无法延续，只是记忆被某种方式读取了，再复制到受体的身上而已。

明白了这一点之后，高层就改变了主意，不，他应该是带着差点被骗的懊恼，投入更多资源，力图捣毁 M 集团，让该死的灯塔计划见鬼去。而让神秘高层明白到这一点的，不是别人，正是我自己。

道理很简单，监控录像梁超伟和我能看到，身为国际刑警高层，当然也能看到。所以，我接下来要演的这场大戏，台下的观众有很多，但最重要的只有一个。

在看完我演的戏后，观众们也变成了演员，投入一出更大的戏；只有这样，命运的齿轮才会严丝合缝、按部就班地运转，最终把我送上日本海的孤岛。

如果有一天，让我知道这个该死的剧本，是哪个高维生物写的——我跳起来也要在他膝盖狠狠打一拳。不过，现在最重要的，还是按照剧本做吧。

我深深吸了一口气，打开背包，取出放在最底层的手枪。接下来，是一场大人小孩都不适合看，无论在哪个国家都该被剪掉的戏。主要道具有两个，一把枪，一个新鲜出炉的大脑。演员也有两个，一个是我，另一个是——砰！

日落时分，我坐在海边，对着西南的方向。

海面被夕阳染得一片血红，隔着这片波澜不惊的海，在两千多公里外，有另一座小岛。在我的记忆里，我曾经有一个深爱的人，住在那座岛上。

然而，在我所处的世界线，这个所谓"正确的世界"里，我的女友唐双，已经变成了一盒子细细的灰色粉末，静静躺在香港某一个公墓，某一片草地之下。按照这条世界线的剧情，在我跟她有机会认识之前，她已经死于一场交通意外。

我皱着眉头，看着平静的海面，想象着下面被掩盖的汹涌暗流。我心底涌动的疑问,一点也不比海流平静。

如果在这条世界线上,唐双已经死了,那么我就不会跟她一起去鹤璞岛,不会相恋,不会因为她的养父被杀,亡命天涯,不会在偷渡船上被 M 集团捉住,然后带到这个岛上。

也就是说,我不会坐在这里。所以,我的存在,成了一个悖论。

关于这一点,我曾经问过 Marilyn。按照我之前的想法,Marilyn 就像是神的代言人,关于时空穿梭的一切,她全部都懂,全部都知道。可惜,这一次,她让我失望了。

Marilyn 告诉我,海底浴室就是一个薛定谔之猫的盒子,当我们两个人进入里面,进行了穿越之后,海底浴室外的客观事实,就产生了变化。比如说,现在对于岛上的所有员工而言,我并不是被人从一艘偷渡船上带下来的;在岛上其他人眼里,我是从海底的浴室里,被 Marilyn 凭空"制造"出来的。

具体的时间,就是我第一次穿越,看见唐双发生了车祸那次。

当她这么说的时候,我的疑问反而更深了:"可是从浴室出来时,我们都是赤身裸体的呀。之前你说能把手机拿给我看,是怎么回事?"

Marilyn 笑了一下,但没能掩盖住她的尴尬:"你上岛时穿的衣物,携带的物品,后来都消失了。但是这个不重要,鬼叔,你上网搜集过信息,唐双确实已经去世了。如果你觉得有需要,我允许你通过别的方法再次确认……"

我眉头皱得更紧,唐双在这条世界线上已经去世,这一个事实我已经确认了,并不是我关心的重点;我在意的是当 Marilyn 许诺可以把手机交给我时,我相信她是真的认为手机存在。还有另外一点……

我继续追问:"不说手机了,Marilyn,还有那两个医生呢?叫什么来着,Jack 跟 Rose 对吧?如果我没有被抓到岛上,当然也不会被当作实验品,那为什么他们俩见到我,还是一副见到鬼的样子?这也太 bug 了,有没有?"

我清楚记得，Marilyn 的脸上罕见地出现了恼怒的表情："我问过了，他们说是在梦里梦到的。鬼叔！你管什么 bug 不 bug 的，我们又不是高维生物，这个世界上的一切，本来就不可能全部弄懂。"

一阵海风吹来，我打了个寒战，从几天前的对话里回过神来。

亚当和夏娃——Marilyn 是这么描绘的。按照目前的情况，我们的关系确实在一步步朝这个方向靠近。

自从踏上这个日本海上的孤岛，不，应该是，自从两年前，我第一次接触到作为时间囚徒的 Marilyn 时，我就已经按照既定的剧本，朝着最终的结局，一步步靠近。

只不过，之前我一直以为剧本是 Marilyn 写的，这出戏是她自编、自导、自演的。到了现在，接近剧终的时候，我才察觉到另一种可能性——她的地位跟我一样，也不过是个演员，只不过是比我早很多拿到剧本而已。

想到这里，我不禁抬头，看着逐渐低沉的夜幕——这一场戏真正的编剧，是那个从更高维度，俯瞰着我们的神秘的智慧生命。高维生物，或者用一个全人类文明都存在的、更容易理解的词汇——神。

好了，如果真是这样，假设现在有两个高维生物，正在低头看着我跟 Marilyn 演这场戏，想来它们会很失望吧？至少，是站在我这一边的那位，会觉得非常无趣。

因为，自从跟 Marilyn 相遇，演起对手戏后，我基本上都是被她碾压，节节败退，毫无还手之力；到了现在，已经对她俯身称臣，言听计从，就差变成她养的宠物了。

这样一边倒的戏，连人类都不爱看，更别提水平不知高到哪里去的高维生物了。我叹了口气，我倒是想跟 Marilyn 斗啊，可是，我拿什么跟她斗呢？

平时在岛上，她身边围绕着一群雇佣兵；就算是在别墅的卧室里，甚至是在海底浴室里，我想凭自己的力量掐死她，都未必能做到。

要知道，Marilyn 在当时间囚徒的时候，学会了各种防身技能；虽然看起来人畜无害，但真要打起来，小任都未必是她的对手。这样的一台人型杀戮机器，分分钟能取我狗命。

我手指收拢握拳，又再次张开，可惜，现在的我，不是由粒子黑烟构成的怪物，只是一具凡夫俗子的血肉之躯。要是我现在能随心所欲，化作一团黑烟，什么雇佣兵、Marilyn，统统不在话下。唉，只可惜……

我闭上眼睛，不去看夕阳最后一丝余光消散。心底却莫名有种熟悉的、难以言喻的感觉。

水龙头哗啦啦地响着，如果没有意外的话，这是我跟她最后一次在浴缸里进行仪式，这次是穿越到两年前，我的女友唐双发生车祸的那一天。在完成这次穿越后，唐双将会重新回到这条世界线上，作为代价，我将会听从 Marilyn 的安排，跟她一起把灯塔计划进行到底，最终带领全人类——剩下的全人类——摆脱死亡的阴影，走向永生。

不过对我而言，所谓永生的含义就是，在没有唐双的时间里，永远苟活下去。在浴室的灯光下，我难以察觉地叹了口气。

Marilyn 像往常一样，俯身下去试探水温，然后一只脚踏进浴缸里："可以了，来吧。"

我勉强笑了一下，走向浴缸的时候，心里安慰自己——至少，这一次穿越回新加坡，我可以见上唐双一面。

Marilyn 把身体浸入浴缸里，对我莞尔一笑："亲爱的，你想多了。"

我皱着眉头，明白她又读取了我的思想，所以她说的想多了，指的是……

我停在浴缸边，焦急地问："想多了是什么意思，难道我见不到唐双一面？"

Marilyn 无辜地耸了耸肩："对呀，你回忆一下，两年前的那一天，你人在新加坡吗？"

怎么这么多天以来，我压根没想到这点？

我心里一阵沮丧,差点滑倒在地板上:"不在,可是,我可以变成黑烟飞过去啊,深圳到新加坡,没有很远对吗?我飞很快……"

Marilyn 脸上的笑容,像是在看着一个永远长不大的男孩子:"别傻啦亲爱的,那边的你飞不了那么快,这边的你也坚持不了……"

她吐了一下舌头:"我不是在嫌弃你的肺活量哟。"

我用力摁住太阳穴,不愿接受这个事实:"不,不是这样的,如果我没在新加坡,怎么写纸条?"

Marilyn 好整以暇地笑道:"这个你不用担心啦,你用餐巾纸写好后,放在水族箱旁就可以了。会有人来拿的,然后在唐双出车祸的那一天,放到她吃饭的餐桌上。"

我心如死灰,原来是这样……慢着,水族箱?我家的客厅里有一个养着热带鱼的水族箱,有水族店的小哥会定时上门打理。

我心里咯噔了一下,音调提高了两度:"你告诉我,我要穿越回去的那天,是怎么喝醉的?"

Marilyn 用手指敲着下巴,一脸思索的表情:"嗯,我想想,应该是喝了一整瓶麦卡伦吧,五十年的。"

我如遭雷击,跟跄着往后退了两步。两年前,那一瓶五十年的麦卡伦威士忌,是一位神秘邻居,送给我的神秘礼物;在不久之后,我弄明白了神秘邻居的真实身份——正是作为时间囚徒的 Marilyn。

而那个名叫何小天,帮我打理水族箱的小哥,从第一次上门算起,到现在是两年零两个月。所以,这一切都是布好的局!

从故事开始的那一瞬,一切都写好在剧本里,不管这个剧本是 Marilyn 写的,还是高维生物写的。接下来我所走的每一步,做的每一件事,甚至简单到每一次呼吸,都不过是无意识地按照剧本配合出演。

这是来自意识最深处的绝望——原来,我作为人类的自由意志,其实并不存在。我抬起头来,发现 Marilyn 正在看着我,跟之前不同的是,她的表情也有点疑惑。

这让我回想起上一次穿越的时候，在唐老爷子房间里遇见的她，也是一副不确定的表情。光从肉眼，她无法判断出我是不是穿越回去的——我脑子里灵光一闪——这也代表着，光从肉眼，她无法判断出我是一副凡人的血肉之躯，还是由粒子构成的怪物。

说来也是，在前三次穿越里我发觉，只要我用意识控制自己，凝聚成实体的时候，其实跟正常的人类，没有任何哪怕是最细小的差别。要我猜，就算是最精密的仪器，也未必能检测出来。

Marilyn 的神情越来越凝重，语气里也透露着焦急："鬼叔，快进来呀，你不想救唐双了吗？"

在这一场戏里，救唐双当然是必不可少的剧情，可是关键在于——我非得按照 Marilyn 说的去演吗？我是个演员没错，Marilyn，也不过是个演员。她是比我早拿到剧本，反复钻研了很多次，她也自认跟真正的导演或者编剧——高维生物——关系比较好，可是说到底，不排除是她的一厢情愿而已。

如果这真的是我和 Marilyn 主演的一场戏，我扮演的角色一直被打压，一直被动地往前走，等我救完了唐双，再接下来的剧情，无非就是我继续在 Marilyn 的打压下，进行灭绝人类的灯塔计划。无论最后成功还是失败，说真的，这个剧情都太老套啦。

这样单纯无聊的剧情，演到这里，观众早就猜了出来，都准备提前离场了吧？如果我是高维生物，我也不想看这么弱智的剧情。我跟 Marilyn 都以为，剧本就是这么写的，我们就该这么演；可是万一，剧本不是这么写的呢？有没有这样的可能，到了现在，快要剧终的时候——来一个激动人心的大逆转？有没有可能，我在被吊打了那么久之后，能够漂亮地转身反杀？如果真的有可能翻盘，那么，我又是怎么做到的呢？

"鬼叔，你在想什么？"

我抬起头来，却听见哗啦一声，Marilyn 扬起浴缸里的水，朝我脸上泼来。我下意识地闭上眼，心里暗骂，糟了，她又读取了我的思……

下一秒，我只觉得裆部一阵剧痛，身体不由自主跪倒在地，膝盖砰一声撞上浴室的瓷砖，像鸡蛋一样马上要碎裂。

Marilyn 不愧是 Marilyn，平时可以千娇百媚，到了真要动手的时候，比谁都狠。紧接着，十根手指头触碰到了我的额头，来不及反抗，我的记忆便被 Marilyn 读取了。

不是简单的、日常的那种读取，而是我在唐老爷子身上见识过的、灯塔计划的、实施完就可以把我杀掉的那一种——真正的记忆读取。

我拼命睁开眼睛，妄图反抗，突然之间，脑子里发出轻微的"嘶"一声，像是保险丝烧断的声音。紧接着，我陷入了无尽的黑暗。

仿佛一部拙劣的电影里、完全不合理的突兀转场，下一幕，我所看到的场景，却是——下午的阳光，照在棕色的木地板上。

顺着视线向上移动，我看见熟悉的地板木纹上，熟悉的一套长沙发上躺着一个熟悉的人。那正是两年前，独自喝得烂醉如泥的我。

我吃惊地想要说话，可是，却什么也说不出来。与此同时，我意识到自己并不是穿越回了两年前的公寓；我眼前看到的场景，是 Marilyn 正从我脑海里读取的记忆。

可是，这也不对呀。既然我还在海底浴室里，没有跟 Marilyn 进行仪式，自然也就没穿越回两年前；这样一来，我正在跟 Marilyn 一起感受的这段记忆，又是从哪里凭空生出来的呢？

视线在沙发上停留了好一阵子，终于挪向了不远处的茶几，那上面除了空荡荡的酒瓶，还有没用完的餐巾纸。那种随处可见的餐巾纸，就算放在新加坡的餐厅里，也不会觉得违和。

只要我在餐巾纸上写好字，留言给唐双，拖延她离开餐厅的时间，就可以让她逃……

不对，有一个问题，我之前没有注意到，或许 Marilyn 也没有注意到。如果只是这样，在餐巾纸上写字的，留下我的帖子地址，让唐双按图索骥就能找到关于她身世的秘密——这样的餐巾纸谁都能写,不需要我亲自穿越回去。

但是,剧本里却要我穿越回去。这个情节,难道有更深层的含义?

突然之间,我的意识就回到了海底浴室。我仍然是跪在地板上,膝盖跟裆部粉碎般剧痛。幸好除此之外,身体没什么更大的损伤。

我抬起头来,看见的却是Marilyn,一张惊慌失措的脸。对,惊慌失措。这是我从来没在她脸上看见过的表情。

她的头发已经变成纯白色,宛如白发魔女,此时正盯着自己的双手,喃喃自语:"不可能,不可能,为什么我只能读到这一点记忆,为什么突然就断了?"

我深深吸了一口气,刚才脑子里那"嘶"的一声,在回忆里越来越清晰。

那个响声,并不是Marilyn烧断了我脑子里的保险丝,开始抽取记忆;现在想来,更像是一个什么触发机制,当Marilyn想要读取我的记忆时,这个原来锁死的区域,就开始释放某一种信息。

我闭上眼睛,呼吸停止了一秒。在这短短的一秒里,我弄懂了一切。我弄懂了,刚才被Marilyn的异能触发后,释放出来的全部信息。或者说,在这一刻,我弄懂了剧本的真正写法。我站起身来,肉体的疼痛正在远去,嘴角无法控制地慢慢向上扬。

Marilyn看着我站起来,没有试图阻止,她极力表现得镇定,但眼神里却流露出无助。我突然发现,眼前这个楚楚可怜的Marilyn,比平时掌控一切的女王,要可爱得多。如果不是还有更好的选择,我把她收下来当成女仆,当成宠物,都是很不错的主意。

我脸上的笑容越明朗,她的神情就越疑惑;我被Marilyn虐了那么久,被她碾压,被她吊打,就在这短暂的瞬间,如今一切似乎颠倒了过来。

是的,现在的我,就是有这个自信。因为曾经的时间囚徒,现在的

M 集团大 BOSS，Marilyn，其实并没有看过真正的剧本。但是，我刚刚看了。

所以，我也知道了接下来的剧情。原本掌握着绝对优势的一方，绝不会轻易束手就擒，她一定要困兽犹斗，一定会拿出全身的力气。

果然，Marilyn 几乎是朝我咆哮道："鬼叔！"

我挠了挠头，假装吓了一跳："干吗啦，生那么大气？"

Marilyn 右手掩在胸前，这个从来没有过的动作，恰恰证明了她的退缩："你要干什么？"

我假装无辜道："我？我刚被你踢了一脚，现在什么都干不了啊。"

这种猫捉老鼠的感觉，原来是那么爽快，怪不得以前 Marilyn 喜欢这样捉弄我。现在，难得有机会，我当然要十倍奉还。

Marilyn 深深吸了一口气——这也是我以前被欺负时，经常有的反应——努力镇定，咬牙切齿道："我不知道你做了什么，但我要告诉你，好好听我的话，除非你不想救唐双了。"

我不去看她，反而悠闲地环顾四周，打量这个从我家公寓搬来的浴室："我记得你跟我说过，这个浴室就是薛定谔之猫的盒子，走出去之前，谁也不知道外面的世界，发生了什么样的变化。"

我似笑非笑地看着她："Marilyn，你说对吧？"

她脸上的表情惊疑不定："你是在说……不，不可能，你刚才明明没有穿越回去，唐双不可能已经活过来了，不，不可能！"

我嘿嘿一笑："我也觉得不太可能，不过不要紧，等下出去就知道啦。"

Marilyn 一瞬间似乎都要哭出来了，她的这个神态，倒是让我心里动了一下。毕竟一夜夫妻百日恩，我们相爱相杀了两年，要说我对她一点感情都没有，那也是骗人的。

只不过，她很快就恢复了 BOSS 被击败之前，该有的全部狰狞："就算她活过来也没用，鬼叔，你根本出不了这个海底实验室，更别说离开这个岛了。只要我一声令下，你就会被各种型号的子弹打成马蜂窝。"

大概是我被打成马蜂窝的形象,让她得到了一些安全感,Marilyn多少恢复了镇定,冷笑一声道:"就算你能侥幸逃出去,在你设法到达香港之前,我安排在唐双身边的杀手,就会用最残忍的手法,把她折磨到死。"

Marilyn露出一个迷人的微笑:"鬼叔,我已经提前下了命令,要把整个过程都录起来哟。一定会很精彩的,你要跟我一起看吗?"

我双手抱着后脑勺,煞有介事地想了一会儿:"哎呀,不用啦,算了一下我应该赶得上呢。"

Marilyn眼神里闪过一丝惊慌:"赶得上什么?"

我掐着手指,一本正经道:"你每天晚上十一点都会发个安全消息,给香港那边的杀手,对吧,如果他们没收到消息,在凌晨一点前就能保证杀掉唐双,顺带连唐单也一起宰了。我算了一下啊,在那之前我就可以解决岛上所有人,赶到唐双家了呢。"

Marilyn愣愣地看着我,好一会儿,突然爆发出不可抑制的大笑。

我耸了耸肩膀:"有什么好笑的?"

她好不容易止住笑,一边平缓呼吸,一边对我说:"鬼叔,你疯了!我还在想为什么读取不了你的记忆,原来是因为你疯了,刚才穿越回两年前的片段,全都是你疯了之后,臆想出来的吧?"

我假装左顾右看,打量着自己:"疯了?我没有呀。"

Marilyn冷哼了一声:"如果没有疯,你凭什么以为自己能离开这个岛,然后赶回去救唐双?岛上所有的交通工具,没有我的授权,绝对不允许离开。鬼叔,别告诉我,你想要游到香港去?"

我伸出右手,在浴室灯光下仔细端详:"游泳啊,我不太擅长呢,但是飞过去的话,应该可以吧?"

Marilyn满意地笑了起来:"你果然是疯了,还不明白吗,直升机没有我的命令……"

我抬起头来,眼神锐利地看着她:"我说的飞,可不是直升机哦。"

Marilyn 吓了一跳，往后退了一小步，但很快稳住了身子："那你要怎么飞，你以为自己能粒子化吗？少做梦了，现在你没有通过黑洞的重组穿越到过去，而是在正常时空里，不可能有粒子化的超能力！"

　　我没有说话，重新低下头，继续打量自己的手指。

　　Marilyn 努力掩盖着恐慌，转而用更加肯定的语气说："我知道了，都是你装出来的，以为这样就能吓到我，以为事情还会有转机。演吧，你好好演下去，等你演完了，还得按照我的命令去做。"

　　她突然怒吼道："蔡必贵，你是我的一条狗！"

　　我嘻嘻笑道："狗啊……能问下，我是什么品种的吗？"

　　没错，现在的我一点也不生气。人只有在无法控制事态的时候，才会大发脾气，以此来虚张声势。现在的我，完全没有生气的必要，毕竟，主动权完全掌握在我手里。

　　更何况，她无论生气也好，害怕也好，都比平时高高在上的女王的样子，要可爱得多。我还想要好好欣赏一会儿，因为，留给我的时间已经不多了。或者说，留给她的时间已经不多了。

　　我挠了挠头，不无惋惜地说："差不多了。"

　　Marilyn 紧皱着眉头，声音又急又气："差不多，什么差不多？"

　　我真诚地叹了一口气："我差不多要走了，Marilyn，这一走，我们有很长一段时间见不了面啦。"

　　Marilyn 快速向后退，靠在浴室的墙上："你休想离开这里。"

　　她看着我，咬牙切齿地说："休想离开我。"

　　我难为地说："别这样，大家留个好印象嘛。"

　　Marilyn 冷笑道："我不知道你做了什么，想要做什么，但是就算你能出了浴室，外面的密封门没我的指令，一只蚊子也飞不出去。还有门口守着的人，如果看见你单独出去，会先射你几枪，同时摁下警报，三分钟内二十人的雇佣兵就会到。"

　　我挠了挠头："台词好熟悉呀，哦我知道了，唐老爷子也说过差不多的话。"

她脸上恢复了自信:"鬼叔,你自己好好想想,是不是能打赢整个岛上的人,还是你放弃愚蠢的念头,乖乖听我的话,我可以不计较你的所作所为,我们继续把灯塔计划完成下去。"

我无奈地叹了口气:"分手都分得不清爽呢,你在我印象中不是这……"

我话还没说完,就被打断了。因为Marilyn已经一个箭步冲了过来,凌厉的一记勾拳,朝我下腹部挥去,马上就要……

不,她已经击中了我。下一秒,Marilyn差点摔倒在地板上。这个场景也有点熟悉,在我跟缪星汉、跟任剑水之间,都曾经发生过。

没错,她的勾拳没有打中我,反而是整个人穿过了我的身体——呃,或者应该说,穿过了一股黑烟。

我转过身来,朝她抱怨道:"好好说不行吗,干吗动手呢?我从来不打女人,也不能就欺负我呀。"

Marilyn愣在原地,背对着我,弯腰喃喃自语:"不可能,这不可能……"

我叹了一口气:"我知道你要说不可能,对吧,因为我没有穿越回去,还处在正常的时空里,所以应该是血肉之躯,应该被你一拳打趴下,不可能会变成一股黑烟躲开。可是Marilyn你想一想,要是你以为是正常的时空,其实不怎么正常呢?要是……"

她慢慢转过身来,我朝她灿烂地一笑:"要是我穿越回两年前了,只不过,没有再穿越回来呢?"

在听完我这句话后,Marilyn脸上展露出的,简直是我那么多年以来,所看过的最纠结、最复杂、最妙的表情。原来,击溃一个人的心理底线,是那么好玩。没错,转身反杀,绝妙的翻盘,惊天大逆转——就在这里。

Marilyn像是突然老了一百岁——接近她真实的年龄——整个身体

颤抖着，断断续续地说："不、不可能，就算刚才的记、记忆是真实的，你已经穿、穿越回去一次，只要等两年前的你、你，一醒过来，穿越回去的你就会被物理法则消灭。因为在一个时空里，不、不能有两个同样的意识和身……"

她突然想到了什么，身体抖动得更厉害了："除非你杀了他。"

我轻轻鼓掌道："被你猜中了呢。"

Marilyn 眼神里带着不可置信："你杀了自己，两年前的自己？"

我叹了一口气："唉，为了能够翻盘，我可是做了一些牺牲呢。不过还好啦，那个什么都不懂、不知道珍惜的傻小子，死了也没什么大不了的。你知道我手法很快的，他没受什么苦，呃，非要说的话，无非就是被我剥光了衣服，扔进黑洞里，至今不知道漂流在哪个时空宇宙的缝隙里吧……"

确实，杀掉两年前的自己，并不是我最艰难的一步。

两年前的画面，随着刚才被 Marilyn 解封的记忆，浮现在我脑海里。当时我站在沙发跟茶几中间，正在艰难地要做一个抉择。是乖乖听 Marilyn 的话，按照她的剧本往下演？还是冒着烟消云散、更救不回唐双的危险，放手一搏？

我记得，当时我骂了一句最脏的脏话，然后在心中下了决定。下一秒，我主动解散了自己，变成弥漫在公寓客厅、午后阳光穿透的一股黑烟。我不是一个爱赌的人，做出这个决定，真的花光了我这辈子所有的胆量。

如果我的自以为是真正剧本写法的，其实是一些狗屁垃圾，那么接下来发生的就很好猜了——因为改变了过去发生的事实，我将无法再把自己凝聚起来。自以为是的愚蠢，会直接把我害死，然后在所有的时空里，魂飞魄散，永世不得超生。

只不过——现在想起来，还是后怕得背上发凉——我这个走狗屎运的，竟然赌对了。

我猜得没错，高高在上、俯瞰着我们表演的高维生物，并不喜欢我们原以为的、寡淡无味的结局。

说真的，在重新组合成实体的一瞬间，我似乎听到了从高维度传来的掌声。就像在对一个优秀的演员致敬。接下来我没有任何犹豫，杀死了两年前的自己，那个倒霉的蔡必贵。

话说回来，那也不是真正的我自己。起码，不是从这场戏开始到现在，一直陪Marilyn演到现在的自己。

因为，从故事的一开始，喝完那瓶五十年陈的麦卡伦之后，醒来的那个蔡必贵——就是我，一直是我，是这个可以化作黑烟的怪物，连环杀手蔡必贵。

Marilyn双手抱头，痛苦地喊道："不，我不能理解，你不可能做到……"

我点了点头，认同她的说法："没错，我也以为自己做不到。说实在的，在把另一个蔡必贵扔进黑洞里之后，我马上就犹豫了。接下来，该怎么办呢？"

我向Marilyn走了过去，怜爱地摸着她的头发："幸好，是你启发了我。还记得吗，在唐老爷子的房间里，你分不清看见的到底是哪个我。所以我想，只要我控制好自己，不显露原型，就可以好好装作正常的人类，没有任何人能看出来。然后……"

我发现她的头发，渐渐从白色转为淡紫色："然后，再按照你写好的剧本，毫无差错地继续往下演，只要把已经发生过的事情，再重复一遍，坚持到踏上这个岛，坚持到完成前面的三次穿越，坚持到这第五次踏入海底浴室，砰！就大功告成啦。真可惜，这里没有香槟……"

Marilyn狠狠拨开我的手，怨恨的眼神能把我杀死一百遍："我不相信，我不相信你能演得那么好，就算是我也做不到。对，我读过你的记忆，所有一切都是真实的，就算你再怎么厉害，记忆也没有办法演。"

我打了一个响指："你说对了，我没办法演，但是呢，我也不需要演。"

Marilyn 被响指吓了一跳："不需要演，是什么意思？"

我耐心地向她解释，就像她以前耐心地向我解释一样："因为你想啊，人类的记忆，无非是储存在脑细胞里的信息，你看，我既然能把自己的手指粒子化，如果控制得精细一点，就可以把储存了这两年记忆的那部分脑细胞，也同样粒子化。然后呢，我就把这些信息，储存在一个，怎么说呢，嗯，一个粒子构成的胶囊里，储存在大脑深处。"

我换了一口气，原来解释一个原理，是那么累人的事情："这样一来，当我写好该写的纸条，粒子化再组成喝醉的状态，然后再从沙发上醒来的时候，叮咚，就完全是两年前的自己啦。这样一来，紧接着发生的一切都非常自然，我会照着你的剧本，天衣无缝地配合出演，你根本不会察觉得到，我其实已经是在演第二次。"

说到这里，我嘿嘿一笑："到头来，其实我才是老司机啦。"

Marilyn 绝望地看着我，声音低得几乎听不见："那你又是怎么恢复记忆的？"

我不厌其烦地解释道："这个也不难啦，我给自己设了个触发机制，只要你在最后一次穿越之前，读取我的记忆，我封存起来的记忆就会释放，我也在一瞬间明白，原来自己是个怪物。不过你也不要怪自己会中招，真的来读我的记忆啦。毕竟对我来说，你已经是第二次这么做了，可是对现在的你来说，这一切都是第一次……"

我话还没说完，Marilyn 突然跪了下来，双手抱着我的大腿。不得不说，在洁白的瓷砖上，一个全身赤裸的美人这么做，还是非常有视觉冲击力的。

还没等她开口，我就明白了她的意思。Marilyn 想让我留下来，不要抛弃她，从此她会心甘情愿成为我的奴仆。灯塔计划，或者说我有什么新的计划，都可以完美实施。

只可惜，我对此毫无兴趣。在这个该死的海底浴室里，我待的时间已经够长了。在她说出第一个字之前,我化作一股黑烟,从浴室门缝溜了出去。

门后传来 Marilyn 绝望的哀鸣,嗯,一夜夫妻百日恩,我没有打算杀死她。把她永远囚禁海底深处,狭小的浴室里,这个惩罚已经足够严厉。

至于外面那海底实验室那群人,Jack 也好,Rose 也好,还有岛上的所有人,对不起啦,我们没有什么情分可讲。说到底,在我的剧本里,你们只是一群台词都不应该有的杂鱼。

我会以最快的速度把他们杀个精光,不留一个活口。然后,我会伪造一场惊天大爆炸,炸沉半座岛。当然了,我会留下适当的信息,给梁超伟的法外正义小分队,还有国际刑警那个差点受骗的高层,让他们知道灯塔计划的一切,都是 M 集团在背后捣鼓;唐双的养父唐老爷子,是自愿成为灯塔计划的客户的。

有了这个大案作为献礼,我相信梁超伟能够帮我删掉监控录像,还我一个清白。再然后,我会化作黑烟,飞回到香港,把埋伏在唐双身边的杀手,铲除得一干二净。

最后,我会手持一个空酒瓶,躺在随便哪一个方便被发现的地方。在这之前,我已经故伎重施,把脑海里这一段记忆重新封存;至于是永远封存,从此做一个正常人类,还是同样设一个触发机制,暂时还不方便透露。

做完这一切之后,我就可以回到唐双身边,从此过上幸福的生活了吧。毕竟,我杀了一大票路人,杀了艺术家,杀了毒贩,杀了她的养父,最后连我自己都杀死了;我满手血污,滥杀无辜,做到这个地步,除了破坏反人类、极度邪恶的灯塔计划外,更是为了要跟唐双在一起。

灯塔计划必须被连根铲除,以免死灰复燃,唐双必须要跟我在一起。这就是我在获得了超自然的力量后,渴望实现、也必然能实现的目标。

至于有谁胆敢挡住我,阻拦我实现这个目的,我神挡杀神,佛挡杀佛。

我化作一股黑烟,掠过风平浪静的海面,向我毕生所爱急速飞去。

在心里,我暗暗发誓,不管人类也好,高维生物也好,只要谁挡在我面前——

格杀勿论!